血《けつ》泥《でい》の戦場

SAS部隊イラクIS司令官襲撃作戦

〔上〕

クリス・ライアン
石田享 訳

竹書房文庫

血泥の戦場

ＳＡＳ部隊イラクＩＳ司令官襲撃作戦

〔上〕

主な登場人物

ダニー・ブラック……イギリス陸軍特殊空挺部隊《SAS》パトロール隊員
スパッド・グローヴァー……SAS連隊員。ダニーの相棒
クレイグ・〝トニー〟・ワイズマン……SAS連隊員
ケイトリン・ウォレス……オーストラリア陸軍情報部部員
レイ・ハモンド……SAS連隊作戦将校
ガイ・サッカレー……MI6長官
アリス・クラックネル……MI6情報部員
ペンフォールド……MI6尋問官
ジョージ・チルバース……イギリス外相
ダフール・ファカール……IS幹部
ムジャヒード……ISの戦士
マリンカ……ファカールの妻
バーバ……クルド人。ヤズディ教徒
パラヴ……クルド独立派ペシュメルガの幹部
ロージャン……ペシュメルガの戦士
ナザ……ペシュメルガの女兵士。ロージャンの妹
ダンカン・バーカー……SAS連隊員
アンディ・コナー……SAS連隊員
ユースフ（ジョー）……シリア難民

プロローグ

ヤズディの娘

バーバたちは独自の民族宗教を信仰するヤズディ教徒と呼ばれるクルドの一部族である。そのためイスラム原理主義者たちから悪魔のごとく忌み嫌われたが、彼女自身は年端のゆかぬ娘にすぎなかった。

一六歳のバーバは恐怖以外の感情を忘れてしまった。

イラク北部シンジャール山のふもとにある村が、ＩＳ（イスラム過激派組織イスラミック・ステートの略称）の戦闘員たちに攻囲されたとき、自分の娘に降りかかる悲運を思い母親たちは悲鳴をあげた。バーバ自身の母親はすぐに殺された。父親もほどなくその後を追った。しかし、娘たちがひどい目に遭わされているあいだは生かされていた。ちっぽけな自宅の居間で、頭に銃口を突きつけられた両親はひざまずいたまま、バーバの妹たちが殴りつけられてレイプされるさまを見せつけられた。妹は一二歳と一四歳だった。

死ぬまでその凄惨《せいさん》な情景を忘れることはあるまい。母親と父親が悲鳴まじりの声で慈悲を懇願すると、戦闘員たちはアサルトライフルの銃床で両親の側頭部を血が噴き出るまで殴りつけ、その口をふさいだ。自分が娘たちの身代わりになると母親が申し出ると、戦闘員たちは、そんなしわくちゃの身体《からだ》を抱くぐらいならブタと寝た方がましだと嘲笑を浴びせた。イスラム教を信仰しないバーバたちは、コーランの教えによって攻撃の対象になると告げられた。異教徒の女をレイプすれば神に近づけるというのだ。

しかし何よりも妹たちの姿が目に焼きついて離れない。二人とも恐怖のあまり声を失い、何をされるかわからぬまま手を縛られ猿轡《さるぐつわ》を噛《か》まされた。祈りを口にする暇すら与えられずに……。

妹たちの身に起きたことはできるだけ思い出さないようにしていた。目の前で両親を殺した銃声が耳元によみがえり、夜何度も目を覚ました。そのたびに自分の身体が銃弾に撃ちぬかれるような錯覚を味わった。妹たちが半裸のまま自宅から連れ出されたときの表情は忘れようにも忘れられない。二人とも涙を流しながら、問いかけるような目をバーバに向けてきたのだ。

「お願い……」バーバは部屋に残っていた戦闘員の一人に懇願した。「妹たちを連れて行かないで。まだ、ほんの子ども……」

その戦闘員は穏やかな表情でバーバをじっと見つめた。全身黒ずくめで肩から弾帯を掛け回した戦闘員はシャツの襟を開くと、喉元に残る生々しい傷痕を見せつけた。それはちょうどスマイルマークを思わせる形をしていた。その戦闘員はバーバのすぐそばに立っていたので汗くさい体臭がプンと鼻を突いた。戦闘員は人差し指でその傷痕をなぞった。

「悪魔の娘よ、見えるだろ？」戦闘員はささやくような声で言った。「こいつは米軍の兵士にやられたものだ。おれの喉を切り裂きやがったのさ。おれは屠《ほふ》られたヤギみたいに血を流したが、命を取り止めた。アラーのご加護を受けた者はそう簡単には死なないのさ。この傷をよく見ておけ。馬鹿な考えを起こさないようにな」

「お願い」バーバもささやくような声で答えた。「妹たちを……」

「おまえの妹はおれの仲間に与えられる」戦闘員は答えた。「褒美《ほうび》としてな」

「妹たちはまだほんの子どもです」

「不信心者の娘だろ。そいつを犯せば、おれたちはイスラム教徒としての務め《イバーダー》を果たすことになるのさ」戦闘員は片手を伸ばすと、バーバの頰をなでた。「おまえは別格だよ、美人だからな。もっといい思いをさせてやるから、楽しみにしてろ」

喉元に傷痕のある戦闘員はバーバの手首を後ろ手に縛りあげると口にぼろ切れを押し込んで声を封じた。そして銃口を突きつけて自宅から引っ張り出した。バーバは妹たちの姿を捜して、あたりを懸命に見回した。妹たちはどこにも見当たらなかった。

二〇人ほどの男女が、村の中央に立つアカシアの木の下に並ばされていた。いずれも目隠しをされて、ひざまずいた状態だった。銃器をこれ見よがしに構えた五名の戦闘員が、その村人たちの列に歩み寄ると、聞くに堪えない罵声を口々に浴びせかけた。親友のパーシャと叔父《おじ》のラビーブがその列の中にいた。戦闘員の一人がラビーブの頭に銃口を押し付けると、バーバは思わず目をそらした。そのため射殺の瞬間を目にすることはなかったが、銃声はいやおうなく耳に届いた。

喉元に傷痕のある男は車の後部にバーバを押し込んだ。その車にはＩＳの戦闘員が二名同乗していた。バーバはあれこれ考える暇もなく、生まれてこの方ずっと暮らしてきた村から連れ出された。恐怖にすくみあがり、何もできなかった。猿轡を嚙まされているので悲鳴すら上げられなかった。

どれくらい走ったのか見当もつかない。四時間くらいだろうか。幹線道路から離れて停車したときには暗くなっていた。喉はカラカラで、目がチクチク痛んだ。運転手がエンジンを切ると、あたりは静まり返った。車のヘッドライトが未舗装の路面を照らし出していたが、荒野の真ん中に取り残されたような気がした。バーバはパニックになりかけた。どうしてこんなところで車を停《と》めたのだろう？　人目につかないところで言語に絶する辱《はずかし》めを加えるつもりなのか？

突然明かりが差し込んできたとき、バーバは安堵《あんど》と恐怖が入り交じった思いを抱いた。そこは検問所になっているらしく、喉元に傷痕のある戦闘員が車の窓を開けた。歩哨《ほしよう》はその顔を確認すると、すぐに銃口を下げ、手を振って通行を許可した。

やがて第二の検問所に達した。そこは高いフェンスに囲まれており、その上部には有刺鉄線が巻きつけてあった。その検問所も難なく通行を許可され、一分ほど走ると建物の立ち並ぶ一角にたどり着いた。すぐそばに池があった——おそらく貯水池だろう。

喉元に傷痕のある男はバーバを車から引きずり出した。サーチライトがひっきりなしにあたりを照らし出しているので、ひどくまばゆかったが、戦闘員がたくさんいることは見て取れた——その数は少なくとも一五名、全員武装していた。そのうちの四、五名は犬を連れている。いずれも獰猛《どうもう》そうな番犬で、つながれた革ひもを力のかぎり引っ張り、いまにもバーバに飛び掛かってきそうだ。時おり、恐ろしげなうなり声を響かせた。

それでも戦闘員の男たちに比べたらまだマシだ。男たちはあからさまに淫《みだ》らな目をバーバに向けてきた。何を考えているか一目瞭然だった。

「この女はダフール・ファカール様に献上する」喉元に傷痕のある男が大声で告げた。そのとたん、欲望に目をぎらつかせていた男たちは、犬を連れて闇の中に消えた。

さらにあたりを見回すと、広大な敷地がひろがっていた。数棟の建造物が立ち並び、てっぺんから大型衛星アンテナの縁が覗いている建物もあった。ルーフを取り払ったトラックが数台停めてあった――どれもほこりにまみれ、車体のあちこちがへこんでいる。建物は落書きだらけだが、ＩＳの紋章を染めぬいた旗が何枚も吊《つ》り下げてあった。

バーバはすぐ近くの建物に引き立てられた。扉を警護している二人の歩哨はその姿に気づくと、にんまりと笑みを浮かべた。

喉元に傷痕のある戦闘員は扉の前で立ち止まった。「おまえはこれからダフール・ファカール様に会うが、目を合わせたら死ぬことになるぞ」

それだけ言うと扉を三回ノックした。すぐに扉が開き、バーバは中へ連れ込まれた。

薄明かりに照らされた室内は暖かく、シナモンの香りが漂っていた。そこここに縞柄の絨緞《じゅうたん》が敷かれ、いくつも並べられたソファには刺繍《ししゅう》をほどこしたクッションが並ぶ。炉辺で炎が燃え盛かる室内に男と女がいた。男の背丈はそんなに高くないが、がっしりした身体つきで、長く伸ばした顎ひげの先に白髪がまじっている。白の長衣をまとい、白のソックスに革サンダルといういでたちで、頭を包むのは紅白のシャマグ。その男は低い椅子にゆったり腰掛け、グラスに入れたミントティーをすすっていた。こちらを振り返っても無表情のままだったが、バーバはあわてて目を伏せた。

女は部屋の奥の青色に塗られたドアのそばに腰掛けていた。非の打ちどころのない美女で、長い黒髪とアーモンド形をした目の持ち主である。しかし西欧風の服装をしているせいか、ひどく場違いな存在に見えた。贅《ぜい》を凝らした小卓にノートパソコンを置いて画面を覗き込んでいるので、その明かりに顔が照らし出されている。手の爪にはマニキュアをしており、部屋に入ってきたバーバを一瞥《いちべつ》した。その眼差《まなざ》しは氷のように冷たく、バーバは背筋が凍りつくような思いを味わった。

「ダフール・ファカール様」喉元に傷痕のある男は軽く一礼したが、決して相手の目を見ようとはしなかった。

「ムジャヒードか」男は応答した。「土産はなんだ？」

「女です。ヤズディの。妹たちは部下に与えましたが、姉の方はお気に召すのではないかと思い、ここに引き連れました」

屋外から犬の吠《ほ》える声が聞こえた。

女の方が歩み寄ってきた。香水の濃厚な香りがバーバの嗅覚を刺激し、息が詰まりそうになった。

「これじゃ、顔がよく見えないね」女はささやくような声でそう言いながら、バーバの口に詰め込んであったぼろ切れを引っ張り出した。女の長い爪がぎらりと光った。バーバは大きく息を吐き出すと、続けて息を吸い込んだ。口の中はカラカラに渇き、喉が痛んだ。

女は手を伸ばしてバーバの頬をそっと撫《な》でた。ムジャヒードと呼ばれた男が村でそうしたように。女は指に大きな指輪をいくつもはめていた。「この子はいいわね」女は満足げに言った。顔を撫で回されることに耐えられなくなりバーバが顔を引っ込めると、女はにんまりと笑った。「おまえ、処女だろ?」

思わぬ質問に面食らったバーバだが、おそるおそるうなずいた。

「初物がいただけるとは幸運ね、あなた」女はそう言うと、つぶやくような声で続けた。「アラーのために励まないと」

「まずは身体をきれいに洗え」ダフール・ファカールは命じた。「馬並みに臭うぞ。ムジャヒード、おまえはここに残れ。相談したいことがある」

女は背を向けた。「こっちへ来るんだ」そう言いながら部屋の奥の青色のドアに向かった。

ムジャヒードはバーバを同じ方向に押しやった。バーバはよろめいた。女は立ち止まり、くるりと振り返った。そしてバーバがぐずぐずしているのを見ると、つかつかと引き返してきた。目を細めた女は品定めをするかのようにバーバの全身を見回すと、いきなり顔を張り飛ばした。バーバは息を詰まらせた。女の長い爪は恐ろしくとがっていた。ひりひりと痛む頬から血がしたたり落ちたが、後ろ手に縛られたままなので、それを拭うこともままならない。女はさらに近づくと、バーバの頬に触れてから、その指先を見せつけた。真紅の血とそれよりやや明るめのマニキュアがまだら模様を描いている。「おまえはまったくの無価値、虫けら以下と言っていい。だから虫けらと同じように、なんのためらいもなく踏みつぶせる。生かすも殺すも、こっちの勝手。なんでも言うとおりにすること。少しでも拒んだりしたら、このわたしがヤキを入れてやる。殺すことだって厭《いと》わない。わかった?」

バーバはどうにかうなずき、女が歩き出すと、その後に続いたが、表の扉がふたたび開く音が聞こえたので、思わず肩越しに振り返った。男が二人、入ってきた。二人とも恐ろしく背が高い。その一方は肌の色がとても黒く、中東人というよりアフリカ人のように見えた。もう一方は、子ども時代にひどい火傷《やけど》でもしたのか、顔の左側が脱色したように白かった。二人ともダフール・ファカールとは目を合わさないよう注意していた。

観察できたのはそこまでだった。女が青いドアを開けてその奥に消えたので、バーバもすぐ後を追った。奥の部屋はかなりみすぼらしかった。石畳の床にブロック造りの壁。これまた奥にドアが一つあった。家具はなく、低い天井から裸電球が一つぶら下がっているだけだ。その電灯も薄暗く、思わず電球のコードで吊るし首にされる自分の姿を想像した。

女は青いドアを閉めてから施錠した。「おまえはここにいるんだ」女はバーバに命じた。

「音を立てるんじゃない。泣き声なんかあげてダフール・ファカール様の邪魔をしたら、その舌を切り落としてやる。嘘《うそ》だと思ったら、試してみるといい。わかった？」

バーバはうなずいた。

女は奥のドアから出て行った。施錠する音が聞こえたので、これで逃げ道はなくなった。

膝がガクガクして立っていられなかった。絶望に打ちひしがれたバーバはその場にくずおれると、声を殺してすすり泣いた。そして床にへたり込んだまま、今日の出来事を思い返した――両親とかわいそうな妹たちの身に起きたことを。できれば家族のそばにいたかった。父や母や妹たちを抱きしめたかった。すべては一時の悪夢に過ぎないと伝え、同じように励ましてもらいたかった。しかし、その願いがかなうことはない。内心ではわかっているのに認めたくなかった。もはや平穏な暮らしが戻ってくることは二度とないという現実を……。

奥のドアの向こうから犬の嗅ぎ回る音とうなり声が聞こえた。犬の存在におびえたバーバは、床を這うようにして移動し、青いドアのすぐそばにへたり込んだ。

そして悪夢のような一日を思い返しながら呆然《ぼうぜん》としていた。どれくらいそうしていたかわからないが、ふと人の声に気づいた。青いドア越しに聞こえてくるのだ。ダフール・ファカールと喉元に傷痕のあるムジャヒードという戦闘員の声である。何の話か見当もつかなかったが、いくつかの単語が耳に留まった。

「襲撃……」

ＩＳの戦闘員に襲われた自分の村の惨状を思った。どれだけの村人が無残に殺されたことか。

「テロ……」

妹たちの目に浮かんだ恐怖《テロ》を忘れることはできない。凄惨なレイプにおびえ、戦闘員たちにやめてくれるよう懇願していたあの目を。

「聖戦《ジハード》……」

ヤズディ教徒にとってその言葉には特別の意味があった。バーバが三歳のとき、ヤズディ教徒が数多く暮らす地域で自爆テロがあり、およそ八〇〇人の住民がその犠牲になったのだ。アメリカで超高層ビルに航空機が突っ込んだ自爆テロに次ぐ惨事だと言われた。

バーバはひどいめまいを覚えた。疲労がピークに達していた。飲み物がほしかったが、あのアーモンド形の目を持つ女に頼むのは怖かった。

「英国の《ブリティッシュ》……」

その言葉なら聞き覚えがあった。たしか英国《ブリテン》と呼ばれる国がどこかにあったはずだ。

アメリカの一部だったかしら。よくは知らない。頬がヒリヒリと痛んだ。ふと思いがけない希望がわき起こってきた。顔が腫《は》れて醜く見えたら、ダフール・ファカールは見向きもしないかも。しかし、その淡い願望はすぐに打ち砕かれた。あの男が欲しているのは、わたしの顔ではない……。

「ウェストミンスター……」

その言葉は意味不明だった。どこかで聞いたような気はするけれど。奥のドアの錠が回る音が聞こえた。バーバはビクッと身を震わせると、おそるおそる顔を上げた。ドアが開き、戸口にあの女が現われた。穏やかな表情をしていたが、そのためかえって怖かった。

「何をしている、悪魔の娘?」女は問いただした。「盗み聞きか?」

バーバは首を振った。「違います……」ささやくような声で釈明する。「声が聞こえてきたので……ただ、なんとなく――」

しかし、女は猛然と歩み寄ってきた。そして前かがみになってバーバの髪をつかむと、力任せに引きずり起こした。

「盗み聞きなんかしてません……」バーバは泣き声まじりに釈明した。「ぼそぼそと声がしたのでつい……」

しかし、またしても顔を張り飛ばされて口を封じられた。「また今度同じようなマネをしたら、妹たちみたいに兵士の慰み者にしてやる。わかった?」

バーバはうなずくしかなかった。

そして、開けっ放しの戸口の方へ引きずられた。抵抗などできるはずもなかった。しかし、そのあいだに、隣室からもう一言聞こえた。これまた聞き覚えのある単語だが、意味はわからない。

それは「クリスマス」という言葉だった。

12月20日

第1章　偽装難民

シチリア島　NATO（北大西洋条約機構）軍シゴネラ基地　夕暮れ

シチリアの主峰エトナの雪を戴いた山頂は、島全体に広がる暗雲にすっぽり覆われていた。オリーブグリーンのランドローバーに乗ったロマーノ・メッシ一等空兵は、フロントガラス越しに雨だれをせわしなく払いのけるワイパーの動きを見つめた。ロマーノはイタリア空軍に入隊して間もない若い兵士で、生まれてから島の外に出たことは一度もない。ふと祖母の口癖を思い出した。エトナ山に黒い雲がかかると、よからぬことが起きると言うのだ。しかし、祖母はしょせん迷信深い老人に過ぎない。マフィアがひそかに暴力支配を続けるここシチリア島で、さまざまなトラブルは日常茶飯事と言ってよかった。

大空を切り裂くようにして稲光が走ったが、雷鳴は聞こえず、代わりに航空機のエンジン音が轟《とどろ》きわたった。英空軍のC－130輸送機ハーキュリーズの四発式ターボプロップの轟音《ごうおん》である。灰色の雲の隙間から姿を現わした大型輸送機は、滑走路に向かって降下を始めた。ロマーノが待っていたのはこの輸送機だった。地上ではすでに受け入れ態勢をととのえていた。

明々と誘導灯がともされた滑走路。日没までまだ三〇分あったが、あたりはもう薄暗かった。地上整備員は着陸の邪魔にならぬよう滑走路の外れに作業用車両を移動させて、エンジンをかけたまま待機していた。この輸送機の到着が伝達されたのは二時間前のことだ。乗客は四名。その到着が最優先の扱いになった。ATC(航空輸送司令部)はハーキュリーズを真っ先に着陸させるために、同時間帯の着陸許可を求めていた他の軍用機に上空での旋回待機を命じた。四名の乗客は到着後すぐさま、近くで待機中のヘリコプターへ運ばれることになっている。その案内を担当するのがロマーノであった。四名をヘリまで運び、余計な質問はするな。そう指示されたが、これは特殊部隊の来訪を意味していた。

とにかく尋常ならざる事態だった。英空軍の軍用機がやって来るのはめずらしいことではなく、燃料補給にちょくちょく訪れるが、乗客が降り立つことはまずなかった。ましてその乗客が特殊部隊の隊員なら、基地内の米軍管轄区の世話になるのが普通であり、ロマーノのようなイタリア兵が接触する機会はこれまでなかった。

ロマーノは額に垂れ下がった前髪を吹き飛ばすと、カーキ色の迷彩服を無意識のうちにいじりながら胸の内でつぶやいた。おれもそのうち選抜試験をパスして強襲航空団《ストルモ・インクルソリ》（イタリア空軍所属の特殊部隊のこと。正式名称は第一七強襲航空団）の一員になってやる。つまり、これから出迎える連中は彼と同じ志を持った兵士たちであった。ふとルームミラーに目をやったロマーノは、ステムに飾りつけたクリスマス用のティンセルに気づいた。こんなものを飾っていたら、軟弱な野郎だと思われかねない。すぐさま引きちぎると、グローブボックスに押し込んだ。

エンジン音を轟かせながら着陸したハーキュリーズは、勢いよく水しぶきを跳ね上げた。ロマーノはギアを一速に入れると、誘導路へ移動中のハーキュリーズに向かってランドローバーを急発進させた。こぬか雨の降りしきる中、輸送機が停止するのが見えた。すぐに尾部扉が開いた。貨物搬入用通路を兼ねたその扉が接地する前に、ロマーノは二〇メートル離れた地点に車を停めた。薄暗い輸送機の内部から四つの人影が現われた。まず二人が先頭に立ち、数メートル離れて、残りの二人が続く。後方の二人組はフライトケースを運んでいる。ロマーノは目を細めて顔立ちを見定めようとしたが、よくわからなかった。ただ、いずれもベルゲン（フレーム付き大型背嚢）を背負っており、四人のうち一人は肩幅が狭く、体格的にやや見劣りすることが確認できた。ロマーノは自分の観察力に満足した。監視は特殊部隊にとって重要な任務だ——その資質があるわけだから、隊員になるのも夢ではない。

車から降り立ったロマーノは、まだエンジンが止まりきっていない輸送機に向かって小走りに駆け寄った。近づくにつれて、四人の姿がはっきりしてきた。残り半分の距離まで来たとき、思わず足を止めた。一人は女なのか？

ロマーノは顔に降りかかる雨だれを拭って目を細めた。間違いない。ほっそりした人影はブルネットの美女であり、灰色の瞳と白い肌が印象的だった。髪は雨に濡れてからみ合っていたが、ロマーノの目にはかえって魅力的に映った。

ふたたび駆け出しながら、他の隊員にも目を向けた。女の隣に立っているのは、肩幅の広いブロンドの男で、肌はなめした革のように日焼けしていた。いかにも馬鹿にしきった表情で飛行場を見回している。見るからに傲慢《ごうまん》そうなタイプだ。フライトケースを運んでいる二人組は両方ともしかめっ面だ。やや小柄な方は髪が薄くなりかけているが、その人相を目にしたとたん、ロマーノは頬をゆるめた。彼の父親はフィル・コリンズのファンなのだが、そのフィルによく似ているのだ。身体つきはずっとたくましく、不機嫌そうな表情ではあるが、それ以外は瓜《うり》二つと言ってよかった。その相棒も上機嫌には見えない。ロマーノと同じ黒髪で、端正な顔に数日分の無精ひげを生やしている。雨に打たれながらフライトケースを持つ姿はギリシアの彫像を思わせた。

四人のかたわらにたどり着いたロマーノはやや息を切らしていたが、そぶりにも見せず、英語の発音に細心の注意を払いながら、あいさつをした。「みなさん、今晩は」ブロンドの男が値踏みするような目を向けてきた。どうやら、この人物が四人組のリーダーらしい。「わたしがヘリコプターまでご案内します」

リーダーの男はロマーノの肩越しにランドローバーを見やると、人を小馬鹿にした薄笑いを浮かべながら尋ねた。「おい、マヌエル（英国のコメディに登場する間抜けな給仕の名）、イタリア野郎が運転ベタなのは知ってるが、もうちょいと近くに停められねえのか？」

ロマーノは当惑しながら顔をしかめた。「はあ……もちろん可能です……」親指を立てて車を指差し、再移動の意思を示した。

「もういいよ、トンマ」ブロンドの男は肩越しに振り返った。「おい、ダニーとスパッド、身体を慣らすにはもってこいだろ？　とくにスパッド、おめえは特訓が必要だ。この半年、ずっとマスばかりかいてたからな」

ロマーノには何の話か、かいもく見当がつかなかった。ブロンドの男はそんなイタリア兵を押しのけると、ランドローバーに向かった。女は二人の男——たしかダニーとスパッドと呼ばれていた——にチラッと目を向けてから、小走りにブロンドの男の後を追った。

こんなはずではなかったのに。ロマーノは胸の内でぼやくと、ダニーとスパッドを振り返った。「よかったら、お手伝いしましょうか……」二人とも見向きもせず、殺意のこもった目をリーダーの後ろ姿に向けていた。そんな二人組に付き添いながらロマーノも、足早に女とブロンド男の後を追った。「ところで行き先は？」

返事はなく、表情がいちだんと険しくなっただけだった。ランドローバーにたどり着くと、すでにブロンド男が助手席に腰掛けていた。フライトケースを載せるために女が後部扉を開けた。雨は勢いを増しており、全員がずぶ濡れの状態だった。

ダニーとスパッドが荷物を積み込んだ。運転席に腰掛けたロマーノは、二人が後部座席に座るのを待ってエンジンをかけた。車がのろのろ走り出すと、ワイパーがせわしなく動いた。

「シチリア島にはガッカリだぜ」ブロンド男は言った。「太陽とサーディンが楽しめると思ったのによ」

「マフィアも忘れるなよ、トニー」フィル・コリンズ似の男がボソッと言った。「お仲間だろ」

トニーと呼ばれたブロンド男はルームミラーを覗き込んだ。「おれが手を下すまでもねえ。ケイトリン、そいつのドタマに七・六二ミリ弾をぶち込んでやれ」

ケイトリンと呼ばれた女が笑みを浮かべた。「後でもいいでしょ？」その英語には強いオーストラリアなまりがあった。「シートを汚したくなければ、さっさと出しなさいよ」そう言いながらロマーノの背中をつついた。

「ケイトリン、トニー、よさないか」黒髪の男が言った。

「こりゃ驚いた」トニーがわざとらしく声を張りあげた。「ダニー・ブラックは口がきけるのか？」底意地の悪そうな笑みを浮かべながら続ける。「おい、ブラック、今回のチームリーダーは、このおれだ。頼むから、余計な口出しはやめてくれよな」

　ロマーノもルームミラーに目をやった。ダニー・ブラックはありありと怒りの色を浮かべたが、憎悪のこもったスパッドの形相に比べればおとなしいものだ。そのとき、トニーが肩越しに振り返った。「よう、スパッド、そうカリカリするなって。いまのうちに人生を楽しんでおけよ」鼻で軽くあしらうと、前に向き直った。「明日はどうなるかわからねえ。バスに轢《ひ》かれるかもな」装備ベストからハンドガンを引き抜き、これ見よがしに点検を始めた。

　険悪な雰囲気に押しつぶされそうになり、ロマーノは息をするのも苦しくなった。もはやこの連中がどこへ行こうが知ったことではない。とにかく、ぐつぐつと煮立つ鍋が吹きこぼれる前に車から降りて欲しかった。「マヌエル、ヘリまでの距離は？」トニーからそう聞かれたロマーノはビクッと身を震わせた。

　ロマーノは一〇時の方角を指差した。降りしきる雨の中、一〇〇メートルほど先にスチールグレイの機体が見えた。そのヘリコプターは英海軍のワイルドキャット（アグスタウエストランド社製の双発中型の汎用ヘリ）で、まわりを取り囲むようにして数台の軍用車両が並び、ヘッドライトがあたりを照らしていた。

「今度はもう少し近くに停めてくれよ」トニーは言った。「人を乗せて飛行場を一回りするだけのおまえさんと違って、こっちは骨の折れる仕事が控えてるんだ」ふいに顔をしかめると小声で悪態をついた。「司令部のクソどもが」

ヘリコプターを飛ばすには風が強すぎた。地中海はいつになく荒れ模様だった。しかしワイルドキャット機内の雰囲気に比べれば、たいしたことはない。

ここ以外ならどこでもいい。ダニーはそう思った。故郷では、三か月になる娘が彼の帰りを待っていた。娘には自分の母親にちなんでスーザンと名付けたかったのだが、娘の母親、つまりクララに拒否され、ローズという名に落ち着いた。ダニーとクララはよりを戻したものの、夫婦関係はうまく行っていなかった。いまのところ、そうしたぎくしゃくした関係が悪影響を及ぼしている気配はなく、父親ゆずりの黒髪を持つ赤ん坊はいたって元気であった。クララによれば、糸の切れた凧《たこ》みたいに母子を残してどこかへ行きかねない父親をつなぎとめるために、赤ん坊はたいてい父親に似るものだという。それがいつも言い争いのタネになった。ダニーの仕事は安全確実なデスクワークではない。赤ん坊を毎晩入浴させるなんて土台無理な話なのだ。

それどころか、あと五日もすればクリスマスだというのに、寒風吹きすさぶ一二月の夜に、白波が立つ海面を眼下にしながら、英艦艇エンタープライズとの合流地点に向かっていた。このエンタープライズは、捜索救難任務のために地中海へ派遣されているエコー級の海洋観測艦である。いまや地中海は中東やアフリカの戦闘地帯から命からがら逃げ出した民衆を満載した難民船であふれかえっていた。そうした難民船は大海原を横切るにはあまりにもお粗末な造りで、いつバラバラになっても不思議はなかった。海に投げ出される前に、難民たちを救い出すのが、エンタープライズの仕事であった。

ダニーはトニーを見やった。このクズはヘリフォードでチームリーダーを命じられてから、ずっと傲慢この上ない振る舞いを続けている。前回の任務で指揮を執ったダニーをあからさまに軽んじていた。いまやRAFクレデンヒル基地でダニーとトニーが犬猿の仲であることを知らぬ者はいない。そのトニーがダニーを差し置いてリーダーに選ばれたのだ。上層部《ルーパート》がどちらを優先しているか一目瞭然であった。

しかし、問題はそれだけではない。トニーは、いまその横に腰掛けているケイトリンと愛人関係にあった。ケイトリンはオーストラリア陸軍情報部出身のメンバーで、ダニーたちの予想を上回る能力の持ち主だったが、隊員同士がそうした関係になるのは問題なのだ。別にトニーが既婚者だからではなく——第一、オフの時間に不倫をしようがどうしようが、ダニーの知ったことではない。しかし任務中だと話は別だ。同じチームの隊員同士が肉体関係にあると任務に差し支える恐れがあった。肝心のときに気もそぞろ、といった事態になりかねない。

さらに、もうひとつ問題があった。スパッドである。スパッドとトニーは初めて会ったときからそりが合わなかった。そのスパッドがイエメンでの作戦行動中に重傷を負い、そのため一時は再起不能とまで言われた。しかし本人は逆境にめげなかった。大方の予想を裏切って健康を取り戻し、不屈の精神を見せつけたのである。そんな男がいま、心底嫌っている相手の指揮下にいた。

スパッドはネットで覆われた壁にもたれて目を閉じていた。その顔をトニーが冷たい目でじっと見つめている。あたかも値踏みするかのように。ダニーは同じような表情を前にも見ていた。嫌な予感がした。

ダニーは出発前に、作戦担当将校のレイ・ハモンドに苦情を申し立てた。「少佐、トニーをリーダーにするのは間違っています。あいつには仲間への敬意といったものが微塵《みじん》もありません」ダニーからあれこれ聞かされるまでもなく、トニー・ワイズマンをめぐるよからぬ噂ならレイ・ハモンド少佐も充分に承知していた——たとえば、レジメントへの忠誠心は二の次で、犯罪組織との儲《もう》け話を優先する、といった。かねてからスパッドが吹聴していた悪評はほぼ事実だった。それに、トニーの妻フランシスの状態はヘリフォードに住む誰もが目にしている。唇に裂傷をこしらえ、左目のまわりが黒ずんでいるのだが、本人は階段から転げ落ちたと言い張り、夫の暴力を否定した。

「ブラック、任務以外のことは考えるな」ハモンド少佐は答えた。「だいたい、この任務に選ばれただけでもありがたいと思え。おまえを目の敵《かたき》にしている政府機関《ホワイトホール》の情報部員《スプーク》は一人や二人じゃないんだぞ。他人のことより、わが身の心配をしろ。それから、人目に立つ振る舞いはくれぐれもつつしむように」

上官にそこまで説教されたら、どうしようもなかった。

ワイルドキャットの機内は薄汚れて騒々しかった。乗員からヘッドセットを渡されたが、誰も装着しなかった。ケイトリンはベルゲンからA４サイズの写真を取り出すと、各人に二枚ずつ配った。ダニーはその写真に目をやった。この二四時間のあいだに一〇〇回は見たような気がした。

二人の男を個別に写した写真である。二人ともイラク人だが、一方はもう一方より肌の色がかなり黒い。一枚目の写真は、その色黒の男が屋根のないテクニカル（荷台に重機関銃を据え付けたピックアップトラック）の後方から歩いてくるところを捉えたもので、周囲に瓦礫《がれき》と化した建物を見ることができる。恐ろしく長身で――ざっと見たところ一九五センチくらいか――胸元にAK47ライフルをぶら下げていた。

二枚目の男はいろいろな面で異なっていた。まず、一枚目の男より背が低い。そして、子ども時代に火傷でもしたのか、顔の側面に白みがかった瘢痕《はんこん》がある。この男もライフルを携帯していたが、写真の背景は都市部ではなかった。荒れ果てた古代遺跡の前に立っているのだ。どこの遺跡かわからないが、ありきたりの記念写真だとは考えにくい。なにせＩＳはシリアやイラクの辺境にある文化財の破壊者として名を馳《は》せているのだから。

「このゴロツキども」トニーは白みがかった瘢痕のある男の写真を手にしながら、ローター音に負けないよう声を張りあげた。「どうせ下っ端だろ。ついでにフェイスブックのアカウントも記載しておけよな」

思わず同意しそうになったダニーだが、そのそぶりも見せなかった。もう一度写真をじっくり見つめ、男たちの顔立ちを頭に叩き込む。あと三時間ほどしたら、本人を見つけ出す必要があったからだ。

「それぞれマフモッドとカシムという名だ」ヘリフォードの作戦室でそう説明された。「コードネームはサンタとルドルフ。われわれが生み出したモンスターと言ってよい」

「どういう意味ですか？」ダニーは尋ねた。

「両名とも湾岸戦争時に両親を失っている。典型的なＩＳ構成員だが、ＭＩ６はつい最近までその存在をつかんでいなかった。ＮＳＡ（米国の国家安全保障局）の通信を傍受して初めて知ったというわけだ。米国側はこの重要情報の伝達を怠っていた」

「友だち甲斐《がい》のない連中ですな」スパッドがボソッと言った。

「まったく。この両名が英国に向かっている確たる証拠をＣＩＡはつかんでいる模様だ。難民船に紛れ込むという手口だ。この手を使えば、パスポートを提示することなく欧州に入り込める。数千単位の難民の中に身を潜めれば、見つけ出すのはきわめて困難だ。一人ずつ問いただすわけにもいかんからな。サンタとルドルフが英国本土でテロを計画していることは米国側も承知のはずなのに、どうしてわれわれに知らせてこなかったのか、その真意は不明だ。したがって、こちらもそれなりに防衛措置を講ずる。まず、通信傍受の事実を米国側に悟られてはならん。だからシゴネラ基地では、米軍管轄区域ではなく、イタリア軍管轄区域から輸送ヘリに乗り継ぐことになる。そして英艦艇エンタープライズでは、作戦開始に合わせて一般乗組員に艦内待機を命じ、デッキへ出ることを禁じる――口の軽い連中にあれこれしゃべられてはかなわんからな。リビア駐在の情報筋からの報告によると、問題の難民船はオーシャン・スター号といい、明日の午後、北アフリカ沿岸から出航し、ギリシア南端を目指すものと思われる。おまえたちは、シチリア島からおよそ二〇〇海里離れた海上で、この船に乗り込むことになる。オーシャン・スター号が運んでくる難民の総数は、約一〇〇名。海流の速度と気象条件をたえずモニターしているから、エンタープライズなら難なくこの難民船を拿捕《だほ》できるだろう。おまえたちは深夜に乗船する。そのさい、エンタープライズ所属の海兵隊チームが支援にあたる。オーシャン・スター号を包囲し、必要とあれば火器による応援も辞さない。オーシャン・スター号に乗り込んだら、すぐさまエンタープライズに横付けさせろ。難民たちをいったんエンタープライズに移動させてから、ターゲットを見つけ出す。そしてターゲットを拘束したら、難民たちをまた船に戻す。サンタとルドルフは尋問センター送りになる」

「どうして自分たちをリビアへ直接派遣しないんですか？」スパッドがふいに質問をぶつけた。「そうすれば、真っ暗な海の上でわざわざ骨を折ることもなく、簡単に捕まえられるのに？」ダニーも同じことを聞こうと思っていた。この作戦には何か裏があるのだろうか？

「いいから無駄口を叩かずに最後まで聞け。拘束したターゲットの身柄は、指定された尋問センターまで運ぶことになるが、その行先については追って通知する。以上、これにて解散。トニー、おまえは残れ。話がある」

レイ・ハモンドがトニーに何を話したのか誰も知らない。チームリーダーらしく振る舞えと諭したのだろうか。もしそうだとしたら、時間の無駄もいいところだ。

「あと一五分だ！」副操縦士がコクピットから大声で告げた。

スパッドがパチッと目を開けた。ダニーは前かがみになると、機内に運び込んでおいたフライトケースを開いた。中身は銃器である。男性隊員用のＨＫ４１６アサルトライフルと、ケイトリン専用のＨＫ４１７アサルトライフル。そして各人にホルスター入りのシグ225が一挺《ちょう》ずつ。予備弾倉はすでに黒の装備ベストに収納済みだ。特殊閃光手榴弾《フラッシュバン》と医療キットも持った。今回は単純な任務である——したがって発砲することはまずあるまい——しかしダニーはいつもどおり気を抜くことなくケブラー製ヘルメットをかぶり、ブームマイクを装着した。想定どおりに事態が進展することはまずない。これがレジメントでの実戦経験から学んだ教訓である。いつ何が起きてもいいように準備だけはしっかりしておかねばならなかった。もはやいがみ合っている場合ではない。チーム一丸となって事にあたる必要があった。

どうやら銃器の点検を続けるうちに、ダニー以外のメンバーも同じ結論に達したようだ。ワイルドキャットが機体を急に傾けた。側面の窓から眼下に目をやると、煌々《こうこう》と明かりを灯《とも》した海軍の艦艇が闇の中に浮かんでいた。ダニーは胃袋を鷲摑《わしづか》みにされるような緊張を覚えた。遠く離れた故郷に残してきた幼い娘のことが気がかりだし、チームの雰囲気も最悪だが、それでも任務直前の心の昂《たか》ぶりは抑えようがなかった。この高揚感こそ、レジメント稼業の醍醐味《だいごみ》と言えた。

ヘリコプターが降下を始めた。そして一分後には、艦艇のヘリパッドに着陸する態勢に入った。そのヘリパッドが近づくにつれて風がいちだんと強くなったように思われた。事実、着艦する瞬間、機体が激しく揺さぶられた。しかし、副操縦士が親指を上げるとすぐさまダニーたちはデッキに飛び降りて、ローターの下方気流に吹き飛ばされないよう背を丸めながら駆け出した。耳を聾《ろう》さんばかりに響き渡る波音と艦艇のエンジン音。塩辛い波しぶきが顔に吹きつけてくる。エンタープライズにとってこの程度の荒波は問題あるまい。しかし、小ぶりな難民船に乗り込んでいる連中は気が気ではないだろう。

その難民たちをこれから出迎えるのだ。艦長はすぐに見分けがついた。鷲のくちばしのように曲がった鼻の持ち主で、唇をきつく結び、若い水兵を一人引き連れている。その横に、迷彩服と黒いブーツ姿の海兵隊員一〇名が待機していた。いずれも腕のところに〈ロイヤル・マリーンズ・コマンド〉と記した徽章を付けている。この海兵隊員たちはエンタープライズに常駐しているコマンド部隊で、難民船がトラブルを起こした場合、乗員と協力してその制圧にあたる。疲れきった難民たちは海軍艦艇が近づいてくるのを見ただけで、ひどく神経質になるだろう。たとえ救援に来た艦艇だとしても。ところが今夜は、それに特殊部隊が加わるのだ。テロ容疑者と目される二人の男が素直に投降するとは思えない。ちょっとした誤解が引き金になって、おびえて神経をとがらせている難民たちが暴れださないともかぎらないのだ。そうした事態に備えて海兵隊の支援は必要不可欠と言えた。

ＳＡＳチームに目を向けた艦長は、ダニーをリーダーだと判断したらしく手を差し出したが、そこにすかさずトニーが割って入った。トニーは艦長の手を取ると、形ばかりの握手をした。そして自己紹介をすべく口を開きかけた艦長を制して、ぞんざいに問いかけた。「難民船の位置は？」

艦長はやや目を細めた。「それなら三時間ほど前にレーダーで捕捉した。水平線上に現われてからずっと追跡を続けている——むこうは当艦の存在に気づいておらんがね。ＲＩＢ（底部を金属板で補強した複合型ゴムボート）を三隻待機させてある。そちらの指示を待って拿捕《だほ》するつもりだ」

「いますぐ始めてくれ」トニーは言った。「無関係な乗務員はデッキに上げてないだろうな？」

「もちろん」艦長は答えた。その声にはトゲがあった。

「これからもその調子で頼む。おれたちを居住区へ案内してくれ」

艦長はその指示を伝達しようとして思い直し、かたわらの水兵を振り返った。「いまのを聞いたな」

「はい《アイ》、艦長」若い水兵は応答した。「こちらへどうぞ」

ダニーたちは水兵に先導されるまま艦内に足を踏み入れると、金属製の螺旋《らせん》階段を下りて、灰色の金属扉の前まで来た。その扉を開けてくれた水兵にトニーが告げた。

「ご苦労、ポパイ。あとはおれたちで勝手にやる」

居住区は狭苦しかったが、利便性の点では申し分なかった。壁際に簡易寝台が三つ並び、天井にはめ込まれた直管蛍光灯が時折ちらついた。どうやら居心地向上を考えて少しは整理してくれたらしい。部屋の片隅に冷水タンクがあった。その水の表面が艦体の振動に合わせて震えている。テーブルには古くなった新聞や雑誌が置きっぱなしになっていた。トニーはテーブルに歩み寄ると、その中から海軍の月報らしきものを手に取った。第一面に車椅子に乗った負傷兵の写真が掲載されている。それをテーブルに放り投げると、今度はデイリー・ミラー紙を拾い上げた。「先週のやつだな」そう言いながら、またしても第一面を掲げてみせた。「ほら、見ろよ」

ダニーはチラッと目をやった。その一面を飾るのは黄金色の浜辺でくつろぐ黒髪の青年の姿だった。サングラスにショーツ姿で、両わきにビキニ姿の美女をはべらせている。「まったく、ふざけた野郎だぜ」トニーはつぶやいた。

その若者は英王室の遠縁にあたる貴族であった。SASの隊員は王室のメンバーを名前ではなく、コードネームで識別する。たとえば、チャールズ皇太子はバイオレット・ワン。ウィリアム王子とハリー王子（ヘンリー王子のこと。英語圏では通常こう呼ばれる）は、それぞれバイオレット・ツーとバイオレット・スリーといった具合に。王位継承順位が下がるにしたがって色と番号が変わる。浜辺の男は、たしかどこかの公爵で、本名は思い出せないが、イエロー・セブンと呼ばれており――タブロイド紙の人気者だった。

「まったく」トニーは続けた。「結構なご身分だぜ。一生額に汗して働くことなく、ドバイのビーチで女の尻を追いかけてればいいんだからな」

「でも、それなりにお国と女王陛下の役に立っているわけでしょ」ケイトリンが独特のオーストラリアなまりで言った。

「女王とか国とか、おれの知ったことか」トニーは言い返した。

ダニーはベルゲンを床に放り出した。「べつに問題ないだろ」これといった根拠はなく、トニーに反論することが目的だった。「ハリー王子とアフガンまで出かけて、実際にタリバン兵を殺してるんだから、少なくとも臆病者じゃない」

「ほう、そうかい。こいつらの大切なケツに傷がつかないよう、特殊部隊《SF》の兵士がどれだけ動員されたか、わかってんのか？」トニーは新聞をテーブルに戻すと、仲間と一緒に準備作業に取り掛かった。

無線機を装着したダニーがライフルにシュアファイアーのLEDライトを取り付けていると、トニーがベルゲンから黒の小型リュックを引っ張り出し、それを背負った。

「それはなんだ？」ダニーは問いかけた。

「弁当さ」トニーはすっとぼけると、仲間を見回した。「みんな、準備オーケーだな？」

トニーは返事を待つことなく勢いよく部屋の外へ出た。

「あんたの恋人はやる気満々らしい」スパッドは螺旋階段に向かいながら、ケイトリンに声をかけた。

「なにか文句あるの、スパッド？」ケイトリンは問い返した。

スパッドは肩をすくめた。

「それならいいわ」ケイトリンはトニーの後を追って階段を駆け上がった。

その後に続こうとしたダニーの腕をスパッドがつかんだ。

「どうした、相棒？」ダニーは問いかけた。

スパッドはあたりを見回した。そわそわと落ち着きがない。

「トニーはただ威張りたいだけだ」ダニーは言った。「気にするな」

「ああ」スパッドは自分のつま先に目を向けた。「おれのケツを守ってくれないか。トニーが近くにいるときはとくに」

スパッドはそう言うと、階段を上《のぼ》るべく背を向けたが、今度はダニーが引き止める番だった。「いったいどういうことだ？」

スパッドは階段を見上げて、誰も聞いていないことを確かめた。「トニーの女房のことでちょっと」小声で答える。

「フランシスか？」

スパッドはうなずいた。

「おい、まさか——」

「トニーは留守だったしな。で、まあ、なるようになっちまったわけよ」スパッドはわずかに口元をほころばせた。「彼女だって人間さ」

「おいおい、勘弁してくれよ、スパッド。ヘリフォードに女はいくらでもいるっていうのに、よりによってあいつのカミさんを選ぶとは。トニーはサイコ野郎だ。あいつ、気づいてんのか？」

スパッドの顔から笑みが消えた。「フランシスの顔を見たろ？　トイレ掃除なんかやっててあんな青あざをこしらえるわけがない」スパッドの表情が暗くなった。「トニーとは話をつけなきゃと思ってたんだが。じつは数日前、ばったり彼女に出くわしてな。あれこれ苦しい言い訳をしてたが、あの生傷を見れば……」

ダニーは押し殺した声で悪態をついた。単純な任務だと思っていたら、その裏で思いもよらぬ事態が進行していたのだ。ただでさえ険悪な雰囲気なのに、これではどうしようもない。「とにかく行こう」ダニーは言った。「まずこの任務を片付けるんだ。その件は帰国してからケリをつけよう」

スパッドは素直にうなずいたが、階段に足をかけると肩越しに振り返った。「とにかく、おれの背後に目を光らせてくれよな、相棒」ささやくような声でそう言うと、返事を待つことなく、カンカンと足音を響かせながら階段を上りだした。

第2章　オーシャン・スター号

デッキでは海兵隊員たちが待ち受けていた。その中の一人――獅子鼻《ししばな》で髪をおそろしく短く刈り込んだ隊員が歩み寄ってきた。「一五分後に拿捕する」

トニーはそっけなくうなずいた。「ＲＩＢ二隻は海上で待機。それぞれに三名乗り込め。海に飛び込んで逃亡を図ろうとする難民は残らず拾い上げて、船に戻すんだ。ＲＩＢがオーシャン・スター号を包囲したら、われわれ四人が乗り込み、エンタープライズに横付けさせる。それから難民たちを移動させる」海兵隊員にそう指示すると、今度はダニーとケイトリンを振り返った。「おまえたちはブリッジへ行き、艦長に威《い》嚇《かく》射撃を要請しろ。難民船がふざけたマネをしないようあらかじめ警告しておく必要がある。そのあとエンジンを停止させて、投錨《とうびょう》させるんだ。スパッド、おまえはここに残れ」

スパッドとダニーはチラッと視線を交わしたが、何も言わなかった。ダニーとケイトリンは残りの二人に背を向けると、ブリッジに通じる金属階段へ向かった。肩越しに二隻のＲＩＢが見えた。海兵隊員を三人ずつ乗せたＲＩＢがそのままウインチで吊り上げられ、早くも白波の立つ海面へ下ろされようとしていた。

「トニーの小型リュックには何が入ってるんだ？」ダニーは階段を駆け上がりながらケイトリンに尋ねた。

「どうしてわたしに聞くのよ？」ケイトリンは強いオーストラリアなまりを隠すことなく問い返した。「彼の母親でもないのに」

「すまん」ダニーも皮肉で返した。「愛人《シーラ》だったたな」

ケイトリンはダニーの腕をつかんだ。血相を変えている。いまにも殴りかかってきそうだ。しかしすぐに手を放すと、不快そうに鼻を鳴らしてから、背を向けた。

「おい」ダニーは声をかけた。

「なによ？」

「おまえとトニーがどんな関係だろうが、おれの知ったことじゃない。ただ、任務をちゃんと遂行すればな」

「そうやっていつまでもリーダー風を吹かしていなさいよ。ガラガラヘビも顔負けの人気者になれるかもね。さあ、ブリッジに急がないと」

ケイトリンが足を速め、ダニーもその後に続いた。

ブリッジには四人の乗員と艦長がいた。ダニーとケイトリンが入ってゆくと、五人とも礼儀正しく一礼して迎えてくれた。「あとどれくらいですか？」ダニーが尋ねた。

「およそ九分。あと二分で目視できる。すでに国防省の作戦室と回線がつながっている。力の入れようが半端じゃないな。内務省、MI5、MI6、SASの代表が一堂に会しているんだから」艦長は目を細めた。「何者だか知らないが、何としても捕まえたい相手がいるようだな」

こうした誘い水には慣れっこになっていた。問われるままに、うかうかと任務の情報を漏らすようなダニーではない。すぐさま話題を変えた。「難民船の船長と無線で連絡を取り、投錨するよう指示してください。そのあと、威嚇射撃を頼みます」

「その必要はないだろう」艦長は反論した。「この海域にやって来る難民船は、英海軍の艦艇が救援に来ていることを知っているんだし……」

ダニーのイヤホンがガリガリと音を立て、トニーの声が聞こえた。「ハドック船長（ベルギーの漫画『タンタンの冒険』に登場する船乗り）にちゃんと言い聞かせてやったか？」

ダニーは感情を面に出さないよう注意した。この調子でトニーがごり押しを続けたら、SASチームと乗組員の信頼関係はたちまち崩れることになる。「了解」そう答えるとダニーは艦長を振り返った。「われわれは威嚇射撃の必要性を感じているんですよ、艦長」くりかえし要請する。

艦長はしばらくためらっていたが、乗員に歩み寄ると命令を伝達した。ダニーの懸念は深まった。トニーのお陰で、乗組員との関係も一気に悪化した感じがする。ダニーはブリッジの窓越しにデッキを見下ろした。トニーが手を大きく振り回しながら、残りの海兵隊員たちに指示している。スパッドは三メートルばかり離れたところに立ち、あたかも奇襲を予期するかのようにアサルトライフルを握りしめていた。

「見えました！」乗員の一人が大声で報告した。「距離は二海里」ダニーはすぐに視線を振り向けた。一二時の方角に明かりが見えた。あれが難民船だとしたら、このまま直進するだけでいい。

エンタープライズの通信士はにきびだらけの若者だった。艦長から指示されるとすぐさま交信を開始した。「こちら英海軍艦艇エンタープライズ。オーシャン・スター号宛に通信中。オーシャン・スター号、受信したら応答せよ」

ザーというホワイトノイズに続いて、突然、不自然なほど大きな声が響きわたった。なまりのきつい声でブロークンな英語を並べる。「イエス・サー、こちらオーシャン・スター号、船は危険な状態。いまにも沈みそう。サー」

艦長は肩越しにダニーを振り返った。「難民船はいつもこんな調子だ。救難要請すれば助けてもらえることを知っているんだ」

エンタープライズは難民船までの距離をぐんぐん縮めつつあった。おそらくもう三〇〇メートルを切っているはずだ。「威嚇射撃をお願いします」ダニーは重ねて要請した。

艦長は顔をしかめた。「その必要はあるまい。彼らが抵抗するとは――」

「いいから」ダニーは艦長の発言をさえぎった。「命令どおりにやってくれ。おたがい命令には逆らえない立場だろ。威嚇射撃をしてから、錨《いかり》を下ろすよう指示してくれ」

艦長は少し考えてから、乗員の一人にうなずいた。二〇秒後、機関砲の連射音が騒々しい波音を圧して轟きわたった。

一瞬、無線交信が途絶えたが、すぐによみがえった。難民船の通信士はさっきよりずっと早口で、英語も急にうまくなった。あわてて言いつのる。「こちらオーシャン・スター号、こちらオーシャン・スター号、発砲をやめてくれ。ただちに投錨する。くりかえす、ただちに投錨する……」

ブリッジの窓から海兵隊員たちを乗せた二隻のRIBの航跡が見えた。エンタープライズを離れ、弧を描くようにして難民船に接近してゆく。トニーの声がイヤホンから聞こえた。「さっさと降りて来い」

ダニーはケイトリンを振り返った。「行くぞ」

トニーとスパッドの元に駆けつけると、三隻目のRIBが用意されていた。「早く乗れ」トニーが大声で命じる中、SASチームは一団となってRIBに向かった。操《そう》舵手《だしゅ》として先に乗り込んでいる海兵隊員がすでに船外モーターを起動させていた。SASチームが乗り込むと、すぐさまウインチがRIBを持ち上げて、海面へ下ろしはじめた。手すりを乗り越えるとき、トニーが最後の指示を出した。

「おれたちが乗り込んでも、ターゲットはそう簡単に正体を現わさないだろう。難民たちはＩＳをひどく憎んでいる――なにせ自分たちを難民にした元凶だからな。航海の途中で、その難民たちに正体がばれたら、間違いなく海に叩き込まれる。だから、うまく紛れ込んでいるはずだ。だが、最後の最後には逃げ出そうとするだろう。そのときには、手足に一発撃ち込んで、生け捕りにしろ。わかったな、ブラック？」

ダニーは相手を睨《にら》みつけたが、何も言わずにうなずいた。カッとなると何をしでかすかわからない。トニーは日頃からダニーをそう評している。だから、嫌みたらしくあてこすったのだが、いまはそんなことで言い争っているときではなかった……。

海面を叩きつけるようにしてＲＩＢが着水すると艇体が大きく揺れた。ダニーたちが頭から水しぶきを浴びる中、海兵隊員はすぐさま船外モーターを下ろし、ＲＩＢを急発進させた。

この程度の高波ならエンタープライズにはほとんど影響ないが、ちっぽけなＲＩＢは話が別だ。たちまち波頭まで持ち上げられたかと思うと、今度は波間めがけて二メートル近く落下した。数秒もしないうちに、全員ずぶ濡れになった。ダニーはボートの縁を握りしめながら、操舵手が腕利きであることを祈った。その願いが通じたのか、ＲＩＢは所定のコースをはずれることなく直進した。波間を上下するたびに難民船の明かりが近づく。わずか二分ほどで、五〇メートルの距離まで接近した。先行した二隻のRIBが難民船のまわりを周回している。

「船尾に近づけろ」トニーが波音に負けないよう大声で指示すると、操舵手を務める海兵隊員がうなずいた。SAS隊員を乗せたRIBは荒波をものともせずに直進を続けた。

数秒後、RIBは難民船に並んだ。難民船は波にもまれて大きく揺れていたが、定員オーバーであることは一目でわかった。全長二〇メートル足らずの古ぼけたタグボートに、ざっと見ただけで、九〇名から一〇〇名は乗り込んでいる。青と白の二色に塗られた操舵室は不自然なほど屋根が高く狭かった。側面にオーシャン・スター号という船名が記されていたが、ペンキはほとんど剝がれ落ちている。船尾に乗降用の梯子《はしご》があった。海兵隊員はその梯子にRIBを近づけた。

まずスパッドが梯子の横木をつかんだ。そしてRIBを離れて梯子を上りだすと、ダニーが掩護《えんご》の構えを取った。万一に備えて、いつでも発砲できる態勢である。しかし何事もなかった。スパッドの姿はたちまち舷側を越えて消え、代わりにてきぱきと指示する声が伝わってきたが、その内容までは聞き取れなかった。二番手のトニーが中ほどまで上ると、ケイトリンが続いた。二人が無事乗船するのを見届けてダニーはRIBを後にした。横木は濡れて滑りやすく、船体も横揺れしていたが、この程度なら問題ない。数秒後、ダニーも船に乗り込んだ。

ライフルに装着したライトが本降りの雨を照らしだす。この数分のうちに雨量が倍増していた。ライトの光線がめまぐるしく交錯する中、忙しく動き回るスパッド、トニー、ケイトリンの姿が見えた。難民の大半はデッキに伏せていた。両手を後頭部に回し、うつ伏せにさせられているのだ。いずれも、よれよれの短パンかジャージをはいているだけのみすぼらしいなりだった。ごく少数がいくらか暖かいフード付きのトップを着ていたが、それもびしょ濡れの状態である。そして多くが裸足《はだし》だった。鼻をつまみたくなるような悪臭が海風に運ばれてきた。何日も洗っていない身体から立ち昇る臭気だ。

操舵室に通じる階段に男が三人立っていたが、その理由は明白である。うつ伏せになるスペースがないのだ。トニーはその男たちにつかつかと歩み寄ると、銃を突きつけながら、大声でひざまずくよう命じた。男たちは何を言われているか理解できず、戸惑いとおびえの色を浮かべた。船首に目を向けると、ダニーから一五メートルほど離れたところに男が五人立っていた。むしろこちらの方が問題だった。海に目をやりながら何事かひそひそと相談しているのだ。海に飛び込んで逃げ出す算段でもしているのだろうか。

ダニーは迷わず突進した。その結果、うつ伏せになっている難民たちの手足を踏みつけることになったが、抗議の声をあげる者は一人もいなかった。操舵室のわきを通り過ぎると、ちょうど船体中央部に無人の一角があった。デッキに設けられた長方形の開口部で、船倉の出入り口になっているらしい。立ったままの五名の人相をあらためる。いずれも手配写真の容疑者に該当しなかったが、だからといって不審が晴れたわけではない。「うつ伏せになれ！」ダニーは五人の方角に銃口を向けながら大声で命じた。「さっさと、うつ伏せになるんだ！」

男たちのうち三人がひざまずいた。残りの二人はなおも未練がましく飛び込みたそうにしていたが、仲間に服を引っ張られて、しぶしぶ膝をついた。ダニーは間合いを詰めると、蹴飛ばすようにして、まずこの二人をうつ伏せにさせた。それを見た三人もおとなしく従った。

ダニーはデッキを見回した。トニーとケイトリンは操舵室のそばに立ち、中で操船をしている二人に銃口を向けている。スパッドはダニーから八メートル離れた場所、すなわち船体中央の開口部のすぐ縁に立っていた。船倉の内部に銃口を向けながら、大声でダニーに呼びかける。「よくもこんなボロ船にカネを取って人を乗せやがるな」

ダニーは周囲に目をやり、脅威の有無を確認した。いまでは難民全員が身をすくめてうつ伏せになっていた。そんな難民たちをまたいでスパッドの元へ向かう。一メートルの距離まで近づくと、スパッドの顔がライトの明かりに照らしだされた。嫌悪の色をありありと浮かべている。船倉はデッキより混み合っていた。さらに一〇〇名以上が押し込められているのだ。しかも顔を近づけてみると、その大多数は……。

「ガキだ」スパッドはつぶやくように言った。

ライトに照らされた子どもたちは、まぶしそうに瞬《まばた》きしながら、おびえた表情でダニーたちを見上げた。口をきく者はいなかった。文字どおり隙間なく詰め込まれているので、肩より下を見ることはできない。しかし、ざっと見回したところ、身にまとっているのは薄汚れたボロだけだ。汗と糞便《ふんべん》の臭いが立ち昇ってくる。凄まじい悪臭にダニーは息が詰まりそうになった。ふと、一人の少年が目に留まった。頰にひどい切り傷があり、それが化膿《かのう》しかけているのだ。一瞬、わが子の姿が眼前に浮かんだ。ダニーはすぐさま私情を抑え込んだ。弱みを見せてはならない。そんなそぶりを少しでも見せたとたん、つけ込まれることになる。たとえ重武装していても、こちらは四人。難民たちが一斉に騒ぎ出したら、制圧するのは骨だ。

「許可なく立ち上がったら」ダニーは波音と雨音に負けないよう声を張りあげた。「射殺する」英語を理解できる者が何人いるかわからないが、こちらが本気であることは語気から伝わったはずだ。

操舵室に目をやると、トニーが中に踏み込み、操船していた男たちを追い出しているところだった。二人の男は階段を転げ落ちて、うつ伏せになった難民たちの上に折り重なるように着地した。視界の片隅に、周回するRIBを二隻捉えたが、いまやエンタープライズの存在がすべてを圧倒していた。英海軍の海洋観測艦はすでに三〇メートルの距離まで接近しており、姿勢を安定させるために舳先《へさき》を風上に向けている。その大きさに比べると、難民船はちっぽけなボートくらいにしか見えない。

トニーの声がイヤホンから聞こえた。「ブラック、スパッド、難民を見張れ。騒ぎを起こしそうなやつは有無を言わさず黙らせろ。おれとケイトリンはこの船をエンタープライズに横付けする」

「了解」ダニーは答えると、スパッドを振り返った。「ここにいて前部甲板を見張れ。おれは後部を見る」

スパッドはうなずいた。そして船倉の子どもたちから目をそらすと、デッキ上の難民たちに視線を向けた。これ見よがしに銃を振り向け、難民たちがおかしな気を起こさないよう無言のまま威嚇する。

雨音にまじってすすり泣きの声が聞こえたが、ダニーは黙然と後部甲板へ移動した。いっさいの感情を遮断して任務に集中する。操舵室のトニーはすでに操船を始めており、難民船はエンタープライズと横並びになりつつあった。ケイトリンは階段に立って、右舷の難民たちに睨みをきかせていた。ダニーは後部甲板を歩きながら、写真のテロ容疑者と似た男がいないかどうか確認作業を続けた。いまのところ、サンタあるいはルドルフとおぼしき人物は見当たらず、これといって不審な行動を見せる者もいなかった。本当にＩＳの戦闘員が乗り込んでいるとすれば、トニーが言っていたように、かなり巧妙に紛れ込んでいることになる。

二分後、オーシャン・スター号はエンタープライズと横並びになり、同じように舳先を風上に向けた。エンタープライズの乗員が難民船めがけてロープを何本も投げ始めた。トニーとケイトリンは左舷に移動してそのロープを受け取ると、片っ端から手すりにくくりつけていった。難民たちがざわつきだすと、ダニーは静かにしろと大声で命じながら、威嚇するように銃を左右に振り向けた。視界の片隅に安全ネットを捉えた。エンタープライズから下ろされた、幅五メートルの安全ネットをトニーとケイトリンが手すりに固定する。難民たちがエンタープライズに移動するさいの転落防止策である。木製の横木が並ぶ縄梯子も下ろされた。トニーはその縄梯子を力まかせに引っ張って強度を確かめると、満足げにうなずいた。これで難民を移動させる準備は整った。

「ブラック」トニーの声がイヤホンから聞こえた。「ケイトリンと一緒に艦艇へ移れ。難民船の方はスパッドとおれで面倒を見る」

ダニーは相棒の視線を捉えた。スパッドは顔に降りかかる雨だれを拭いながら、ダニーに向かって「大丈夫だ」とばかりにうなずいた。

「ブラック、さっさと移動しろ。急げ！」

ケイトリンはすでに縄梯子を上りはじめていた。ダニーは銃口を下げると、びしょ濡れの難民たちのあいだをすり抜けた。トニーの元へたどり着く頃には、ケイトリンの姿はエンタープライズの舷側の向こうに消えていた。ダニーはトニーにあれこれ言う暇を与えず、すぐさま横木をつかむと梯子を上りだした。縄梯子は船の動きに合わせて左右に揺れたが、平気だった。もっと悪天候のときに縄梯子を使ったこともあるのだ。おそらく難民たちはひどく怖がるだろうが、さほど問題あるまい。それにおびえた連中は制御しやすい。気の毒なのは、子どもたちだった。

ダニーがエンタープライズに乗り移るとすぐに、居残っていた海兵隊員たちが後部デッキに規制線を張り、難民収容用のスペースを確保した。ケイトリンはターゲットの顔写真を手にしながら、雨に濡れるのもかまわず縄梯子のすぐそばに立っていた。そこへ艦長が歩み寄ってきた。その顔色は暗雲そのものと言ってよく、びしょ濡れの制服などまったく気にかけていなかった。

「ホワイトホールから指示があった」艦長は告げた。「捜索中の二名を見つけ次第、残りの連中はすべて船に戻す。状況の如何《いかん》にかかわらず」

ダニーは思わず顔をしかめた。「船に子どもがいる」てきぱきと伝える。「傷の手当てが必要だ」

艦長はこれ見よがしに胸をそらした。「おたがい」ダニーに浴びせられた言葉を辛辣《しんらつ》な口調でそのまま返した。「命令に逆らえる立場ではあるまい」そして舷側に目をやった。ダニーも同じように目を向けた。痩《や》せ細った若い男がおそるおそる縄梯子を上ってくるところだった。いまにも泣き出しそうな顔つきだ。「だからと言って承服しているわけではないが」艦長はずっと穏やかな口調で言い添えた。

おれだってそうさ。ダニーは胸の内でつぶやいた。そして独り言のようにささやいた。「どこか変だ」

痩せた若者が縄梯子のてっぺんにたどり着いた。ダニーはその腕をつかむと、手すりを乗り越えさせてデッキに引っ張り込んだ。黒い肌、小鼻の開いた低い鼻、白目の部分が黄色がかっている。若者は不安そうにあたりを見回した。ケイトリンはその顎をつかみ、人相をじっくりあらためた。容疑者でないことがはっきりすると、ケイトリンは海兵隊員の一人にうなずいた。若者はその海兵隊員に銃を突きつけられながら、収容区画のいちばん奥へ連行された。

早くも二番手が縄梯子を上ってきた。すぐさまケイトリンが人相をチェックする。この男も収容区画に連行された。

ひどく手間のかかる作業だった。ケイトリンがチェックを終えたのはようやく三〇名。それが四〇名になっても、ターゲットらしき人物は見つからなかった。雨足がさらに強くなった。数人が足を滑らせて転落しそうになったが、なんとか事なきを得た。難民船のデッキにいる人数が半減した。ダニーは徒労感をつのらせた。こんなことをしても無駄ではないのか。

「サンタよ」ケイトリンが鋭い声を発した。

ダニーは即座に動いた。ケイトリンが確認した顔を見ることもなく、相手の首に左腕を巻きつけると、うつ伏せに押し倒した。容疑者と断定された男は抵抗しようとしたが、ダニーにかなうわけがなく、背中に膝頭を叩き込まれると肺に残っていた空気をいやおうなく吐き出す結果となった。容疑者の身体から急に力が抜けて、その場にぐったり横たわった。ダニーは装備ベストからナイロン製の丈夫な結束バンドを取り出し、容疑者の両手首を後ろ手にきつく縛り上げた。身柄を拘束するまで五秒とかからなかった。ダニーは相手を仰向《あおむ》けにさせると、初めて人相を確認した。ケイトリンの判断に間違いはなかった。二人のうち背が高く色黒の方で、テクニカルのかたわらに立つ姿が写真に写っていた。サンタは不快そうに顔をしかめたが、いくらもがいてもダニーの手を払いのけることはできなかった。

ダニーは海兵隊員の一人を呼んだ。「こいつにフードをかぶせて隔離しろ」てきぱきと指示する。「ジタバタしないように」海兵隊員はうなずくと、スポンジ製の黄色い耳栓を容疑者の耳の奥に挿入してから、丈夫な耳当てを装着させた。次に黒いフードを取り出した海兵隊員は、それを容疑者の頭にすっぽりかぶせた。そして喉元の引き紐《ひも》をきつく締め上げると、引っ張り上げるようにして容疑者を立たせた。これでサンタは視覚と聴覚を封じられ、方向感覚を失ったわけだ――もはや逃げ出すことは不可能だった。

ダニーは無線で連絡を取った。「サンタを確保。くりかえす、サンタを確保。難民移動作業を続行せよ」

「了解」トニーは応答した。計画どおりに事が運んでいるせいか、その声には満足そうな響きがあった。

それから一五分ほどで難民船のデッキは空っぽになった。残るは船倉の一〇〇余名だが、その中にターゲットが潜んでいる可能性があった。「これから船倉の連中を上げる」トニーは無線で指示した。「大半は子どもだが、ルドルフを見つけ次第、真っ先に上げるぞ」

「おまえにしては上出来だな」ダニーはささやくような声でつぶやいた。船倉に縄梯子を垂らすスパッドの姿が見えた。子どもたちが縄梯子を上りはじめると、スパッドはそのかたわらに立ち、手を貸した。そして船倉から出てきた子どもたちをトニーの方へ行かせた。トニーはエンタープライズの舷側から垂れ下がる縄梯子のそばで待機していた。

「子どもばかりじゃない」ケイトリンは言った。「あの子たちを移す必要はないわ」

ダニーも同感だった。無線でその旨を伝える。「子どもたちはオーシャン・スター号に残せ。こちらに移す必要はないだろう」

「そうはいくか」トニーの声が返ってきた。「一人残らず下船させる。そういう命令だ」高低差があり、雨も降っていて暗かったが、トニーのしかめ面がはっきり見えた。しかも満面に軽侮の色を浮かべている。ダニーはケイトリンにチラッと目をやった。女兵士は腹立たしげに愛人を見下ろしていた。

痩せ細り、薄汚れた難民の子どもたちはびしょ濡れになりながら縄梯子を上ってきた。ケイトリンは無表情だったが、見るからにおびえた子どもたちに優しく手を貸して手すりを乗り越えさせると、収容区画へ次々に送り込んだ。子どもたちはろくな衣服も身につけておらず、やせ衰えた身体をぶるぶる震わせていた。半数が裸足のままで、その多くが足を引きずっている。ダニーはその一人を引き止めて、両足をチェックした。足は人間のものとは思えないほど腫れあがり、ところどころ化膿していた。まだ化膿していない個所もじきにそうなる。医薬品を投与しなければ、あと二週間ほどで死ぬだろう。その子はおびえきった表情でダニーを見上げた。ダニーはウインクすると、収容区画を指差しながら元気を出せとばかりに押しやった。

子どもの数が二〇を超えて二五人に達すると、ダニーの憤りも高まった。どこのどいつか知らないが、子どもたちをイワシみたいに船倉にすし詰めにしたろくでなしに激しい嫌悪を覚えた。すぐに自重しろという声が頭の中で聞こえた。おれは任務遂行中の兵士であって、正義の味方ではないのだ……。

「成人を一名発見」スパッドが淡々と伝えてきたが、その声はやや緊張していた。

ケイトリンが二六人目の子どもを注意深く引っ張り上げたところだった。ダニーはオーシャン・スター号に目を振り向けた。スパッドがフードをかぶった人物に手を貸して船倉から外へ出そうとしている。銃は胸元にぶら下げたままだ。万一の場合は、援護射撃の態勢を取っているトニーが対応してくれるので、銃を構える必要はなかった。

すべては一瞬のうちに起きた。

まぎれもなくトニーが発砲しようとしていた。銃撃の反動に備えて身構えたのだが、引き金を絞る寸前に、やや狙いをずらした……。

ダニーはスパッドとフード姿の容疑者を見やった。その男はちょうどデッキ上に出たところで、前かがみになって足をふらつかせていた。あきらかに武器は所持しておらず、騒ぎ出す気配もなかった。

スパッドはその一メートル後方にいた。それも若干左寄りに。

ダニーは直感的に判断した。トニーが狙っているのはフード姿の男ではなく、スパッドだ。

「伏せろ！　伏せるんだ！」ダニーは無線機に怒鳴《どな》った。

スパッドは瞬時に反応した。銃声が鳴り響くと同時に、板張りのデッキめがけて勢いよく身を投げたのだ。トニーのライフルの銃口から噴き出す火焔《かえん》がはっきり見えた。そのすぐ後、跳弾が船尾の手すりにぶつかり、火花を散らした。フード姿の容疑者はスパッドほど機敏に動けず、反応するのにまる一秒かかったが、これまたデッキに伏せた。ダニーはすぐさま無線で指示を出した。「撃ち方やめ！　撃ち方やめ！　いったい何をやってるんだ？」

トニーが銃口を下げた。そしてスパッドと容疑者を見やると、ダニーを振り仰《あお》いだ。

「あの難民が銃を抜いたように見えたんだ」トニーは穏やかに釈明した。他人のビアジョッキを倒したくらいにしか考えていないようだ。そのまま、うつ伏せになった二人に歩み寄った。スパッドが跳ね起きた。トニーに食ってかかったが、無線を切っているので内容は聞き取れない。トニーが近づいてくると、スパッドは両手で相手を押しのけた。トニーもたちまち怒りをあらわにした。

互いに睨み合ったため、フード姿の容疑者から目を離す結果になった。

男は飛び起きると、船尾めがけて駆け出した。海へ飛び込むつもりかどうかわからないが、ダニーはそこまで待つ気はなかった。すぐさまライフルを振り向ける。船尾の手すりまで五メートルの距離に近づいたとき、男の一メートル先に銃弾を撃ち込んだ。男はあわてて身を伏せたが、ダニーの関心はすでにスパッドとトニーに移っていた。銃声は両者の対決に終止符を打った。トニーはスパッドのかたわらを通り過ぎると、銃を構えながら、容疑者に近づいた。そして五秒ほどで男の元にたどり着いたが、スパッドは銃を握りしめたままその場を動かなかった。ダニーの見るところ、テロリストから身を守るためではなさそうだ。

トニーは腕をつかんで容疑者を引き起こすと、かぶっていたフードを脱がせた。「こいつはルドルフだ」トニーはそっけない口調で告げた。「顔に白斑がある。いまから上げるぞ」

トニーがルドルフを引き連れて縄梯子へと向かった。しかしダニーは心穏やかではなかった。ルドルフは銃なんか抜いちゃいない。そんなそぶりすら見せなかったのだ。それにトニーほどのベテランがこんな判断ミスを犯すはずがない。たとえ思い違いをしたとしても、あれほど狙いを外すなんてあり得ない。ルドルフを狙っていたのなら、間違いなく仕留めたはずだ。

もしダニーがスパッドに警告しなかったらどうなった？

ダニーは確信した。トニー・ワイズマンはスパッドを撃ち殺そうとしたのだ。戦闘中の悲劇的な事故にみせかけて。

実際には戦闘なんてなかった。仲間に不満を抱くＳＡＳ兵士がその仲間を狙い撃ちしたにすぎない。

スパッドが顔を上げてダニーの目を見つめた。その表情がはっきり物語っていた。自分の身に何が起きたか、スパッドは間違いなく認識していた。

第3章　解任

ルドルフは駆け出そうか海に飛び込もうか迷っているように見えた。どちらも無理だった。結局、トニーに銃を突きつけられるまま縄梯子を上りだした。それでも中ほどで三〇秒ほど動きを止めたが、エンタープライズの舷側から手を差し出すケイトリンの姿を目にして腹を決めたようだ。どうせ鬼に捕まるのなら、少しでも優しそうな方がいいと。土砂降りの中、ふたたび縄梯子を上りはじめた。手の届くところまで来ると、ダニーとケイトリンは力を合わせてルドルフを一気に引っ張り込んだ。そして、その身体を甲板に放り出すと、ダニーはすぐさま仰向けにさせて右腕の動きを封じた。かたわらにひざまずいたケイトリンが髪をつかんで顔を引き起こし、おびえきった相手の人相を確認する。

「間違いないわ」ケイトリンは断言した。

三〇秒後、第二のテロ容疑者も結束バンドで縛り上げられ、フードをかぶせられた上で、二名の海兵隊員によって連行された。ダニーとケイトリンは立ち上がった。二人ともずぶ濡れで、少し息を切らしていた。

「いったい下で何があったのよ？」ケイトリンが問いただした。

返答する暇もなく艦長が大股に近づいてきたので、ダニーは言った。「本部に無線連絡してくれ。ターゲットを二名確保したと」

「無線ならもうつながっている」艦長は答えた。「そのターゲットを発見したらただちに難民全員を船に戻せという命令だ」

ダニーは収容区画で身を寄せ合っている難民たちを見やった。とりわけ子どもたちに目を向けた。「衛生兵を呼んで、治療してやってくれないか」ダニーは言った。「できる範囲でいいから」

艦長は首を振った。「命令を無視するわけにはいかん」

そうやって話し合っていると、ダニーのイヤホンがガリガリと音を立てて、トニーの声が聞こえた。「船倉にまだ一〇人ほどガキが残ってる。こいつらは船倉から出した後も、こっちのデッキに留め置く。それから見落としがないか確認するために船倉のチェックをおこなう。ガキのお守りはスパッドに任せる。あの野郎、すっかりビビッてやがる」

ダニーは難民船に目をやった。子守なんてスパッドにはおよそ似つかわしくない。スパッドは雨に打たれながら船尾に立ちつくしていた。ライフルの銃床をしっかり肩に押し付け、船倉周辺のデッキを見張っているのだ。しかしライフルに取り付けたライトの光線はたえずトニーの姿を捉えていた。スパッドは自衛行動をとっている。間違いなかった。

　ダニーは艦長を振り返った。「あと一五分くらいは難民を動かせない。そのあいだに衛生兵を呼んで治療してやってくれ。今夜、気分よく眠りたいだろ」

　艦長は一瞬迷いの色を浮かべたが、すぐに乗員を振り返った。「衛生兵を呼んで来い。急げ！」乗員は小走りにその場を離れた。「本部に現状を報告してくる」艦長はそう告げると、回れ右をしてブリッジの方へ引き返していった。

「頼むぜ」ダニーはつぶやくように言った。ふたたび難民船に目をやる。スパッドはさっきの場所から動いていなかった。船倉から子どもたちを出す手助けをしているのはトニーだった。

「サンタとルドルフの状態を確認しないと」ケイトリンが言った。

　ダニーはスパッドとトニーから目を離さなかった。「連中に逃げ場はない。海兵隊に任せておけば大丈夫だ」銃を持ち上げてオーシャン・スター号に銃口を向ける。そのあいだずっとケイトリンの視線を感じていた。

「あれは事故なんでしょ」ケイトリンも確信が持てないらしく声に力がなかった。

「いくらトニーでも――」

「いくらトニーでも、どうした？　あいつは何だってやる。それを肝に銘じておけ。あの二人から目を離すなよ、いいな？」

ダニーは難民たちの様子にもそれとなく気を配っていたが、こちらは海兵隊員たちに任せておけば問題なかった。ダニーはいかつい彫像のごとく立ちつくし、シュアファイアーのライトをオーシャン・スター号に向けた。三メートル左にいるケイトリンも同じようにした。難民船のデッキでは、スパッドが子どもたちを操舵室の近くに座らせると、トニーが姿を消した船倉の出入り口に銃を向けた。これまた衛兵のごとく身じろぎもしなかった。

五分経過。トニーが現われる気配はなく、無線連絡もなかった。波はさらに高くなり、雨もひどくなった。ダニーはびしょ濡れだった。たとえ海に飛び込んでも、これほど濡れることはあるまい。しかし動かなかった。トニーのやつは何を手間取っているのだ？　船倉の内部を照らすライトの明かりが時折チラッと見えた。あんな狭い場所を捜索するのにこれほど時間をかける必要があるのか？

トニーはふいにデッキ上に出てきた。そしてスパッドに目をやると、自分に銃を向けているダニーとケイトリンを見上げた。表情は読み取れなかったが、ややぎこちないそぶりから監視されていることを自覚しているように思われた。

「腐ったイワシよりひでえ臭いだな、この中は」トニーの声がイヤホンから聞こえた。

「だが、問題はねえ。難民を戻せ」

ダニーはほとんど動かず、顔だけをケイトリンに向けた。「言われたとおりにしろ」ふたたびオーシャン・スター号を振り返り、見張りを続ける。とりわけトニーの挙動に目を光らせた。チームリーダーに銃口を向けている事態を不審がられても平気だった。ケイトリンが難民の誘導を始めても手を貸そうとはしなかった。スパッドからケツを守ってくれと頼まれたのだ。その役割を果たすまでだ。

難民たちを船に帰すのにまるまる三〇分を要した。気の滅入る作業だった。オーシャン・スター号に戻りたがる者は一人もいなかった。多くがすすり泣いていた。ケイトリンに哀願する者もいたが、一人残らず難民船に追い返せと厳命されているのだ——そのとおりにするしかなかった。子どもたちを暗い船倉に戻すトニーの姿を眺めながらダニーは苦々しい思いを嚙みしめていた。さすがのトニーも背中に銃口を向けられていたら平気ではいられないだろう。引き金にかけた人差し指が時折むずむずした……。

「これで最後」ケイトリンが告げた。若い女が涙ながらに縄梯子を下りていくところだった。ダニーは収容区画を振り返った。当然ながら、誰もいなかった。一方、オーシャン・スター号では、難民たちがうなだれて雨に打たれていた。彼らは悪夢の中にいるような気分だろう。ダニーは思わず願わずにはいられなかった。なんとか無事陸地にたどり着けるように、と。しかし、明日まで命がもたない者がいることも承知していた。

今度はスパッドとトニーがエンタープライズに戻ってくる番だ。スパッドが先に縄梯子を上った。トニーはその足元に立って、あからさまに銃口を向けてくるダニーを見上げていた。スパッドが手すりを乗り越えると、ダニーは胸を撫で下ろした。これで当面は安全だ。しかしダニーはトニーの監視を続けた。チームリーダーは装備ベストからナイフを抜くと、まず安全ネットを切り離し、続けて、オーシャン・スター号とエンタープライズを結びつけているロープを手際よく切り落としていった。そして海軍艦艇が難民船から離れ出した瞬間、縄梯子に飛びついた。無駄のない動きで素早く手すりまで上りつめ、数秒後にはエンタープライズのデッキに戻ってきた。

雨がいちだんと激しく打ちつけてきた。ダニーは顎を突き出すようにしてトニーに詰め寄った。「あれはなんのマネだ?」声を荒げて問いただす。視界の片隅に、驚くほど速く離れてゆくオーシャン・スター号が見えた。すでに五〇メートル近く距離があいていた。

「何の話だ?」トニーも喧嘩腰《けんかごし》に応じたが、ダニーと目を合わせようとしなかった。

「とぼけるな」

「任務は無事終了したろ。サンタとルドルフはどこだ?」トニーはダニーの肩越しに右舷方向を見やった。そのデッキの片隅で、三名の海兵隊員が捕虜二名に銃を突きつけて拘束していた。「ケイトリン、一緒に来い。あいつらをSF用控え室に連行してから、本部に連絡するぞ」

トニーは肩をぶつけるようにしてダニーのかたわらを通り過ぎた。ダニーはその後ろ姿を見送った。スパッドとケイトリンも、数メートル離れたところに立ったまま、同じようにした。

「あいつ、おれを撃ち殺そうとしやがった」スパッドはつぶやいた。「本気でな」

ダニーはいまも視界の片隅にオーシャン・スター号を捉えていた。一〇〇メートル近く離れているので、荒波にもまれて上下する船の明かりがかろうじて見て取れる程度ではあったが。何よりも注目していたのはトニーの振る舞いだった。まるで何事もなかったかのように捕虜に歩み寄ってゆく。傲慢を絵に描いたような足取りだった。

「ボーイフレンドの後を追いかけなくてもいいのか？」ダニーはケイトリンに声をかけた。

「もう一度、彼をそう呼んだら」ケイトリンは答えた。「あんたたち、二人とも撃ち殺してやる」

「とにかく一緒に行って、捕虜を見張れ。おれたちはブリッジに行き、本部に連絡する。レイ・ハモンドに報告する必要が――」

ダニーはふいに口をつぐんだ。爆発の衝撃を感じたのだ。左舷方向から確かに衝撃波が伝わってきたが、爆音自体は雨音や波音やエンジン音に掻《か》き消されて聞こえなかった。しかし、その震源はすぐにわかった。ダニーはくるりと振り返り、オーシャン・スター号の進行方向に目をやった。スパッドとケイトリンも同じように振り向いた。

操舵室の照明はどこにも見当たらなかった。ダニーは装備ベストからスポッティング・スコープを引き抜くと、水平線上に向けた。左右に動かしても、見えるのは高波と雨雲ばかりだ。しかし数秒後、船の姿を捉えた。

もしくはその残骸と言うべきか。

「沈没しかけている」ダニーはそっけなく伝えた。

もはや時間の問題だった。船尾は水没し、後部デッキのうち水上に顔を覗かせているのは五メートル足らずの部分に過ぎない。

「あの子たち」そうつぶやくケイトリンの声が聞こえた。まさにそのあいだに、ダニーはオーシャン・スター号の姿を完全に見失った。

ダニーはスコープを下げると、ケイトリンとスパッドを振り返った。

「トニーが持ってたあの小型リュックの中身は何だ?」ダニーは誰も答えられないことを知りながら同じ質問をくりかえした。そしてスパッドとケイトリンの返事を待つことなく、トニーの元へ駆け出した。見張りの海兵隊員たちがなすすべもなく傍観する中、トニーは捕虜を小突き回していた。ルドルフの腹に拳《こぶし》を叩き込んだトニーの肩をつかむと、ダニーは相手を強引に振り向かせた。二人は睨み合う格好になった。トニーが血相を変えた。次に何が起こるかダニーには読めていた。トニーが手のひらで顔を突き上げようとしてきたが、ダニーは難なくその手を払いのけた。「あの船に何を仕掛けた？」ダニーは声を荒げた。

トニーはせせら笑った。「何の話だ？」

言い返そうとしたダニーは、スパッドとケイトリンがすぐそばに来ていることに気づいた。「あの爆発は何だ？」大声で問い詰める。「どうしてあんなことに？」

トニーは怒りもあらわに白《しら》を切った。「ルドルフとサンタが爆発物を持ち込んでいたにちがいねえ。そいつを見過ごしてしまったのさ」

トニーはケイトリンを振り返った。あからさまに応援を求めたのだが、相手にされなかった。ケイトリンはトニーを睨みつけた。たちまちトニーの目つきが険しくなった。いまにも憤怒《ふんぬ》を爆発させそうな顔つきだ。

ケイトリンはトニーのかたわらを離れて、ダニーとスパッドの側に移った。「トニー、あなた、いかれてるわ」

沈黙。トニーは殺意のこもった目で睨みつけたが、ケイトリンは無言のまま顎を突き出した。

トニーは肩をすくめた。顔から殺意が消えて、無頓着《むとんちゃく》な表情に変わった。「いずれにせよ、あの薄汚れた難民どもは死ぬ運命だったんだ。こんなに荒れた海を乗り切れるわけがねえ」

「言いたいことはそれだけ？」ケイトリンが食ってかかった。

「トニー」ダニーが割って入った。「捕虜をSF用控え室へ連行しろ。ケイトリン、同行しろ」ケイトリンがチラッと不安げな表情を見せると、こう付け加えた。「海兵隊員も二名ほど連れてゆけ」そうすればトニーと二人きりになって居心地の悪い思いをすることもない。

「指示を出すのはこのおれだぞ」トニーが噛みついた。しかしいまやダニーを挟んでその両側に立つスパッドとケイトリンの顔つきを見ても、言うことを聞きそうな気配は微塵もなかった。力関係が逆転したのは明らかだった。

緊迫した沈黙が続いた。ダニーとトニーは睨み合った。先に目をそらしたのはトニーだった。そしてルドルフの腕をつかむと、相手を引きずるようにして歩き出した。

「あいつが馬鹿をやらかさないよう注意してくれよ」ダニーからそう声をかけられたケイトリンは、不快の色もあらわにサンタを引き立てると、トニーの後を追った。

艦長が雨を物ともせずブリッジから急ぎ足でやってきた。「あの船を沈めたのはきみたちか？」きびしい口調で詰問する。「あの船には子どもがたくさん……」

ダニーは話題をそらした。「ヘリフォードに連絡したい。盗聴の恐れのない回線と個室が必要だ。用意できるか？」

怒りに青ざめた艦長は一瞬口をつぐんだが、すぐにうなずいた。「ブリッジわきに無線室がある。ついて来い」

ダニーたちがブリッジに足を踏み入れると冷たい目で睨みつけられた。どうやら乗員たちはオーシャン・スター号の沈没にショックを受け、その責任はＳＡＳチームにあると考えているらしい。そうした視線を無視してダニーがスパッドと一緒にブリッジの片隅に立って待っていると、艦長が通信士を連れて隣室に入った。二分後、艦長は通信士と一緒に出てきて、二人にうなずいた。

「準備できた」艦長はそっけなく告げた。その口調から艦長も乗員と同じようにＳＡＳチームを見ていることがわかった。

ダニーとスパッドは隣室に入った。五メートル四方の小部屋で、通信機を置いたテーブルと椅子が二脚あるだけだ。ダニーは艦長を振り返った。「暗号化されているか？」

艦長はうなずいた。

「必要があったら呼ぶ」ダニーがそう言うと、艦長は頬をぴくつかせたが、気をきかせて退室した。ダニーはスパッドを振り返った。「ドアを見張れ。これから連絡する」

スパッドは少しためらったが、すぐに部屋を出るとドアを閉めた。

ダニーは無線のマイクを手に取った。「こちらチャーリー・アルファ・ゼロ」

すぐに返事があった。「報告しろ、チャーリー・アルファ・ゼロ。こちらヘリフォード」

紛れもなく作戦担当将校のレイ・ハモンドの声であった。「少佐」ダニーは言った。「どういうことなのか教えてもらえませんか？」

「ターゲットの身柄は確保したのか？」

「確保しました。ついでに船いっぱいの難民たちを地中海の底に沈めたように思われますが」

間《ま》があった。

「トニーはそこにいるのか？」

「おりません。ケイトリンとともにサンタとルドルフを見張っています。じつは厄介な問題が持ち上がって――」

「オーシャン・スター号の生存者は？」

ダニーは鼻を鳴らした。「おりません。トニーの仕業ですか？」

また間があった。

「何の話だ、ブラック。船の沈没などめずらしくもない」

「わたしには無理だとお考えになったようですね？」

ダニーは黙り込んだ。彼の推測が当たっているとしたら、ついさっき目撃した沈没は戦争犯罪すれすれの行為と言っていい。レジメントが非合法の秘密任務《ブラック・オペレーション》を遂行しているのは事実だ。彼自身、実行した経験がある。しかし、あの船には子どもが一〇〇人も乗っていたのだ。それを沈めろと命じられて従えるものだろうか？　おそらく無理だ。トニーならどうだ？　躊躇《ちゅうちょ》しないだろう。

そんな野郎とチームが組めるか？　冗談じゃない。

ダニーはすぐさま考えをまとめた。「じつは問題が起きています」

「なんだ？」

「スパッドとトニーをめぐる問題です。本件はオフレコでお願いしたいのですが、スパッドがトニーのカミさんを寝取ったことが判明しました」

レイ・ハモンドは悪態をついた。「スパッドの大馬鹿野郎が。寝る相手くらいちゃんと選べ」

「問題はそれだけじゃありません。トニーが事故に見せかけてスパッドを射殺しようとしました」

沈黙。ダニーは思わず息を凝らした。こんな報告をしても、余人なら信じてもらえないだろう。だが、トニー・ワイズマンの悪名を知らぬ者はいない。「わたしはこの目ではっきり見ました」レイ・ハモンドが返事に窮しているあいだに、ダニーは言いつのった。「二人は激しくいがみ合っております。それにケイトリンまで殺したいほど憎んでいるようです。これではチームとして機能しません」

「よくわかった、ブラック」レイ・ハモンドはふいに答えた。「いまから命令を伝える」また少し間があった。「おまえとスパッドとケイトリンはサンタとルドルフを連れてマルタの尋問センターへ行け。センターの位置情報はこちらからワイルドキャットの乗員に直接伝えておく。おまえたちはそこで尋問に立ち会うのだ。二名のテロ容疑者の口からじかに情報を聞き出せ。それからブラック」

「なんでしょう？」

「スパッドの挙動には気をつけろ。あいつは敵地で何度も拷問《ごうもん》された経験がある。実際、現役復帰させるさいに軍病院の精神科医からも要注意だと言われた。これからおまえたちが向かうのは、マルタのブラック・キャンプ（国内法の規制を受けない捕虜収容所。したがって人権は二の次で、拷問に近い尋問が黙認されている）だ。あいつは嫌がるだろう」

「スパッドなら問題ありません。トニーはどうします？」

「すぐさま異動させる」

「どの部署へ？」ダニーは尋ねた。宿敵を打ち負かしたという満足感にひたりながら。全身ずぶ濡れで、腹の虫もまだ収まってはいなかったが、レイ・ハモンドからトニーの処遇を聞かされたとき、思わず笑みがこぼれた。

トニーは目をぱちくりさせて問い返した。「なんだと?」

そこはSF用の控え室だった。二人の捕虜は縛られてフードをかぶせられたままうつ伏せに寝かされているので見ることも聞くこともできない。ダニーはレイ・ハモンドから聞かされた内容を一字一句変えることなく伝達した。「イエロー・セブンの警護だ」

トニーはダニーを睨みつけた。

「ハモンドによると、王室から国防省に何度も要請があったらしい。ドバイにレジメントの警護要員を派遣して、クリスマスまでに本人を英国へ連れ戻せと」ダニーはケイトリンを振り返った。「どうやら王室にとってSASは気がねなく使える無料ボディガードってとこらしい。とにかくヘリフォードは、人員不足を理由にずっと断ってきた」今度はトニーに冷たい目を向けた。「その方針を一変させたらしい。これは正式命令だ。おまえはここで迎えのヘリを待ち、シゴネラ基地まで引き返せ。そこからドバイへ飛ぶことになる」

トニーの首筋が朱に染まった。ダニーに詰め寄る。「覚えてろよ、ブラック」ほんの一瞬だが、完全に正気を失ったように見えた。

「おれが決めたわけじゃない」ダニーは押し殺した声で答えた。「文句があるのなら本部に言え」

トニーは目を細めた。そして何か言おうとして思いとどまった。ダニーを押しのけてスパッドに歩み寄る。「今度また女房に手を出してみろ」声を押し殺して恫喝《どうかつ》する。「弾をぶち込まれた方がマシだって気分にさせてやるぞ」

「そうカリカリするなって、トニー」スパッドは落ち着き払っていた。「めでたく王室御用達の用心棒になれたんだからよ」

トニーはダニーを振り返ると、ケイトリンを指差した。「てめえ、あいつとよりを戻すつもりだろ。邪魔者がいなくなるものな」

「地獄へ堕《お》ちてしまえ、トニー」ケイトリンが吐き捨てるように言った。

沈黙。トニーは仲間に背を向けるとドアに歩み寄った。

「ちょっと待て」ダニーが足留めした。

トニーは立ち止まると、憎しみのこもった表情でゆっくりと振り返った。

「ホワイトホールがエンタープライズの乗組員におまえの作り話を言い聞かせている。二名のターゲットが爆発物をあの船に置き忘れたってやつだ。だが、乗組員だって馬鹿じゃない。だから忠告しておくぞ、トニー。彼らをおちょくるのはよせ。おれたちを難民と一緒に海の底に沈めたいと思っている連中だっているんだ。おまえの身に何かあったら、おれたちも気分がよくない」

「寝言をほざくな」トニーはつぶやくように言うと、ダニーに詰め寄った。「てめえ、ヤワになったたな、ダニー・ブラック。みんなそう言ってるぜ。赤ん坊が生まれたせいだろ。おれは何人も同じようなやつを見てきた。クソみたいな難民が何人くたばろうが気にも留めねえレジメント隊員がいることくらい、てめえだって知ってるだろ？」トニーはダニーに嘲笑を浴びせて、勢いよく部屋を飛び出すと、叩きつけるようにドアを閉めた。

ケイトリンがダニーをじっと見つめていた。「あなたを怒らせると怖いわね。つくづくそう思ったわ」

「あれくらい当然の報いだろ」ダニーは答えた。

「やっぱり彼が難民船を沈めたの？」

「わからない。本部はまともに取り合おうとしない」

「彼に気をつけなさいよ、ダニー。あのタイプはよく知ってるわ。大物ぶった小物は爆発しやすいから、用心が肝心」

「トニーなら対処できる」ダニーはそう答えると、床に寝かされた二人の捕虜を見やった。「こいつらをワイルドキャットに乗せよう。できるだけ早く出発するよう本部から命じられている」

スパッドとケイトリンがその仕事を担当することになり、さっそく二人を引き起こした。一方がアラビア語で何事かつぶやいた。スパッドがすかさず腹に肘打ちを食らわすと、捕虜は息を詰まらせた。そのまま身体を二つ折りにし、二度と声を出すことはなかった。スパッドとケイトリンが捕虜二人を部屋から連れ出すと、ダニーが後に続いた。一同はそろって金属階段を上った。

デッキ上にトニーの姿はなく、退去を命じられている乗組員も戻ってはいなかった。ワイルドキャットの航空灯が点滅しており、コクピットに操縦士の人影が見えた。いつでも飛び立てるよう待機しているのだ。ヘリパッドのかたわらに艦長が立っていた。濡れた髪が強風にあおられてクシャクシャになっている。ダニーは大股に歩み寄った。

「隊員を一人置いていくのでよろしく」回転しはじめたローターの音に負けないよう声を張りあげる。

艦長はうなずいた。「さっきシゴネラ基地から迎えのヘリが来るという連絡があった」

「一言注意しておきますが」ダニーは大きな声で続けた。「あいつの神経を逆撫でするようなマネだけは絶対にしないように」

「承知した」艦長はそう答えると手を差し出した。「きみに詫《わ》びなくてはならん。あの船の件についてホワイトホールから説明があった。船内に爆発物が持ち込まれていたというのだ。愚かなことを」ちょうどスパッドとケイトリンがサンタとルドルフをワイルドキャットに乗せているところだった。「あの二人をどこへ連れてゆくのか知らんが、それ相応の報いを受けさせるべきだな」

ダニーは暗い表情で応じた。「間違いなくそうなりますね」そして軽く一礼すると駆け足でワイルドキャットへと向かった。

第4章　英仏海峡

フランス北部カレー　同日の夜

カレー市内へ通じる幹線道路のそばから二〇メートル離れたところに男が一人立っていた。ヘッドライトを点灯した大型トラックや小型車両が通り過ぎるたびに、男はまばゆそうに目を細めた。道路を挟んで向かい側には高いフェンスが連なり、その奥は鉄道の敷地になっている。いまも貨物列車が地響きを立てながら走り過ぎていった。そんなところに一人ぽつんと立っている男の姿に気づく運転手はいるだろうか。目を留めたら、男のことをどう思うだろう。好意的な印象はまず期待できない。それでも平気だった。必要があってここまでやって来たのだ。同じような境遇の者なら誰でもそうするように。

男の本名はユースフというが、欧州を横断するさいに西欧的なジョセフという名に変えた。さらに短縮して、いまではジョーで通している。この名を初めて使ったのは三か月前にギリシア南部の海岸に上陸したときだ。満員の古ぼけた難民船から解放されたユースフは飢えと恐怖に苦しんでいたが、命だけはなんとか助かった。イスラム教を連想させない名だと人々は驚くほど親切だった。それにすっかり味をしめ、いまでは何のためらいもなくジョーと名乗るようになっていた。

ジョーは瘦せて背が高く、ひょろりとした体形である。十代の男は強く見せようとタフぶるものだが、ジョーは違った。喉仏が突き出て、黒髪を真ん中で分けている。そしてレンズの分厚い旧式のメガネをかけていた。そのメガネをかけているとすごく賢そうに見えると母親からいつも言われた。実際は、このメガネがないと何も見えない。つまり、なくてはならない物なのに、経年劣化がひどく、ひび割れた個所をテープで補修して使っている有様だった。いずれバラバラになるだろう。その日が来るのが怖かった。必要な品はたいてい盗めば事足りるが、貧窮のどん底にいる一五歳の不法難民がメガネの処方箋《しょほうせん》を入手することは不可能だった。

寒い夜で、ジョーは震えていた。右方向に目をやった。道路から三〇メートルほど引っ込んだところに炎が見えた。古ぼけたドラム缶で焚《た》き火をしているのだ。その炎が時折赤々と立ち昇った。焚き火を取り囲む人影がいくつか見えたが、ジョーは近づこうとしなかった。ギリシアに着いてからずっと他の難民たちとは距離を置いていた。英国をめざして欧州を移動する難民はたいていグループになることを好む。その方が安全だし、力を合わせれば成功する可能性も高まるというのだ。しかしジョーの考えは違った。こうした難民グループに対する地元住民の反応を、ギリシアを振り出しにバルカン諸国、イタリア北部、スイスそしてフランスと、ずっと見てきたが、その目には憎しみと不信が色濃く宿っていた。単身なら、人目につかない。素早く動き、目的地に向かうトラックの荷台に潜り込めば、国境を越えて欧州を移動できる。一人の方が気ままに動けるし、ずっと楽なのだ。

しかしながら、フランスと英国を隔てる最後の国境は難物だった。ここは難民の吹き溜まりになっていた。高いワイヤーフェンスが海底トンネルに通じる鉄路へのアクセスを阻んでいるのだ——にもかかわらず、侵入者は相次いだ。武装警官や兵士が巡回をくりかえし、輸送トラックは入念に検査された。この国境線を突破するには持てる力をフルに発揮する必要があった。

「おい！」焚き火を囲んでいる連中の一人が声をかけてきた。ジョーはビクッとして身構えた。「心配すんなって。こっちへ来て、温まれよ」男は英語で話しかけてきたが、独特のなまりがあった。シリア生まれのジョーは、戦争前に学校で英語を習得していた。不安げに左右を見回す。できれば他の難民から離れていたかったが、ひどく寒かった。そこで、おそるおそる歩み寄った。

立ったまま焚き火を囲んでいるのは、男四人、女三人のグループで、国籍はまちまちだった。中東系とエリトリア人。ここカレーで仲間になったのだろう。男の一人から透明の液体入りのボトルを渡された。慎重に一口すすったジョーは激しく咳《せ》き込み、あわててそのボトルを返した。不快そうに顔をしかめていると笑いが起きた。しかし、そのアルコール濃度の高い安酒は内側から身体を温めてくれた。ジョーはもごもごと礼を述べた。

「どっから来たんだ？」ジョーを差し招いた男が尋ねた。英語からアラビア語に切替わっていた。

ジョーは返答をためらった。この旅については誰にも話したことがないし、話したくもなかった。しかし焚き火の温《ぬく》もりは有難かった。応答を拒めば、追い払われるかもしれない。「シリアのアレッポ」ジョーは答えた。

口の奥で舌打ちの音を響かせる者が数人いた。かくのごとく、アレッポに対する印象はいいものではない。

「どうやって国境を越えるつもりだ？」別の男が尋ねた。その男は港の方角を眺めていた。

「まだ決めてない」ジョーはそう答えたが、すでに腹案はあった。

「くれぐれも気をつけるんだよ」女の一人が声をかけてきた。赤いスカーフで髪を包んだ女で、やつれきった顔はしわだらけだった。女はふいに咳き込んだが、すぐに落ち着いた。「この三日のあいだに仲間が二人死んでね。一人は、あんたと同じくらいの男の子で、アフガニスタンからやって来た。昨日、ユーロトンネルに潜り込んだけど、列車に轢かれてしまった。四〇〇メートルくらい引きずられて、遺体はひどい有様さ。偽造パスポートに本名が記してあってね、それで身元が判明したんだよ」

ほかの仲間もそうだとばかりにうなずいた。

「その二日前」もう一人の女が口を開いた。「エリトリア人の男が輸送トラックの荷台に潜り込んだの。彼はパレットを移動させておくべきだった。トラックが動きだしたとたん、積み上げてあったパレットが崩れ落ちて、その下敷きになって死んでしまったからね」

口々につぶやく声が聞こえた。焚き火を取り囲む輪が少しばかり縮まった。赤いスカーフの女がじっとジョーの顔を見つめた。その目には同情の色があった。「家族は？」女は尋ねた。

「死んだ」ジョーは答えた。

「シリアで？　爆弾にやられたのかい？」

ジョーは足元に視線を落とした。「違う」穏やかに答える。「爆弾じゃないよ」勢いよく顔を上げると顎を突き出すようにして答えた。「ダーシュにやられたんだ」

その言葉を発したとき、胸の内では呪いを込めていた。ダーシュとはＩＳを指す呼称の一つである。ただ、ＩＳ自体はこの呼び名をひどく嫌っており、難民たちの中にもそのシンパが紛れ込んでいる可能性があった。

しかし心配する必要はなかった。難民たちは地面に唾《つば》を吐いたり、悪態を口にして、ダーシュに対する嫌悪感をあらわにした。ジョーは少しばかり安心した。

「何があったの？」女の一人が尋ねた。表情が険しくなるのが自分でもわかった。父と母がどんな目に遭ったか誰にも話したことはない。軽々しく口にできることではなかった。あの恐ろしい日のことはくりかえし脳裏によみがえってきた。黒いフードをかぶせられて木から吊り下げられた父親の死体のことを何度も思い出す日だってあった。そして彼の目の前で、母親が血まみれの姿でダーシュの兵士たちから性的暴行を受けたのだ。その場面がよみがえってくると、はらわたが煮えくり返り、ひどい吐き気を覚えた。そのとき自宅近くに立っていた男の顔もよく覚えている。喉元に大きな傷痕があった。唇を両側に大きく引き伸ばした笑みのように見える傷だ。母親が用済みになると、その男が頭を撃ち抜いた。そして、その男の命令でジョーは自宅から連れ去られて、強制的に働かされることになった……。

しかしここで、そんな思い出話をしても仕方がない。「話すほどのことでもないよ」そう答えたジョーを問い詰める者はいなかった。ここへたどり着いた難民には例外なく悲惨な過去があり、それをことさら話したがる者などいるはずもなかった。

難民たちはそろって黙り込み、焚き火にかざした手をこすった。赤いスカーフの女がまた咳き込んだ。今度はかなりひどかった。呼吸器系に炎症でもあるのだろうか。

「できれば」ようやく咳が収まると、女は息を切らしながら言った。「フィンランドに行きたいんだけどね」そして、もう一度ジョーの顔をしげしげと見つめた。「どう、一緒に行かない。仲間がいれば心強いし。おまえさんみたいな瘦せっぽちだと、いざというときに……」

ジョーは首を振った。「ありがとう。でも……一人の方がいいんだ、ぼくは。それに英国に会いたい人間がいるから」

「親戚かい？」焚き火を囲んでいた連中が俄然《がぜん》興味を示した。

「違う」ジョーは即答した。「親戚じゃない。ただの知り合い。男のね」

にわかに盛り上がった関心はたちまち消え失《う》せた。ちょっとしゃべりすぎたかな。ジョーはふとそう思った。まあいいや。とにかく雨粒が落ちてきた。この雨をずっと待っていたのだ。今朝拾った朝刊の気象欄で、地中海から北西方向へ低気圧が進んでくるという予報を読んでから。ジョーはポケットに手を突っ込むと、背を丸めるようにして焚き火のそばから離れた。そして道路を歩き出した。ヘッドライトを点灯した車がやって来るたびに、ジョーの影が路面に伸びたが、その後を追うようにもう一つ影が見えた。ジョーは足を止めて振り返った。赤いスカーフの女が数メートル後方にいた。心配そうな顔つきだ。

「今夜のねぐらは？」女は尋ねた。

「これから見つけるよ」ジョーは答えた。

「国境を越えるつもりなら気をつけるんだよ。大げさじゃなくて、何人も死んでるんだからね。トラックの荷台は一台ずつ調べられるし……」

雨が本降りになってきた。ジョーは笑みを浮かべた。「名案があるんだ。きっとうまくいくと思う」しかし、その声が女に届いたかどうか。ふたたび咳き込みはじめたからだ。それもかなりひどく。病院で治療を受ける必要があるが、それは無理な相談だった。ジョーはポケットの中を探り、イタリア北部の店で万引きしたパラセタモール（非アスピリン系の鎮痛解熱剤）の小箱を取り出した。四錠しか残っていないが、これで少しは身体が楽になるだろう。ジョーは女に歩み寄ると薬の小箱をその手に押しつけた。「温かくすることだ。さあ、雨に濡れると身体に障るから焚き火のところに戻りなよ。ぼくのことなら心配いらない。そんなに馬鹿じゃないから」

女はジョーの目を見つめるだけで、何も言わなかった。そして軽くうなずくと、薬を抱きしめるようにして、焚き火の方へ引き返した。ジョーもまた道路を歩き出したが、「ちょっと、若いの！」という女の声でまた足を止めた。

ジョーは振り返った。「なに？」

「探し物が見つかるといいね」女は言った。

ジョーは小首をかしげた。「そうだね」小声でくりかえす。「そうなってほしいよ」

サンタとルドルフを英国へ連行するのは論外だった。ＳＡＳの一員ならそれくらいのことはわきまえている。英国領へ足を踏み入れたとたん、二人のテロ容疑者には弁護士が付き、飲食から医療サービスまで、ありとあらゆる手厚い保護を受けることになる。スプークでも情報を聞き出すのに数週間を要するだろう。たとえ目当ての情報を得たとしても、手遅れでは何の役にも立たない。ダニーたちが直接尋問を担当するわけではなかった。情報部でひそかに〝高密度審問〟と呼ばれている尋問手法があるのだが、二人の容疑者はそれを身をもって味わうことになる。

サンタとルドルフにとって長い夜になりそうだ。

そうした運命を知ってか知らずか、二人ともひどく従順だった。恐怖はいい薬になる。フードをかぶせられ、両手両足を拘束されて、ワイルドキャットの床にうつ伏せに寝かされていたら、静かにしているほかない。二人のところから尿の臭気が漂ってきた。どちらか一方、あるいは両方が、失禁したのは間違いなかった。

ＳＡＳチームも黙り込んでいた。今夜の出来事は全員にとってショックだった。ダニーはいくつかの場面を思い起こしていた。足の傷がひどく化膿した子ども。相棒を狙い撃ちしたトニー。そのトニーと決別したケイトリン。リーダー解任を知らされたときの憎しみに満ちたトニーの表情……。

マルタ島までの飛行時間は五〇分。外は真っ暗だった。ワイルドキャットはライト類をすべて消して、海面すれすれに飛行していた。パイロットは暗視ゴーグルの視界だけを頼りに操縦を続けた。湾岸部の街明かりが窓越しに見えたのも束の間、内陸部に入ったとたん、また何も見えなくなった。レイ・ハモンドの命令でテロ容疑者を尋問センターに移送しているところだが、そうした施設が街中にあるとは考えにくい。英国政府とマルタ政府がどんな密約を交わしたか知らないが、レーダーに引っかからないよう超低空飛行での国境侵犯が認められているのなら、何も心配することはあるまい。とにかくダニーは帰国したかった。フードをかぶせたゴロツキを拷問専門の変態野郎に手渡して、さっさと情報を聞き出すのだ。早ければ早いほどいい。

住居の明かりがまったく見えないのに、ワイルドキャットは降下を始めた。気象条件はさほど改善されていない。ヘリは機体を揺さぶられながら闇の中に着陸した。ケイトリンが扉を蹴り開けると、雨だれが叩きつけるように吹き込んできた。海上任務でずぶ濡れになっていたダニーには、まったく問題なかった。すかさず容疑者の足首を縛り上げている結束バンドを切断すると、二人のうち一人――サンタとルドルフのどちらかわからない――を引きずり起こした。そして残りの一人をスパッドに任せると、容疑者を連れて機外へ飛び出した。ローターの下方気流から遠ざかるため、よろめく容疑者を力任せに引きずる。ケイトリンがわきを固め、スパッドが後に続いた。

ヘリから二〇メートルほど離れるとようやくダニーは立ち止まり、周囲の様子を確認した。そこは急峻《きゅうしゅん》な丘陵《きゅうりょう》のふもとに広がる荒地で、平坦な一角が着陸用に使われたらしい。ライフルからライトを外し、丘陵の斜面を照らしだす。その光線が高いワイヤーフェンスを捉えた。てっぺんに有刺鉄線を巻きつけ、六メートルごとにフェンスを支える頑丈な支柱が立っている。そして九時の方角、同じく丘陵のふもとに、平屋の小さな建物が見えた。やや大きめの山小屋といった感じの建造物である。ダニーがその小屋にライトを向けると、その建物の外でもライトが光り、そのライトを持つ人影も確認できた。

雨が急に強くなってきた。一同の先頭に立ったダニーは、テロ容疑者を引き立てながら、その人影のところに向かった。五メートルの距離まで近づくと、その人影は背を向けて、開けっ放しになった戸口の中に消えた。ダニーたちもその後を追って、建物に入った。

内部はがらんとしていた。左側の壁際に地下へ通じる階段があるだけだ。ダニーは、すでにライトを下ろしている相手に明かりを向けた。相手の男はフード付きのレインコートを着用しており、水滴が石畳の床にぽたぽたと落ちた。顔はよく見えない。

「ペンフォールドだ」男はかん高い声で自己紹介した。「ＭＩ６の。その連中が捕虜かね？」

ダニーは辛辣な皮肉を返したくなったが、なんとかその衝動を抑え込んだ。有難いことに、スパッドも持ち前の毒舌を封印してくれた。ダニーは黙ってうなずいた。

「ついてきたまえ」部屋を横切ったペンフォールドは階段を降り出した。いままでおとなしかった容疑者が急に身じろぎを始めた。ダニーは相手のあばらの下に肘打ちをくらわした。容疑者は身体を二つ折りにすると、激しく咳き込んだ。転落しないよう注意しながら階段を下ろしてゆく。骨折させたりしたら、かえって手間がかかるだけだ。

階段を下りきると鉄扉があった。ペンフォールドと自己紹介した男が三重ロックを開錠して扉を押し開けた。ダニーは目を細めた。扉口から続く通路は天井に並ぶ直管蛍光灯に明るく照らされている。通路の両側にはリベットを打ち付けた鉄扉がいくつも並んでおり、突き当たりの扉のそばに私服姿の男が二人見えた。この見張りの二人はヒップホルスター入りのハンドガンを所持していた。ダニーたちの前をのろのろと進むペンフォールドのレインコートから水滴がしたたり落ちた。「公式には」ペンフォールドは振り返ることなく言った。「この施設は存在しないことになっている。きみたちもここを出たらすぐに忘れることだ」

「元は何だったんだ？」ダニーは尋ねた。古い建造物を改修して、新たな目的に転用したように思えたからだ。

質問されることに慣れていないのか、ペンフォールドは顔をしかめた。「防空壕《ぼうくうごう》だよ」しぶしぶ答える。「第二次大戦中に使われていた」ようやく見張りのところにたどり着いた。「問題ない。ゲストのみなさんをお通ししろ」

見張りの一人が扉のロックを開錠した。ずぶ濡れの一行はゆっくり足を踏み入れた。

そこは六辺形の大きなスペースになっていた。床と天井はコンクリート造りで、灰色の表面はしみだらけだ。六辺はすべて同じ幅の個室に仕切られ、それぞれ奥行きが一五メートルほどあった。各個室には頑丈そうな扉と強化ガラス製の窓がはめ込まれていた。窓の大きさは縦二メートル横三メートルくらいで、個室の内部を一望できる。その個室の出入り口から三メートルくらい入ったところに工業用スポットライトが複数取り付けてあり、ライトは奥の壁に向けられていた。その理由は明らかだ。こうしておけば、ライトで照らされる個室の住人に、ライトの背後に立つ人物の姿は見えない。

個室の一つに歯科用のものによく似た椅子が据え付けられていた。そのわきに蛇のようにとぐろを巻いたゴムホースが置いてある。それが何であるかダニーには一目でわかった。水責め用の台である。隣の部屋はがらんとしていたが、犬用の首輪がついた長さ三メートルほどの鉄鎖が奥の壁に取り付けてあった。三番目の部屋にも水責めの台によく似た椅子が据え付けてあったが、ゴムホースの代わりに、殺菌消毒してパック詰めにした外科用具を並べたカートが置いてあった。残りの三部屋はいずれもがらんどうだったが、よく見ると、部屋の中央に格子蓋《こうしぶた》をかぶせた排水溝があり、奥の壁に蛇口が付いていた。ところどころに黒っぽい染みが残っており、かすかに消毒液の臭いがした。六辺形の中央スペースにはテーブルが一卓と椅子が四脚置いてあった。そのテーブルの上にヘッドホンが載っており、足元のオーディオジャックにコードが接続されている。

ペンフォールドはフードを脱いで、レインコートのジッパーを引き下げた。これで初めてその顔を拝むことができた。頭は完全に禿《は》げ上がっていたが、さほど年配ではない——三十代半ばくらいだろう。丸いメガネをかけて、ひげをきれいに剃《そ》りあげていたが、赤味がかった肌のところどころに切り傷が残っていた。その風貌は小学校時代の理科の教師を彷彿《ほうふつ》とさせるものだった。ダニーに地獄の苦しみをもたらした支配欲の権化みたいなクズ野郎である。そのため、目の前の相手にもたちまち嫌悪感を抱いた。ペンフォールドは濡れたコートをテーブルに置くと、空っぽの部屋のうち二つに歩み寄り、それぞれ扉を開けた。「この二部屋に容疑者を収容する。こちらは寒い部屋——冷凍レベルまで室温を下げることが可能だ。そして、こっちはうるさい部屋——防音仕様になった室内で嫌というほど騒音を聞かせる。たちまち口を割るよ」

「もし口を割らなかったら？」

ペンフォールドは薄笑いを浮かべると、他の部屋にチラッと目をやった。「とにかく、ここに入れてくれ」

ダニーとスパッドは二人の容疑者を開けっ放しになった戸口のところまで引き立てて、そのまま中に押し込んだ。二人とも足をよろめかせて、その場に倒れ込んだ。ペンフォールドはすぐに扉を閉めると施錠した。そしてダニー、スパッド、ケイトリンの三人を奥のドアの方へ差し招いた。ダニーはフードをかぶせたままの容疑者たちを振り返った。二人とも膝をついて、うなだれている。

「もうじき医師がやって来る」ペンフォールドは奥のドアを開けて、ダニーたちを招き入れた。そこは備品倉庫らしく、壁に沿って棚とラックがずらりと並んでいた。

「三〇分ほどかけて健康状態を入念にチェックするんだ」

「なんのために？」スパッドがうなるように言った。

ペンフォールドは肩越しにスパッドを振り返った。質問が意外だったのか、驚きの色を浮かべている。「どれくらい尋問に耐えられるか確認するためだよ。きみたちは四人編成のチームだと聞いていたんだが」

「途中で変更があった」ダニーは即答した。

ペンフォールドは小首をかしげた。「ほう。とにかく、ここに置いてあるものに手を触れないでもらいたい」スパッドはすでにラックの一つに歩み寄り、何かを物珍しそうに眺めていた。その品を手にしてスパッドが振り向くと、ダニーは目を丸くした。大人のオモチャを思わせる品だったからだ。

「マジかよ？」スパッドはつぶやいた。「ここの暮らしが淋《さび》しいのはわかるが……」

「それは娯楽用の玩具ではない」ペンフォールドは唇をきつく結ぶと、出来の悪い生徒を叱りつける教師のような口調で言った。「れっきとした尋問の道具であって……」

しかしスパッドはその尋問道具をさっさとラックに戻すと、今度は棚に貼り付けてあるラベルを読みはじめた。「直腸挿入具……直腸注水具……」嫌悪の色もあらわにペンフォールドを振り返る。「クズどもをぶん殴るだけじゃ満足できねえのか？」

「有効な手段は尋問対象者によって異なる」ペンフォールドは取り澄ました口調で答えた。「したがって広範な尋問手段を揃えておく必要があるのだ」

「ケツの穴にバイブレーターを突っ込むのもその一つなのか？　物は言いようだな、オッサン」

「なんだきみは？」ペンフォールドは言い返した。「テロリストの友人か？」

ふいに重苦しい沈黙が垂れ込めた。ＳＡＳチームの三人はそろって軽蔑《けいべつ》の色もあらわにペンフォールドを睨みつけた。スパッドが詰め寄ろうとした。

「よせ、スパッド」ダニーは穏やかな声でたしなめた。スパッドは足を止めると、深呼吸して、気持ちを静めた。

テロリストの友人。スパッドの軍歴を知らないとはいえ、あまりにも軽率な皮肉だった。文句をつけた相棒の心情がなんとなく理解できた。スパッドは敵の拷問施設で散々な目に遭わされてきた。その体験に即して、受け入れ可能な拷問とそうでないものを区別するようになったとしても不思議はなかった。

「食事がしたくなったら」ペンフォールドはだしぬけに口を開くと、備品倉庫の奥にあるキッチンへ三人を案内した。ちゃんと流しと冷蔵庫と電子レンジが揃っている。ペンフォールドは冷蔵庫を指差した。「食べ物はその中だ。ご自由にどうぞ。きみたちも尋問に立ち会うと連絡が来ている。とてもお勧めできるものではないが……」途中で口をつぐんだペンフォールドが、とってつけたように付け加えた。「とにかく準備ができたら呼びに来る」

そして三人にうなずくと、額の汗を拭いながら、キッチンを出て行った。


ジョーは本降りになったことを喜んだ。ずぶ濡れになり寒さに震えていたが、こんな雨を待ちかねていたのだ。国境を越えるのは、このときを措《お》いて他になかった。

それは観察の末、導き出した結論だった。

五日間にわたってカレー周辺を歩き回ったジョーは、越境志願者を何人も見かけた。

まず第一に、フェンスを越えて貨車や客車に潜り込もうとする難民は、六名以上のグループで行動する。これだと鉄路を監視している警官や兵士にすぐ見つかってしまう。事実、同じような失敗例を何回か見かけた。その結果、単独行動で押し通すことに決めたのだ。単身の方がはるかに人目につきにくい。

第二に、こんな雨の日にフェンスをよじ登ろうなんて人間はまずいない。難民も当局者も固定観念に縛られていた。晴れた日は、追いつ追われつのゲームに熱中するが、ひとたび悪天になると、外には出てこない。土砂降りの中、何時間も立ったままフェンスの弱点を捜したことがあった。何度かやってみたが、雨の日に越境しようとする者はおらず、見回りにやってくる警官もいなかった。

ジョーはたしかに頭脳明晰《めいせき》だった。それは自他ともに認めるところだ。しかし、これほど明白な事実に気づく者が一人もいないとは驚きであった。

ジョーはカレー中心部から三キロ離れた、ゴミだらけの二車線道路の縁に立っていた。二〇〇メートルほど先に、イビスホテル（世界各地に展開している格安ホテルチェーン）の殺風景な建物があった。目の前の道路を挟んで反対側に、貨物専用の線路が走っている。いまはメガネのレンズが雨に濡れてよく見えない。行き交う車のヘッドライトがまぶしかったが、それは問題ない。あとは車が途切れる瞬間を待てばよかった。そのあいだに中央分離帯まで駆け抜けるのだ。夜のこの時間帯ならさほど待つ必要もない。事実、数分もしないうちに片側の車線を横切るべく駆け出した。姿勢を低くして、転ばないよう注意する。子どものとき、駆けっこをすると決まって転ぶタイプだったので、ことさら気をつけた。中央分離帯にたどり着くと、数分待って、今度は反対車線を横断した。

道路を渡りきるとメガネの水滴を拭った。雨だれが首筋を流れ落ちてゆく。メガネはまた濡れてしまい、視界が確保できたのは数秒にすぎなかった。しかし、状況を見極めるにはそれで充分だった。現在地から鉄道会社の敷地を仕切るフェンスまで五〇メートルにわたって草むらが続いていた。ジョーは頭を下げると、叩きつけるような雨を物ともせず、フェンスめがけて駆け出した。

さすがに息が切れたが、ここまで来たらやり抜くほかなかった。フェンスの高さは六メートルあり、てっぺんに有刺鉄線が巻きつけてある。これをよじ登るのは無理だ。そんな技術も体力も持ち合わせていない。しかし、リュックサックに小型のワイヤーカッターを忍ばせていた。ギリシア北部から勝手に乗り込んだ輸送トラックの荷台からちょうだいしたものである。ジョーは濡れた地面に腹ばいになると、ワイヤーの切断作業に取り掛かった。網目状につながったワイヤーを切るのは骨が折れた。しかも雨に濡れた柄が手のひらに食い込み、かなり痛かった。それでも奮闘の甲斐あって、五分後には、フェンス基部のワイヤーを横に五〇センチほど切ることができた。これで充分だろう。

まずリュックを押し込んだ。続いて、頭から潜り込んだ。ワイヤーの切断面は鋭く、後頭部が傷つき、ズボンの布地が少しばかり裂けたが、ジョーは平気だった。とにかくフェンス内に入り込むことができたのだ。ちょうど列車が入線してきたところだった。まばゆいヘッドライトが近づき、雨の降りしきる夜の闇を切り裂いた。このあたりは何度も下見していたので、列車の停止位置はだいたい見当がついた。おそらく信号待ちで停まるだろう。停車時間は一分のときもあれば、五分のときもあった。通常はこの停車時に、警官が巡回を始める。

しかし今夜は違う。こんな雨の夜に巡回なんかするものか。

列車は凄《すさ》まじい走行音を轟かせながら近づいてきた。荷重のかかった車輪が線路を踏みつける独特の走行音は紛れもなく貨物列車のものだ。ジョーは縮こまるようにして草むらに身を潜めた。目をつぶっていてもヘッドライトの明かりを感じる。貨物列車がかん高いブレーキ音を響かせながら停止した。その金属音が鼓膜を圧迫し、息の詰まる思いがした。

あたりがふいに静まり返った。ジョーはメガネのレンズを拭って顔を上げた。列車は三〇メートルほど離れたところに停まっていた。連結している貨車はトロッコタイプの無蓋車で、道路の反対側から観察していたときよりずっと大きく見えた。ふと迷いが生じたが、すぐさま抑え込んだ。勢いよく立ち上がって左右に目をやる。全神経を集中させて誰もいないことを確認すると、貨物列車めがけて駆け出した。近づくにつれて、その大きさに圧倒された。貨車の一つに身を寄せると、またもやメガネの水滴を拭ってから、その無蓋車の側面に目をやった。金属製の梯子が取り付けられている。ただ、いちばん下の横木でも地上から三メートルの高さにあった。遠くから下見していたとき、まさかこんな位置にあるとは夢にも思わなかった。これでは手が届きそうにない。思わずパニックになりかけた。深呼吸しろ。自分に言い聞かせた。ぐずぐずしている暇はないぞ。列車はいまにも動き出すかも……。

金属梯子に近づくと、いったんしゃがんで反動をつけてから飛びついた。指先がいちばん下の横木に触れたが、つかむことはできなかった。小声で悪態をつき、再トライする。今度はかすりもせずに、ドスンと尻もちをついた。

先頭の気動車が大きく汽笛を響かせた。あれは出発の合図ではないのか？　ジョーは立ち上がった。深く息を吸い込んでから、三度目のジャンプに挑戦した。左手はまたしても空振りに終わったが、右手がなんとか横木をつかんだ。片手で梯子にぶら下がる情けない状態がしばらく続いたが、左手を再度振り上げると、今度は横木をしっかりつかむことができた。

もともと身体は強くないのに、数か月におよぶ長旅で体力が落ちていた。それでも全力を振りしぼって下から四段目までよじ登り、ずっと宙ぶらりんになっていた足の置き場を確保した。全身の筋肉が悲鳴を上げていたが、また汽笛が鳴らされると、あわてて動きだした。残りの横木を急いでよじ登り、無蓋車の縁からおそるおそる中を覗きこむ。何を運んでいるのか、実際に見るまでわからないのだ。身を隠せる物が積み込まれていればいいのだが。

暗がりに目を凝らしたジョーは、ホッと胸を撫で下ろした。積まれているのは砂利だった。ほぼ満載の状態で、貨車の縁から五〇センチ下まで積載されていた。勢いをつけて砂利の上に飛び込む。その拍子に顔から吹き飛んだメガネを拾い上げるのに数秒を要した。しかし、そのメガネを再度かけることはせず、リュックの中に注意深くしまいこんだ。それから穴を掘り出した。三〇秒ほどでリュックが隠せる穴ができた。続けて、自分自身を隠すための穴を掘りはじめた。ここはノーチェックで出発できるとしても、国境線が近くなればいちだんと強化される。それまでに身を隠しておく必要があった。

たちまち衣類に水がしみ込み肌までずぶ濡れになった。砂利に埋もれるのは思っていた以上に難しく、身体の半分を隠すのがやっとだった。これで何とかごまかせることを祈るしかない。

三度目の汽笛が鳴った。二秒後、列車が動き出すのを感じた。ジョーは身体をぶるぶる震わせていた。雨水に濡れた砂利は体温を容赦なく奪っていった。彼の越境プランは予想以上につらく、不快なものだった。

しかし列車が速度を上げると、ジョーは自分を励ました。どんなに寒くて、どんなにつらくても、それがなんだ。どんなに危険でも、それがなんだ。たとえ捕まったところで、それがなんだ。たとえ死んだとしても悔いはない。どんな未来が待っているにせよ、過去に比べれば天国みたいなものだ。

そして人生を賭けた目的があるのなら、それを成し遂げるためには、どんな犠牲もいとわない。いまのジョーはそれだけの覚悟ができていた。

第5章　拷問

「トニーのクソ野郎が、まさか本気でおれを殺そうとするとはな」

この一〇分のあいだにスパッドは三回も同じセリフをくりかえした。そのたびに、ダニーとケイトリンの反応も同じだった。無言。返事のしようがないのだから仕方あるまい。

三人は電子レンジで温めたラザニアのトレイを前にして座っていた。ダニーは半分で食べるのをやめた。平らげるだけの食欲がなかった。スパッドはほとんど手をつけていなかったが、ケイトリンはがつがつと頬張っている最中だった。

「そんなに腹減ってんのか？」スパッドが言った。いささか突っかかるような口調だ。

ケイトリンは平然と相手を見据えた。「わたしは燃料を補給してるだけ。それがどうかした？」

「別に。おれは見学するのが待ち遠しくてな……なんて言ったっけ？　直腸挿入具？　何だか知らねえが、そいつが気になって、食欲がわかねえ」

「どうせ朝までの命よ」ケイトリンはそっけない口調で言った。「難民はトニーの手で残らず始末されたんだから、あいつらだけ生かされるわけがない」難民船の沈没について確信のある口ぶりだった。そのトニーと突然決別したことに動揺しているとしても、そんなそぶりは微塵も見せなかった。「とにかく情報を聞き出す必要があるわ」ケイトリンはスパッドに鋭い目を向けた。「この手の仕事が苦手なら、抜けたら」

スパッドは頬を引きつらせた。「ちょっと言ってみただけだ」そう釈明すると、言い負かされかけている子どもみたいにまくし立てた。「こんな地の果てみたいなところに何か月もこもって仕事をするには、よほど好きじゃねえと務まらねえ。おれは尋問なんか平気だ。問題は担当者が尋問自体を楽しみはじめることだ。これだけは許せねえ」

レイ・ハモンドの言葉が脳裏によみがえった。スパッドの挙動には気をつけろ。あいつは敵地で何度も拷問された経験がある。実際、現役復帰させるさいに軍病院の精神科医からも要注意だと言われた。どうやら相棒の振る舞いに気をつけなくてはならないようだ。

しかし、ケイトリンは少し肩をすくめただけで、取り合う気配もなかった。「わたしはね、あのペンフォールドっていう気取り屋が役に立つ情報を引き出しさえすれば、それでオーケー。骨折り損のくたびれ儲けだけは勘弁してほしいわ」

ダニーが返事をしようとしたちょうどそのとき、戸口の方から咳払いが聞こえた。ペンフォールドが立っていた。それも、どうやら数秒前から。ケイトリンの発言を耳にしているのは明らかで、頬がやや紅潮していた。「準備ができた。こちらへ来たまえ」

ケイトリンは気まずそうなそぶりも見せずに立ち上がると、ペンフォールドのところに歩み寄った。ダニーとスパッドがその後に続く。スパッドの動揺ぶりはその顔つきに現われていた。昔のスパッドなら、こうした事態をかえって面白がり、皮肉のこもった笑みの一つも浮かべているところだ。「無理して付き合う必要はないぜ」ダニーは穏やかに助言した。

スパッドは死人のような目を向けてきた。「何言ってんだよ?」そうつぶやくと、ケイトリンの後を追って部屋を出た。

「スパッド」

スパッドはダニーを振り返った。

「あの連中にすべて任せよう。たとえ気に食わなくても」

スパッドは鼻を鳴らした。「ああ」

ダニーはその後ろ姿を見つめながら懸念をつのらせた。スパッドは気もそぞろといった様子だ。あの難民船の一件以来ずっとそうなのだ。責めるつもりはないが、これでは困る。

SASの三人はペンフォールドに案内されるまま六辺形のスペースに引き返した。

新顔が三人増えていた。そのうちの一人は白衣の人物で、クリップボードを手にしている。医師だな。ダニーはそう判断した。もう一人は若造で――おそらく二十代だろう――中東系。こいつは通訳だな。三人目は、頭をつるつるに剃りあげた筋肉男で、前歯が一本欠けている。いかにも獰猛そうな面構えだ。こいつは暴力専門だろう。ダニー、スパッド、ケイトリンの三人が入ってゆくと、その男は露骨に顔をしかめた。

「これをかぶってくれ」ペンフォールドはその場にいる全員に黒い目出し帽を配った。ペンフォールドも例外ではなく、目出し帽をかぶるとメガネのフレームのところだけ黒い布地が盛り上がった。とりわけ不快感をあらわにしたのは、若い通訳だった。

「途中で口を差し挟むのは遠慮してもらいたい」ペンフォールドは全員に注意した。SAS隊員たちは無言のまま冷たい視線で応じた。

ダニー、スパッド、ケイトリンの三人は後ろへ下がった。「よし、バーチル、引っ張り出せ」

前歯が一本欠けた筋肉男はバーチルという名らしい――本名なのか、この仕事場専用の呼び名なのか。どちらにせよ、そう呼ばれた男はテロ容疑者を監禁した独房の一つに歩み寄ると、扉を開けて中に入った。そして数秒後、全裸の痩せた男を引き連れて出てきた。打ち身だらけの男は全身をぶるぶる震わせており、陰茎《いんけい》が縮み上がっていた。色黒で長身のサンタである。まだフードをかぶせられていたが、手足の拘束は解かれていた。きわめて痩《そう》身《しん》だが、全体に筋肉質。ただ、腹が少々出っ張っている。独房から冷気が噴き出す中、バーチルはサンタのフードを剝ぎ取った。独房の客にできるだけ不快な思いをさせるのが、ペンフォールドたちの方針らしい。

サンタの黒い顔は恐怖にゆがんでいた。写真で見せていた傲慢さはいまや影も形もない。目をキョロキョロさせ、全身をぶるぶる震わせている。バーチルがその腕をつかみ、別の部屋へ移動させる。そのとき、太ももの裏側に茶色の染みが見えた——恐怖のあまりちびってしまった糞便の残滓《ざんし》である。サンタは手のひらで懸命に自分の前を隠そうとした。アラビア語で二言三言叫んだが、ダニーには理解できなかった。通訳が白衣の男に歩み寄り、何事かつぶやいた。白衣の男がメモを取っているあいだに、サンタは犬の首輪付きの鉄鎖が取り付けてある部屋に押し込まれた。

「マジかよ？」スパッドはつぶやいた。目出し帽をかぶっているので、その声はややくぐもって聞こえた。「壁に吊るすのか？　どうして水責めにしない？　その方が手っ取り早いだろ？」

スパッドは嫌悪感をあらわにした。何も言わなかったが、ダニーも同感だった。別にＩＳのテロ容疑者に同情しているわけではない。効率的な尋問方法があるのなら、当然それから始めるべきだろう。どうやらペンフォールドたちは効率を差し置いて、陰湿なお楽しみの方を優先させるつもりらしい。ダニーはスパッドにチラッと目をやった。相棒は目を細めていた。尋問手法にいたって無頓着だったケイトリンまで不審の色を浮かべている。

「われわれのやり方は効果的だ」ペンフォールドは告げた。「懸念には及ばない」そして部屋に入るとスポットライトを点灯した。サンタはまぶしそうに目を細めた。

「バーチル」ペンフォールドは筋肉男に指示した。「手順どおりにやれ。二分後に始める」

そしてダニーを振り返ると、入れというふうにうなずいてみせた。そこで、一列になって入室した。通訳と白衣の男も一緒だ。全員、スポットライトの後ろに立ち、腕組みをした。

サンタは激しくもがいた。もはや前を隠そうともせず、バーチルに殴りかかった。しかし勝負にならなかった。バーチルは片手でやすやすと相手を押さえ込むと、もう一方の手で首輪をはめた。そしてベルトのように締め上げた。サンタはすぐさま両手で首輪をつかみ、むしり取ろうとした。そしてアラビア語で怒鳴りだした。バーチルはその両手をつかむと、また後ろ手にして結束バンドで縛り上げた。通訳が淡々と訳しはじめた。「おまえたちは人違いをしている……人違いをしているんだ……お願いだから、おれを自由にしてくれ……自由にしてくれよ……人違いだって……」

バーチルはごつい手でサンタの首をつかむと、いきなり突き飛ばした。サンタは身体ごと壁に叩きつけられた。その衝撃で膝から力が抜け、前のめりになったとたん、鉄鎖がぴんと張りつめた。たちまち喉が絞まり、張り裂けんばかりに目を見開いた。犬のように突き出した舌がグロテスクだった。

バーチルは一秒もしないうちにサンタを引き起こした。すぐに鉄鎖がゆるんだ。サンタが何事か叫んだ。通訳が機械的に訳した。「もうごめんだ」

一息つけたのも束の間、サンタはふたたび突き飛ばされた。壁に激突してドスンと鈍い音が響いた。その衝撃で全身から力が抜けて、壁にもたれたままずるずるとくずおれた。また鉄鎖が張りつめた。サンタの側頭部から血がしたたり落ちているのが見えた。バーチルは喉が絞まる前にサンタを引き起こした。サンタは朦朧《もうろう》とした状態で、激しくあえぎながら、息を吸おうと懸命になっていた。バーチルはそんな相手を抱えながら、肩越しにペンフォールドを振り返り、問いかけるような表情を見せた。

ペンフォールドがふいにうなずいた。サンタはまたしても壁に叩きつけられた。ずっとメモを取っていた白衣の男は、ペンフォールドと視線を交わすと、小首をかしげた。ペンフォールドはすぐに手をあげた。サンタが喉の奥からしゃがれ声を絞り出した。何か言いたそうだが、意味を成しておらず、通訳も訳しようがなかった。

ペンフォールドと通訳は部屋の奥に向かった。そして、バーチルに抱えられているサンタの二メートル手前で立ち止まった。「おまえは英国を攻撃する計画について何か知っているだろう」ペンフォールドはそう言うと、通訳がアラビア語に訳すのを待った。

サンタはかぶりを振った。相変わらず目をキョロキョロさせている。

「その計画について話したまえ」ペンフォールドは説得を続けた。「長い目で見れば、その方がおまえのためになる」

通訳も自分の仕事を続けたが、サンタはかぶりを振るばかりだ。

ペンフォールドは肩越しに白衣の男を振り返った。「ちょっと来てもらえませんか？」

白衣の男もサンタのところに歩み寄ってきた。すぐに脈をとり、まぶたを押し開いて虹彩の具合をチェックする。「問題ない」三〇秒足らずで診断を下した。

「そろそろ水責めに移行しよう」ペンフォールドはスパッドにチラッと目をやった。

「よし、運べ」

バーチルが首輪を外した。サンタがその場にくずおれると、ペンフォールドと白衣の男は部屋を後にした。ダニーはスパッドを振り返った。「落ち着けよ、相棒」小声でなだめる。「これはあいつらの仕事だ。おれたちは関係ない」

この一言がかえって相棒の神経を逆撫ですることになった。スパッドも部屋を出た。

バーチルはサンタを鉄鎖の部屋から引きずり出すと、今度は水責めの部屋に押し込んだ。ペンフォールドたちは冷然とそれを見ていた。「おい、何もかもぶち壊しにするつもりか？」スパッドは言った。その声にはトゲがあった。

ペンフォールドは水責め部屋の扉を閉めると、ゆっくり振り向いた。「何か用かね？」冷たい声で応対した。

「聞こえたろ。これじゃ、何もかもぶち壊しだ」

ペンフォールドの目つきが険しくなった。「お言葉だが、わたしは自分の豊富な経験に絶対の自信があるんでね」

スパッドは相手に詰め寄った。ダニーは思わず固唾《かたず》を飲んだ。ケイトリンに目をやると、かすかにうなずいた。二人そろって歩を進める。スパッドがあの拷問マニアに殴りかかろうとしたらすかさず制止する必要があった。

スパッドの背丈はペンフォールドとさほど変わらなかったが、身体の厚みは比べ物にならなかった。そのスパッドに真っ向から睨みつけられてペンフォールドは思わず身をすくめた。「経験だと？ それならいくらでも聞かせてやるぜ」スパッドは押し殺した声で言った。「シリアの秘密警察《ムカバラト》はありとあらゆる手を使って責めてくるんだが、それを残らず教えてやろうか？」鼻で笑いながら六辺形のスペースを見回す。「あいつらのゴージャスな設備に比べたら、こんなちんけな場所なんかお笑いぐさだぜ。エリトリアのイスラム戦士《ジハーディスト》が自分たちの獲物をどう料理するか知りたくないか？」

沈黙が垂れ込めた。六辺形の共有スペースで身じろぎする者はいなかった。一方、水責め部屋は、そんな緊迫した雰囲気とは無縁だった。バーチルがもがくサンタをリクライニングチェアーに縛り付けているところだった。あきらかに騒ぎ立てているが、扉を閉め切っているので何も聞こえない。

「いちばんの問題は」スパッドは押し殺した声で続けた。「責め方が手荒すぎたり、急ぎすぎたりすると、責められる側は言われるままに答えてしまうということだ。苦しみから逃れるためなら、どんな出まかせでも口にする。これは本当だぜ。おれ自身そうだったんだから、間違いねえよ」

スパッドがしゃべっているあいだに、ダニーはじりじりと間合いを詰めた。そして相棒が話を終える頃には、ちょうど一メートル後ろに立っていた。自分の姿が水責め部屋の窓ガラスに映っているのが見えた。当然スパッドも気づいた。「おい、ダニー、それ以上近づいたら」押し殺した声で威嚇する。「承知しねえぞ」

ダニーはぴたっと足を止めた。ペンフォールドが口を開いた。「貴重なご意見、感謝するよ」ささやくような声でそう言うと、スパッドに背を向けて、水責め部屋に歩み寄った。そして扉を開けると、中に入り、スポットライトを点灯した。残りの者たちも後に続き、ライトの後ろに陣取った。歯科用の椅子によく似た台にくくりつけられたサンタは、必死になってもがいていた。またもや大声を出していたが、通訳の必要はなかった。「ノー……ノー……ノー！」これなら誰でも理解できるからだ。

ペンフォールドが合図すると、バーチルは手品師よろしく台の下の箱からタオルを取り出した。それをサンタの顔にていねいにかぶせる。ちょうどホテルのメイドが洗濯したてのシーツをベッドの上に広げるような手馴れた動作である。そして前かがみになり、床にぐるぐる巻きにして置いてあったホースを手に取ると、一方の端を奥の壁の蛇口につないだ。水道の栓をまわすと、ホースの口から水がほとばしり出た。

しぶきを上げながら床に落ちた水はそのまま排水溝に吸い込まれてゆく。サンタは前にも増して激しく身をよじり、必死になって大声を上げた。通訳は感情を排した声で機械的に訳した。「お願いだ、やめろ。やめてくれ。おれは何も知らない。人違いだ」

ホースを手にしてバーチルが近づく。目出し帽から覗くペンフォールドの両眼が大きく見開かれ、生き返ったように輝いていた。ポルノビデオのお気に入り場面に見入る変態みたいな目つきである。この男に対する嫌悪感がいちだんと強くなった。スパッドは何て言ってた？「問題は担当者が尋問自体を楽しみはじめることだ。これだけは許せねえ」同感だな。ダニーは胸のうちでつぶやいた。だからといって、いますぐ中断させるわけにもいかない。まずは、こいつらのやり方でやらせてみることだ。

バーチルはホースの口を高々と持ち上げると、サンタの顔にかぶせたタオルめがけて水を落とした。

サンタの声が途切れた。そして大きくのけぞると、その姿勢のまま固まった。水はそのあいだもタオルに降り注いでいた。ダニーは冷静に観察しながら、カウントを始めた。八秒、九秒、一〇秒……。

バーチルがホースの口をそらして、タオルを剝がした。サンタはのけぞったまま夢中になって息を吸った。ペンフォールドが歩み寄った。「おまえは英国を攻撃する計画について何か知っているはずだ」

サンタはあえぎながらまくし立てた。見るからに悲愴《ひそう》な口ぶりだが、通訳の声は平板そのものだった。「おれは何も知らない……何も知らないんだ……お願いだ……自由にしてくれ……」

ペンフォールドは水責め台の足元に立ち、一〇秒ほど黙り込んでいたが、ポツリと言った。「もう一度やれ」

白衣の男が進み出た。「脈拍を調べないと」医師としての所見を述べる。「前の部屋で何度も頭をひどく打ちつけている。脳震盪《のうしんとう》を起こしている場合、酸素摂取量の急激な低下は——」

「もう一度やれ、と言ったんだ」ペンフォールドの目が冷たく光った。そして文句あるかとばかりに医師とスパッドを睨みつけると、後ろに下がって腕を組んだ。スパッドが指をぴくぴく動かしている。いまにもペンフォールドにつかみかかりそうに見えた。もしそうなったら、ダニーは止めに入らないといけないが、スパッドはその場を動かなかった。医師も台から離れたが、首筋の血管がぴくついているのがわかった。

バーチルはサンタの顔にタオルをかぶせると、ふたたび水を浴びせはじめた。

二度目はカウントしなかったが、間違いなく初回の倍の時間をかけている。サンタはふたたびのけぞったが、今度は全身をぶるぶる震わせはじめた。

「長すぎる」ダニーはわきへ目をやった。驚いたことに、そう言ったのはケイトリンだった。

「長すぎるって言ったのよ。このままやりすぎて――」

「見ることに耐えられないのなら」ペンフォールドは言った。「外へ出たまえ」

ケイトリンがキッとなって詰め寄った。すかさずダニーが割って入ったとたん、医師の叫び声が聞こえた。「心停止！」振り返ると、サンタはもうのけぞっていなかった。台にぐったりと横たわり、小刻みな痙攣《けいれん》をくりかえしている。ペンフォールドは目を細めただけで、何も言わず、ただ突っ立っていた。

ダニーは大声で医師に指示した。「応急処置を！　このまま死なせたら、肝心の情報が……」

ダニーと医師がサンタの元に駆けつけた。バーチルはホースを手にして下がったが、タオルは顔にかぶせたままだ。ダニーがすぐさま取り除いた。サンタはすでに白目を剝いていた。ほぼ同時にダニーは視界の隅にケイトリンの姿を捉えた。ペンフォールドを部屋から引きずり出そうとしている。それを黙認して、サンタの手首をつかんだ。「脈がない」すでに心肺蘇生に取り掛かっている医師にそう告げた。医師はサンタの胸に手のひらを押し当てて、何度も強く押し込んだ。

そうやって三〇回ほどくりかえした。医師は険しい表情でサンタの鼻をつまむと、その口に自分の口を押し当てて二度息を吹き込んだ。そしてまた心臓マッサージを続けた。しかし、サンタの黒い顔には早くも死相が浮かんでいた。もはや必要なのは医師ではなく、葬儀屋であった。

ダニーも部屋の外に飛び出した。ケイトリンはすでにペンフォールドから手を放していたが、一歩たりとも動けないようスパッドと一緒に見張っていた。

「あいつは死んだ」ダニーは吐き捨てるように言った。「しかるべき手順を踏んでいれば、こんなことにはならなかった」

「えらそうな口をきくな」ペンフォールドも負けじと言い返した。「おまえたちだって似たようなもんだろう。この手の汚れ仕事をやったことがないとは言わせないぞ」

「もちろん否定はしない」ダニーはぴしゃりと言った。「だが、大きな違いがある。おれたちは必要なことしかしない。おまえは楽しんでいた」

ペンフォールドの目が泳いだ。

「口を割らせるのに必要なものはなんだ？」スパッドが不気味なほど静かな声で尋ねた。

「苦痛だ」ペンフォールドは即答した。

スパッドは小首をかしげた。「必要な場合もあるが、いつもじゃない。だが、恐怖は？　こいつは効き目があるぞ。実際に痛めつけられるより、想像を絶する恐怖をほのめかされる方がよほどこたえる」そう言いながら、もう一人の容疑者が閉じ込められている部屋を肩越しに振り返った。「野郎を出してくれ」ダニーとケイトリンに指示する。

ここは判断の分かれ目だ。このままスパッドに協力するか、それとも差し出がましいマネをやめさせてペンフォールドたちに仕事を続けさせるか。スパッドはかなりイラついているが、ペンフォールドみたいなヘマはしないだろう。ダニーはケイトリンを振り返った。「あいつを連れて来い」手短に指示する。

ケイトリンはうなずくと容疑者の部屋に向かった。

「あらためて申し上げておくが」ペンフォールドが口を開いた。「ここの責任者は、わたしで――」

しかし最後までしゃべることはできなかった。スパッドにいきなり首を鷲摑みにされて鉄鎖の部屋の窓に押しつけられたからだ。ペンフォールドは若干もがいたが、すぐにスパッドに立ち向かっても勝ち目はないことを悟り、抵抗するのをやめた。

ケイトリンがルドルフを引っ張り出してきた。こちらも全裸で、白斑は上体にも広がっていた。サンタと同じように縮み上がった陰茎を隠そうとしており、ひどく小便臭かった。フードはかぶったままだ。ダニーはその腕をつかむと後ろ手に拘束してから、フードを脱がせて、ケイトリンの方に振り向かせた。「どうだ、みじめなもんだろ？」うなるような声で問いかける。

ケイトリンは自分の役割を的確にこなした。ルドルフの陰茎をじろじろ眺めると、馬鹿にしたように目を細めた。「ホント、みじめね」女兵士の声が明瞭に響きわたった。あからさまな侮蔑ほど男の気力をくじくものはない。これが尋問対処法の訓練から学んだ鉄則である。ルドルフがぶるぶる震えだした。その身体をもう一度振り向かせると、今度はスパッドの方へ押しやった。

スパッドのことをテロリストの友人などと言った者は、その認識を根底から改めざるを得なくなった。それほど扱いは手荒だった。ルドルフの髪をつかんで水責めの部屋へ力任せに引きずり込む。ダニーは通訳を振り返った。「おまえも行け」若い通訳は小走りに部屋に入った。ダニーとケイトリンも後に続く。

白衣の医師はもう心肺蘇生をしていなかった。サンタは手足を拘束されたまま水責めの台の上にぐったり横たわっていた。見開いた目。口も半開きだった。バーチルは部屋の奥に立っていた。まだホースを手にしており、水が出しっぱなしになっている。床はびしょ濡れだった。

スパッドは死んだ仲間のすぐそばにルドルフを立たせた。激しく身を震わせている。ダニーがじっと観察していると、ルドルフの内股を伝って黄色い液体がしたたり落ちた。スパッドは通訳を振り返った。「翻訳しろ」

通訳は緊張した面持ちでうなずいた。

「おまえは痛めつけられることを恐れているだろう?」スパッドはうなるように言うと、通訳がアラビア語に翻訳するのを待った。「その不安は的中することになる。これから想像を絶する方法で、おまえを痛めつけてやる。まず、その指から始める。一本ずつ根元から切り取る。それでも口を割らないようなら、その臭せえ粗チンを切り落とす」

通訳がスパッドの恫喝を訳すにつれてルドルフの震えはますますひどくなった。

「その次は歯を抜いてやる。さらに全身の皮膚を引き剝がす。生き埋めにするってのも悪くないな。おれたちはやりたいようにやる」

ふたたび通訳が訳し終えるのを待つ。

「ほら、この相棒。残念ながらこいつにはフルメニューを提供しそこねた。ご覧のとおりになっちまったからな。まだ息があるかも、なんて間違っても思うなよ。こいつはマジで死んでる。そして、これは三〇分後のおまえの姿でもある。おれたちが必要としている情報を寄越《よこ》さなかったら、こうなる運命だ。おまえがここにいることは誰も知らねえ。だから誰も助けに来ない。自分の置かれた状況がこれでよくわかったろう？」ルドルフを強引に振り向かせて、正面からその顔を見据える。「この穴倉から出たかったら、おれたちの友達になることだ」

スパッドはふたたび死体に目を向けさせた。「よく見ておけ」押し殺した声で脅しつける。

「これが相棒の見納めだからな。台から下ろしたら死体はすぐに焼却する。心配するな、その火は消さないで残しておいてやるよ。おまえ用にな」

通訳が訳し終えると、スパッドはルドルフを水責めの部屋から引っ張り出し、元々監禁されていた独房に連れ戻した。他の者もその後に続いた。スパッドは目出し帽をむしり取った。

「あいつに三〇分考えさせよう」そう言うと、キッチンに通じる備品倉庫を指差した。「あの奥で待つ」バーチルの方に顎をしゃくってみせる。「このトンチキに指一本触れさせるなよ。あの男はじき口を割る」

それだけ言い残すと、スパッドは勢いよく共有スペースから出て行った。ダニーとケイトリンも目出し帽を脱ぐと、その後を追った。

キッチンはぴりぴりした雰囲気に包まれていた。スパッドは批判するならしてみろとばかりに、ダニーとケイトリンを睨みつけた。ダニーは何も言わなかった。すでにスパッドの判断を支持すると決めていたからだ。ケイトリンはさほど納得していなかった。「さっきのハッタリだけど、ちょっと押しが足りなかったんじゃない」遠慮なく批判する。「まず指の一本くらいはへし折るべきだった。その上で、嘘を言うたびに指を一本ずつなくしていくぞと脅しつける。これが定石でしょ」

「それなら、あいつらと一緒にフリークショーを楽しんだらどうだ」スパッドはすかさず言い返した。「その方がお似合いだろう」

ケイトリンは唖然《あぜん》とした表情を浮かべた。「ちょっと、何言ってんのよ？　手順どおりに尋問することが、そんなに問題なわけ。相手はＩＳのテロ容疑者よ。いつからそんなにヤワになったの？」

スパッドは血相を変えた。「少なくとも、残りの一人はまだ殺しちゃいねえ」つぶやくようにそう言うと、部屋の反対側に移動した。

「よし、一〇分待とう」ダニーが仲裁に入った。「そうしたら、あそこに引き返して尋問する。それでも口を割らなかったら、ケイトリンのやり方でいく」

二人とも異論を唱えなかったので、ダニーは自分の提案が受け入れられたものと判断した。

しかし一〇分待つまでもなかった。五分すら必要なかった。一分もしないうちにノックの音がして、通訳が顔を覗かせた。通訳はそわそわした様子で三人の顔を見回すと、しゃがれ声で言った。

「いますぐ話すそうです」

第6章　ウェストミンスター寺院

サンタの死体はすでに片付けられ、バーチルの姿もなかった。死体をどう処分したかあえて聞くまでもない。

代わりにルドルフが水責めの台に縛りつけられていた。ペンフォールドがそのかたわらに立っている。唇を真一文字に結び、ダニーたちが通訳と一緒に入ってきても、いっさい口をきかなかった。容疑者に近寄ろうとしたスパッドを、ダニーが押しとどめた。「ここはおれにまかせろ」スパッドは反論したそうだったが、黙って引き下がった。

ダニーは水責めの台に歩み寄った。「よし、話せ」

その指示を翻訳するまでもなく、ルドルフはアラビア語で息せき切ってしゃべりだした。もどかしげに言葉を並べてゆく。「ロンドン」通訳がほぼ同時に訳しはじめた。「おれたちはロンドンへ行く途中だった……爆弾を仕掛ける……でかい爆弾を……英国に着いたら電話を待つことになっていた……やるべきことを指示する電話を……」

「どこに爆弾を仕掛けるんだ？」ダニーは問いただした。

通訳がすぐに訳したが、ルドルフは返答をためらった。ダニーは相棒にチラッと目をやると、いきなりルドルフの左手をつかみ、その小指をへし折った。ルドルフは悲鳴を上げた。ペンフォールドが薄笑いを浮かべた。ダニーはぐっと顔を近づけた。

「どこに爆弾を仕掛けるんだ？」同じ質問をくりかえす。

ルドルフがようやく答えた。

「ウェストミンスター寺院」通訳が訳した。

たちまち重苦しい沈黙が垂れ込めた。ペンフォールドですらショックの色を隠せない。

「いつだ？」ダニーは尋ねた。

ルドルフが目を大きく見開いた。ダニーはまだ折れてない指の一本をつかんだ。ルドルフはあわてて金切り声を響かせた。

「クリスマス当日」通訳が訳した。「クリスマス当日」

またしても沈黙が垂れ込めた。誰もが嫌悪の色もあらわにルドルフを睨みつけた。

「ヘリフォードに報告する必要がある」ダニーは言った。「ただちに回線をつないでくれ」

テムズ川南岸のヴォクソールに立つＭＩ６ビル。その七階の角にある会議室から外を眺めても雨模様で、ロンドンの夜景を楽しむことはできない。国会議事堂近くの公園パーラメント・スクエアも、大観覧車ロンドン・アイも、セントポール大聖堂も、テムズ川をまたぐ数々の橋も、せっかくのライトアップの効果はなくぼやけて見えた。

室内の空気はよどんでおり、延々と会議が続いてきた痕跡が見受けられた。危なっかしげに積み上げられたピザの空箱——会議をしながら平らげた二食分の容器である。中央の大テーブルにはスタイロフォーム製のコーヒーカップがいくつも置かれていた。体臭が強く匂った。テーブルを囲んで腰掛けた男女はいずれも疲れきった顔をしていた。

ガイ・サッカレーもその一人だ。このＭＩ６の新長官は丸顔に丸メガネで、いかにも快活に振る舞ったが、じつは冷徹非情な人物であった。治安機関の監視権限をいちだんと強化する法案の制定に尽力しており、そのためＭＩ６内部では英雄視されていたが、左派メディアからは卑劣な覗き屋呼ばわりされた。もっとも彼みたいなタイプにとって、かくのごとき批判は一種の勲章と言ってよかった。

つい最近、外相に就任したばかりのジョージ・チルバースも同席していた。この人事は驚きをもって受け止められたが、ぼさぼさの金髪がトレードマークの飾り気のない人物で、愛嬌《あいきよう》たっぷりの物言いに独特の魅力があった。一五分前にやって来たばかりなのに、ずっとその場にいるかのような存在感を見せつけていた。

アリス・クラックネルは三十代の情報部員である。彼女も——経験豊富なベテラン連中の序列を飛び越え——異例の昇進を果たした。サッカレー新長官じきじきの抜擢《ばってき》と言われており、その理由として仕事を超えた関係があるのではないかと噂されていた。だからといって、その実務能力に疑いを差し挟む者はいない。アリス・クラックネルは安全保障分野においてきわめて有能な情報分析官であった。

そしてレイ・ハモンド。この作戦担当将校は地中海で作戦行動中のＳＡＳチームと直接連絡を取っていた。その携帯電話が耳元から離れることは片時もなく、ヘリフォードの作戦室ともたえず連絡を取り合い、進行中の作戦について最新情報をこの場にいる全員にリアルタイムで伝達する役割を果たした。ＭＩ６の長官がここまで作戦に関与するのは尋常ならざることだった。そして、それよりさらに異例なのが外相まで同席している点だ。ガイ・サッカレーは何か隠しているが、それが何であるかハモンドにはわからなかった。

「つまり、こういうことかね？」ジョージ・チルバース外相が口を開いた。「ＩＳの連中が難民ボートを使ってテロ工作員を欧州へ潜り込ませようとしている、その有力な証拠が見つかったと」

「はい、外相」サッカレー長官は答えた。「むろん以前から疑ってはいたのですが、なにぶん確証がつかめなかったものですから」

チルバース外相はハモンド少佐を振り返った。「当然ベストメンバーにこの件を担当させているんだろうね」

「もちろんです」ハモンドは抜かりなくポーカーフェイスで答えた。「いずれも信頼に足る連中であり、頼りになる兵士たちです」やや微妙な間があって、こう言い添えた。「まさにベストであります」

外相は首を振った。「まったく最近の難民問題は手に余る。難民受け入れ数の増加を首相に強く進言して認めさせようと思っていた矢先なのに。そもそも中東情勢を悪化させたのはわが国だからね。いわば、借りがあるわけだ。だからこれまで有資格者には政治亡命を積極的に認めてきた。その制度を悪用してＩＳがトロイの木馬を送り込んでくるとなると、国境管理の厳格化は避けられない」

サッカレー長官は出っ張りぎみの腹に両手を置いた。「いつものやり口ですよ」おもむろに口を開いて説明を始める。「タリバンは民間人の居住区に紛れ込んで空爆を阻止させました。強行すれば民間人にも犠牲者が出ますから、こちらとしては控えざるを得ない。それを読んでね。ムジャヒディン（アフガンのイスラムゲリラ）も同じような戦法を用いました。ＩＳと呼び名こそ変わりましたが、こいつらも同じ穴のムジナですよ。だから、似たような手を使う。無辜《むこ》の市民の命なんて気にも留めない」

「たったいま、マルタから連絡がありました」レイ・ハモンドがふいに割って入った。じっと耳を傾けてから、ポイントだけ列挙する。

「クリスマス当日。ウェストミンスター寺院。ＩＳはここを爆破」

チルバース外相の顔がやや青ざめた。レイ・ハモンドは同じような場面を何度も目にしてきた。政治家はよくない知らせを受け取ると、まず考えるのが自己保身で、自分のキャリアへの影響を計算しはじめるのだ。外相は窓の外へ目をやった。ちょうどパーラメント・スクエアの方角だ。降りしきる雨のせいで、ウェストミンスター寺院の屋根はよく見えない。「大胆不敵な」外相はつぶやくように言った。

そんな外相をよそに、冷静そのもののＭＩ６の専門家たちはさっそく状況分析に取り掛かった。

ガイ・サッカレーがアリス・クラックネルを振り返った。「クリスマス当日のウェストミンスター寺院の行事予定は？」

クラックネルはすぐさまノートパソコンの画面にデータを読み出した。「午前一〇時から礼拝。通常なら満席です。首相御一家も列席なさいます」

外相は鋭い目つきでクラックネル分析官を見つめた。「どうしてそれを？　きみたちの管轄外の情報だろう？」

「あちこちから拾い集めた断片情報をつなぎ合わせたのですよ」サッカレー長官が釈明した。

「なんだと？　どうしてこのわたしに知らせてこない？」

　サッカレー長官はすまなさそうに両手を広げた。「われわれがフォローしておけば済む瑣末《さまつ》な情報までいちいちお知らせするのは、それこそ時間の無駄というものでしょう。外相にはもっと重要な仕事がおありなのですから」そうでしょうとばかりにうなずいてみせる。「しかしながら、ウェストミンスター寺院について申し上げると、他の攻撃対象より危険度が若干高めであったことは間違いありません。クリスマス期間における同所のテロ発生確率については、個別の情報源から――たしか三個所だったな、アリス？――それなりの感触は得ております。いまのところこの三つ――ネットのチャット、フェイスブックのコメント、ツイッターの書き込みに比肩しうる情報はなく」もう一度、部下の情報分析官に目をやる。「充分信頼に足るものであると考えております。そうだな、アリス？」

　アリス・クラックネル情報分析官はうなずいた。

「罰当たりの」外相は怒りの声を上げげた。「モンスターどもめ」

「ジョージ、われわれの知らない情報があったら教えていただきたい」そう言うと、サッカレー長官はハモンドに鋭い眼差しを向けた。「セキュリティ・レベル１を発動しろ」

　レイ・ハモンドは耳を疑い、相手の顔をじっと見つめた。「そのまま礼拝をやらせるんですか？」ＭＩ６長官の考えが理解できなかった。

「選択の余地はないのだよ。礼拝を中止すれば、広報の観点から最悪の結果を招くことになる。きわめて弱腰に見えてしまうからね。逆に、ＩＳ側はしてやったとばかりに優勢に立つだろう。外相もご了解いただけますね」

ジョージ・チルバース外相は即答せず、ハモンド少佐を振り返った。「テロを食い止めるのはきみたちの役目だ。どういう手立てを講じるつもりかね？」

レイ・ハモンドはすかさず応答した。「すべての出入り口に私服の監視要員を二四時間態勢で配置します。それから建物内部と外部を徹底的に調べ上げ、周辺の建物に狙撃ポイントがないかチェックします。軍の爆発物処理班にも待機してもらう必要があります。教会事務スタッフの身元調査もあわせておこなうべきでしょう。爆弾を仕掛けるとしたら、その可能性が高いのは聖職者より清掃員の方でしょうから……」

「当然の処置だな」ＭＩ６長官はいかめしい顔で答えた。「アリス、ロンドン警視庁《メット》に連絡して、警視総監にすぐ来るよう伝えてくれ。ＳＣＯ19（ロンドン警視庁銃器対策特捜班）の出動を依頼する必要がある。それから、一時間以内に、ＭＩ５とＧＣＨＱ（政府通信本部）の長官とも入念に打ち合わせをやる。あと、国防長官とも……」

「内閣にはわたしから伝えよう」チルバース外相が言った。

「それだけは絶対にやめていただきたい」ＭＩ６長官は即座に拒否した。

外相は目をぱちくりさせた。「しかし――」

「ジョージ、わが閣僚たちがＮＳＡ（米国家安全保障局）の監視対象外だと考えているのなら、見当違いも甚《はなは》だしいですよ」

「そうした盗み聞きはわが防諜機関が阻止してくれるものと思っていたんだが」外相はすかさず言い返した。

「残念ながら、それは無理ですね。しかし本件だけは漏らすわけにはいきません。わが国の体面に関わるだけでなく、こちらが通信傍受していることを米国側に悟られてしまいますからね。そうなると従来の暗号回線を遮断して、別の回線に切り替えるでしょう」

「そもそも米国側がこの情報をわれわれに教えてくれなかった理由は？　両国は特別な関係じゃなかったのか？」

「このところ、米国のいとこたちの動きは謎めいており、さっぱり意図が読めません」サッカレーは意味ありげな目をアリス・クラックネル分析官に向けながら言った。

　レイ・ハモンドが指を立てた。「マルタから最新情報です」携帯電話にじっと聞き耳を立ててから、その内容を伝達する。「今回、身柄を確保したテロ容疑者は、イラク北部に拠点を置くダフール・ファカールなるＩＳ司令官の指揮下にあるものと思われます」ガイ・サッカレーとジョージ・チルバースがチラッと視線を交わした。「この名前に心当たりが？」

「もちろんあるとも」サッカレーは答えた。

「ほう？」

「アリス、説明したまえ」サッカレーは部下に命じた。

アリス・クラックネルは咳払いをした。「ダフール・ファカールはサダム・フセイン政権下のバース党で有力幹部の一人でした。おそろしく目はしの利く政治家でもありました。フセインの腹心であり続け、なおかつ生き残るためには必須の資質です。噂では、サダムとその息子たちにある品……」もう一度咳払いした。「……つまり、慰みものを提供していたと言われております」

「なんのことだ？」チルバース外相は問いただした。

「女のことですよ、外相」サッカレー長官は説明した。「セックス専用の女奴隷。サダムの長男ウダイには風変わりな嗜好《しこう》があったらしいんですが、そうした息子の変態ぶりは、一説では父親譲りだとも言われています。アリス、続けたまえ」

「フセイン政権が崩壊すると、ダフール・ファカールは忽然《こつぜん》と姿を消しました。他の多くの側近と同じように。そのまま二度と姿を現わすことなく消えてしまった者もおります――おそらくイラク国民が彼らなりのやり方で処刑したのでしょう。しかし抜け目のない連中は、いわゆるイスラミック・ステートの勃興《ぼっこう》に合わせて再登場しました。もちろん看板を書き換え、精神的指導者やイスラム戦士と称して。しかし、その実態は、フセイン時代の権力が忘れられず、その再獲得を目指す動きにすぎません。新たに現われた民兵たちは烏合の衆に過ぎず、指導者を必要としていました。その需要にうまく乗ったのが、いま話をしている狡猾《こうかつ》な残党どもです。彼らはプロパガンダの重要性をよく知っています。ソーシャル・メディアで優勢に立つことが、実戦と同じくらい重要であることを」

「つまり、このダフール・ファカールなる人物に宗教的な背景はないということか？」

「ほとんどありませんね、ジョージ。ISの司令官はみんなそんなもんですよ。もちろん大義を唱えてはいるが、しょせんリップサービスに過ぎません。もっともらしく聖戦《ジハード》を語り、ジハーディストのごとく振る舞ってはいますがね。本当に関心があるのは、世界中の権力の亡者が欲しがっているものと同じです」わかるだろうとばかりにチルバースに目配せする。しかし相手が要領を得ない表情のままなので、はっきりと口に出した。「セックスとカネですよ、ジョージ。セックスとカネ」

「わからん。この人物はどうやってカネと……」チルバースは少し顔を赤らめた。

「……欲しいものを手に入れるのかね。テロ組織を動かしながら？」

ガイ・サッカレーはにんまり笑みを浮かべた。「カネは簡単です。ISは資金が潤沢ですからね。富裕層の支援者たちが――それもただの金持ちじゃない、世界有数の大富豪――大義のために惜しみなく資金を提供してくれます。ＩＳの民兵は情け容赦のないプロの略奪者です――こいつらは、ある地域を支配下に置くと、銀行や商店や軍事施設から有り金をごっそり奪い取ります。その一方、支配地区の住民からは税金を取り立て、骨董《こっとう》や美術品は競りにかけて売り飛ばします。人身売買や誘拐、恐喝でも多額の現金を得ております。そして、もちろんオイルマネーも。ＩＳはイラク北部とシリア北部の大部分を占領しています。この地域には産出量の多い油田がいくつも存在します。その大半をＩＳが押さえているのですよ」ＭＩ６長官は外相に向かって眉を吊り上げてみせた。「釈迦《しゃか》に説法なら、これ以上の説明は必要ありませんかな、ジョージ？」

「え？　いや、そんなことはない。話を続けてくれ。周知のテーマでも視点が異なれば大変参考になるから」チルバース外相は思わず目をそらしてしまい、図らずもおのれの無知ぶりをさらけ出す結果となった。

「もちろん」サッカレーは話を続けた。ＭＩ６長官は言葉を慎重に選んでいる。レイ・ハモンドはそんな印象を受けた。「油田を支配下に置くことと、その原油を売りさばくことは別物です。その点はきちんと認識されていると思いますが」ちゃんと識別できているかどうかチルバース外相はそぶりにも見せなかったが、サッカレー長官はかまわず話を進めた。「ＢＰ（英国の国際石油資本、ブリティッシュ・ペトロリアム社のこと）の本社にいきなり乗り込んで、数百万バレルの原油を最安値で売り飛ばす、なんてことは不可能なんです。そこで、売主が特定されない販売ルートが必要になるわけで」

「続けてくれ」

「ＩＳの原油をオープン・マーケットに流す仲介業者がおります。資金洗浄ならぬ、オイル洗浄と言ったところです。ＩＳとの直接取引は差し障りのある国家でも、相手がこうした仲介業者なら簡単に買えますからね。しかもディスカウント価格だから、願ったりかなったり。じつにシンプルな経済法則ですよ。この原油売却でＩＳは一日に数百万ドルを稼ぎ出します。むろんそれだけ必要なわけで――なにせ大所帯だから、毎日食わせるだけでも大金が要るし、給与も支払っていますからね。一方、こうした売買にはピンハネがつきものです。価格に若干上乗せして販売する。その売上げから上乗せ分を賄賂《わいろ》としてキックバックするという手法でね。このピンハネ、ＩＳ側の総収入からすれば微々たる額ですが、ダフール・ファカール個人にしてみれば、結構な実入りになります」

ガイ・サッカレーはさらに説明を続けた。

「セックス面の調達はずっとシンプルです。民間人の娘を捕らえて性奴隷にします。司令官は性奴隷にした女たちを複数囲っております。英国と米国の特殊部隊がそうしたハーレムに何度か奇襲をかけたことがあって、その結果、何人かを救出しました。

彼女たちの口から、ハーレムのおぞましい実態が明らかになったのですが、そうした報告書を読んだところで……」サッカレーは鼻を鳴らした。「……なんの役にも立ちませんね」

「ISの拠点を空爆すべきなのだ――わが国と米国で」チルバース外相は言った。

「大賛成ですな。しかしながら、イラク北部とシリア北部のISの拠点に関して、空爆対象になるものとそうでないものの区分がはっきりせず、情報部には不平不満が渦巻いております」

「その気持ちは理解できる」外相は暗い顔で答えた。「しかし、中東での空爆作戦を進める権限が英国にはないのだ。言うまでもなく、爆撃機も不足しているし」

ガイ・サッカレーは眉を吊り上げた。「権限などどうにでもなります」軽く言ってのける。「爆撃機も調達可能ですしね。問題は、あなたとわたしもよく承知しているように、中東における米国の専横ぶりにあります。米国に振り回されたおかげで、どれだけ損失をこうむったことか。だいたい米国の了解がなければ、あの一帯は空爆できません。空爆目標に制限を設けている理由があるはずですが、それはいまのところ不明です」サッカレーはふいに立ち上がると、部屋の中を行ったり来たりしはじめた。「とにかく英国に割り振られた役割はきわめて限定的なもので、その分を超えてはならんのですからな」立ち止まると、今度は外相の顔を真っ向から見据えた。「もちろん、英国は米国の飼い犬になるべきではないと考えている者もおります。外相はどうお考えか知りませんが、わたしも反飼い犬派の一人です」

MI6長官がそう断言したとたん、外相とのあいだに緊張が走った。レイ・ハモンドが咳払いをして、話題を変えた。「ウェストミンスター寺院の件は？」

サッカレー長官は腰を下ろした。「ウェストミンスター寺院か」落ち着いた声でくりかえす。

「先ほども申しましたように、通常の予防措置なら、可能なかぎり手を尽くしますが——」ハモンドはいったん口をつぐんでから、話を続けた。「——すでに爆発物が仕掛けられている場合、それを見つけ出す手立てはありません」

「しかし、そんなことが可能なのか？」チルバース外相は問いただした。「対応策はないのかね？」

「最近出回っている即製爆発物《IED》は恐ろしく手が込んでおりまして」ハモンドは説明を始めた。「おまけにテロリストは創意工夫に長《た》けております。たとえば、爆発物をブロックの中に仕込み、それをコンクリートで固めます。こうなると、爆発物探知犬でも嗅ぎ分けることができません。しかも金属探知機に反応しないよう、起爆装置にプラスチック部品を多用し、金属部品は極力控えるという念の入れようでして」

ジョージ・チルバース外相はブロンドの髪をかきむしった。「しかし……あのウェストミンスター寺院で？　いったいどういう料簡《りようけん》なんだ……」

「サッチャー首相を狙ったブライトン爆発事件では、爆発物は何か月も前に仕掛けられておりました。テクノロジーが驚異的に発展した現在、デジタルタイマーさえあれば、数年前にＩＥＤを仕掛けることが可能です。コンクリートの平板を二、三枚外して、その内側に爆弾を仕掛けて元通りに修復――あとは爆破のときを待つだけ。それから、自爆テロの可能性も排除できません。Ｃ４（プラスチック爆弾）を数キロも身体に巻きつけた犯人が礼拝の最中にやって来たら、それこそ手の打ちようがありません……」

　不吉な想定を聞かされて会議室に気まずい沈黙が垂れ込めた。

　ようやく気を取り直して、チルバース外相が口を開いた。「このダフール・ファカールなる人物なら、英国におけるテロ実行犯の素性を知っているのだな」

　ハモンドはサッカレーの老獪《ろうかい》さに舌を巻いた。外相を思いどおりに動かしているからだ。反応はあくまでも控えめである。わずかに目を見開く程度。そう、考えてもいなかったことを指摘した外相の洞察力に敬服するかのように。「それが理の当然というものでしょうな」サッカレーは答えた。「ご存知のとおり、九・一一テロはアフガニスタンで計画されました。パリの同時多発テロ事件が計画されたのはシリア。きびしい見方になりますが、英国において一般市民を狙った無差別テロが準備されているとすれば、それを阻止するのは不可能に近い」咳払いをする。「たとえば、清流の水を飲んで腹痛を起こしたら、その原因を突き止めるべく上流に向かうでしょう。そして水を汚染している動物の糞便を取り除く。いまから対処しようとしたら、この手しかありません」

チルバース外相はせわしなく瞬きした。「ならば、そいつを捕まえないと」

サッカレーは小首をかしげた。「できないことはないですが、首相が首を縦に振らないでしょうな。米国の目をかすめる必要がありますから」

「首相なんかクソ食らえだ」チルバースはぴしゃりと言った。「わたしは外相だ。これなら、わたしの職務権限で執行できる」

サッカレーはうなずいた。「いまこそ断固たる措置が必要なときです」外相を持ち上げるようにそう言うと、アリス・クラックネルを振り返った。先を読んでいた情報分析官は、用意しておいたマニラ・フォルダーをすかさず寄越した。「じつは、ジョージ、あなたが腹を括《くく》ってくれたら、いわゆる一石二鳥が可能になります」氷のような微笑を浮かべる。

「どういうことだ？」

「先ほど原油の仲介業者について説明しましたが、ダフール・ファカールがそのうちの四人と会う予定があるのです。あらためて指摘するまでもありませんが、この連中を抹殺《まっさつ》すれば、ＩＳにとって大打撃となる。石油の販売先がなくなれば、カネも入ってきませんからね。つまり、資金源を断つことになるわけです」

「その暗殺計画を承認しろと言うのかね?」チルバース外相は問いただした。

「外相にご決断いただければ幸いですが、いずれにせよ、最高レベルの承認が必要になります。内閣への具申をためらっているのは、暗号傍受の件が閣僚の口から米国側に漏れることを危惧《きぐ》するからです。うっかり口を滑らすというのは、よくあることですからね。首相は間違いなく拒否なさるでしょう。ここは是非、物事を大局的な見地から判断できる要人にお願いしたい。本件でMI6の味方となっていただければ、こちらも将来にわたって協力を惜しみません」ガイ・サッカレーは椅子にもたれて相手の返答を待った。

ジョージ・チルバース外相は検討するふりをしてみせたが、ハモンドの見るところ、すでに結論は出ていた。サッカレーのおべんちゃらが功を奏したのである。「ありていに言えば」外相は口を開いた。「ダフール・ファカールから情報を聞き出し、仲介業者四名を殺害する作戦に、このわたしが許可を出せばいいのだな」

サッカレーはおもむろにうなずいた。

外相は鼻を鳴らした。その脳味噌がフル回転しているのが見えるかのようだ。「それではやりたまえ」チルバースは明言した。「ただし、ベストの要員を派遣すること。本件について、わたしは一切の関わりを否定するからそのつもりで。それから米国と首相にも内密に。以上だ」

「承知しました」サッカレーはつぶやくような声で答えた。

二人は立ち上がると、ぎこちない物腰で握手した。「これから執務室に戻らないといけない」外相は言った。「なにか進展があったら逐一報告するように」

「もちろんです、外相。真っ先にお知らせしますよ」

ジョージ・チルバース外相はレイ・ハモンドとアリス・クラックネルに軽く一礼すると、ドアをバタンと閉めて会議室を後にした。

しばらく誰も口をきかなかった。ガイ・サッカレーはドアを振り返り、ちゃんと閉まっていることを確認すると、フッと息を吐き出した。「あの欲張りの自己中野郎が。さんざんもったいをつけやがって。あいつが政治家として注目を集めるようになったのも不思議じゃないな」気の済むまで悪態をつくと、ハモンドを振り返った。「ダフール・ファカールと仲介業者については、こちらで徹底的に調べ上げげた。半年かかったがね。その情報を残らず提供する。アリスから受け取ってくれ。チルバースは鼻持ちならない大馬鹿野郎だが、二点だけ妥当なことを言った。政府関与の全面否定とベスト要員の派遣だ。地中海でテロ容疑者の身柄を確保したSASチームだが、彼らのことをベストだと言ったたな、きみは」

ハモンドはうなずいた。それも勢いよく。不安の色を気取られたくなかったからだ。

「その姓名を教えてくれないか?」

レイ・ハモンドはうなずくと、目の前に積み上げた書類をめくった。そして隊員ファイルから三名の経歴書を引き抜き、MI6長官に手渡した。サッカレーはざっと目を通した。「ダニー・ブラック」つぶやくように名を読み上げる。「スパッド・グローヴァー、ケイトリン・ウォレス。女性隊員がいるとは知らなかったな」

「オーストラリア陸軍から一時的に出向している要員でして」ハモンドは断言した。「能力的にはまったく遜色《そんしょく》ありません」

「よろしい」ガイ・サッカレーは三名の経歴書を自分の書類の山に加えた。「このチームに新たな任務を命じる。仲介業者の排除とダフール・ファカールの身柄確保だ。ウェストミンスター寺院爆破テロ計画の詳細を残らず聞きだすのだ」顔をしかめながら話を続ける。「ダフール・ファカールは長年監視対象だったモンスターだ。こいつの名を潜在脅威者リストから除外できれば、こちらもそのぶん枕を高くして眠ることができる」

ハモンドはうなずいた。「マルタで拘束中の容疑者一名の処分について、お聞かせ願えますか」

ガイ・サッカレーは鋭い眼差しを振り向けた。「容疑者は二名だと聞いていたが」

「一名は尋問中に絶命しました」相手に質問する暇を与えず、ハモンドはまくし立てるように説明を続けた。「この死亡事故はMI6チームの尋問中に発生しました。SASチームはただちにその後を引き継ぎ、生き残った一人から情報を引き出すことに成功しました。この容疑者をマルタから連れ出すことを提案いたします。当地の尋問施設の責任者がいかなる人物なのか知りませんが、死亡事故が多発する傾向にあるのは間違いないようです」ハモンドは一線を踏み越えたことを自覚していたが、MI6長官は気にも留めていない様子だ。それどころか、物思いにふけっているように見えた。「長官?」ハモンドは呼びかけた。

ガイ・サッカレーはパチパチと瞬きした。「施設から連れ出すのは好ましくないな。ダフール・ファカール側に工作員逮捕の情報が漏れる恐れがある。言うまでもなく、米国側にも」鼻を鳴らしてから、それとなく命じる。「きみのチームに、やるべきことを……やってもらいたい」

ハモンドはうなずいた。処刑を命じる段になるとスプークはたいてい言葉を濁《にご》すのだが、その婉曲《えんきよく》語法の多様さには呆《あき》れるほかない。

サッカレーは書類をそろえて胸に抱えると、さっき外相が出て行ったドアに向かった。しかし何かを思い出したのか、ふいに立ち止まり、くるりと振り返った。「あ、そうだ、ハモンド、イエロー・セブンの子守は見つかったのか。あの困り者をドバイまで迎えに行く要員だよ。もう現地に向かっているんだろうな。このところ朝夕を問わず王室から矢の催促でね――他にも仕事が山積しているというのに、お構いなしなんだから」

ハモンドは深く息を吸い込むと、気の進まない案件についてしぶしぶ口を開いた。「すでに手配済みです。王室には――」

「ベストの要員を派遣したと？」ガイ・サッカレーはかすかに笑みを浮かべた。「ご苦労、そう伝えさせてもらうよ。あとはアリスから聞いてくれ。くれぐれもよろしく頼むぞ、ハモンド。この任務をなんとしても成功させるのだ。もはや難民の流入は止められない。ならば、腐った卵が入り込む前に手を打つほかない。これで失礼する。他にも仕事を抱えているものでね」

ガイ・サッカレーはそう言い残すと、ふたたびドアに向かい、今度はそのまま出て行った。

レイ・ハモンドは携帯電話で本部と連絡を取った。「マルタのチームに生き残った容疑者を始末するよう伝えろ。それが済んだら、シゴネラ基地のイタリア軍管轄区まで帰還させるんだ」ハモンドは続けた。「わたしがシゴネラまで出向いて事情を説明するから、ただちに輸送機を用意させろ。チーム用のフル装備もな。連中には東へ向かうと言っておけ。詳細はわたしの口から伝える」それだけ言うと携帯電話を切り、アリス・クラックネルを振り返った。ＭＩ６の情報分析官はツンと取りすました顔に、上司っぽい雰囲気を滲《にじ》ませていた。「それでは」ハモンドはため息まじりに声をかけた。「ダフール・ファカールなる悪党について、わかっていることを残らず教えてもらおうか」

ジョーは激しく身震いした。命に関わりかねないほど体温が下がっている。雨に濡れた砂利が容赦なく体温を奪っていくからだ。何度もうとうとしかけた。眠気は低体温症の初期徴候である。残された時間はあまりなかった。

貨物列車が停止して一時間になるが、まだトンネルを通過していないので英仏海峡のフランス側にいた。雨が絶え間なく降り続いている。砂利の山から顔だけ突き出しているのだが、砂利に弾かれた雨だれがひっきりなしに口や目に飛び込んでくる。時折、窒息するのではないかと恐怖を覚えた。トンネルの中に入ってくれたら一息つけるのに、このままではどうしようもない。

列車が停止した原因は不明だが、よくない兆候である。フランス側に留まる時間が延びるほど、見つかる可能性が高まるからだ。

人の声。フランス語だ。ジョーは全身がこわばるのを感じた。どの方角からやって来るのか見定めるのは難しい。雨のせいもあるが、地面を歩く相手と貨車の上のジョーでは、高低差がありすぎた。相手は何人だろう。四人？　いや、五人か？　おそらく鉄道会社の職員だろう。ジョーは自分に言い聞かせた。落ち着け。

しかし、三〇秒後には落ち着いてなどいられなくなった。かん高い機械音が聞こえてきたからだ。巨大な昆虫の羽音みたいな、ブンブンという音がこちらに近づいてくる……。

五秒後、その音の主が貨車の縁を越えて姿を現わした。一瞥した瞬間、正体がわかった。小型のドローンだ。間違いなくカメラを搭載している。貨車の内部を調べに来たのだ。思わずパニックを起こしかけたが、あわてるなと自分に言い聞かせる。

ライトが点灯していないのは、暗視カメラが搭載されている証拠だ。ジョーはすかさず目をつむった。暗視カメラは網膜画像を一瞬にして捉えるからだ。息を殺す。わずかな動きでもこちらの存在を悟られかねない。身震いを懸命に押さえ込もうとしたが、これはかなり困難だった。もはや打つ手はなかった。

ブンブンという音が大きくなった。ドローンの姿は見えなかったが、ほぼ頭上にいることが感じ取れた。まさか顔面めがけて降下してこないだろうな。お願いだ、見逃してくれ。ジョーは必死に祈った。やっとここまで来たんだ、見逃してくれよ……。

上空で雷鳴が轟き、雨脚が一気に強くなった。その雨だれが顔に張り付いた砂利を洗い流してゆく。ジョーはおのれを呪った。貨物の中に隠れて越境するプランは誰にも思いつけない名案だと？　どうしてそこまで自信満々になれたのか不思議だった。

いまはおのれの愚かさを悔いるばかりだ。

雨だれが容赦なく落ちてくる。

ドローンはジョーの顔の上でホバリングを続けた。

ジョーは身構えた。いまにも叫び声が聞こえそうだ。あるいは砂利を踏みつける音が。

どちらも聞こえなかった。

ブンブンという音が小さくなった。ドローンが遠ざかってゆく。

それでもジョーは身動きしなかったし、目も開けなかった。息は殺したままだ。全身がだるく、重たく感じた。恐怖のあまり吐き気を覚えた。どうかうまくいきますように。このまま国境を越えられますように。

「異常《セ・ボン》なし！」下の方からフランス語が聞こえた。「出発《アレ》！」

突然汽笛が鳴り響き、貨物列車がゆっくり動きだした。

ジョーの鼓動が高まった。列車は加速し、一分後には顔を打つ雨だれから解放された。あたりは真っ暗だった。

とうとうトンネルに入ったのだ。ジョーの気分は高揚した。

ゆっくり身を起こす。全身が痛み、口の中には砂ぼこりが張りついていた。トンネルの高さがわからないので、できるだけ姿勢を低くして背を丸めるようにして動いた。

その耳元をびゅんびゅんと風が吹きぬけてゆく。ジョーはいままでの旅路を振り返った——難民を満載したちっぽけなボートでなんとか海を渡り、命からがら欧州の端にたどり着いた。そこから数え切れないくらい輸送トラックを乗り継いだ。もちろん荷台に勝手に潜り込んだのだ。腹はぺこぺこ、喉はカラカラ、全身の節々が痛み、凍えるような寒さに苦しめられてきた……。

しかし英国は目の前だ。いままでの苦労が報われる時が来たのだ。

明かりと雨。列車はふいにトンネルを抜けた。耳をつんざくようなブレーキ音が響きわたった瞬間、ジョーは仰向けに倒れ込んで、深々と息を吸った。貨車の上にいても動輪から火花が飛び散るのがわかった。線路周辺の地面がほのかに青白い光に包まれたからだ。リュックサックを探し出してメガネを引っ張り出す。リュックの中で揺さぶられて、レンズにはべっとり汚れがついていたが、構わず顔にかけた。薄汚れた視界でも、ぼやけた世界よりマシだ。貨車の側壁に這いより、列車が完全停止するのを待つ。

ジョーは両手で貨車の縁をつかんだ。そっと身体を持ち上げると、濡れた金属が手のひらに食い込み、瘦せ細った腕の筋肉が痛みだした。

貨車の縁越しに用心深くあたりを見回す。貨物列車は待避線に入線していた。遠くにワイヤーフェンスや電信用アンテナ、それに切り離された貨車などが見えた。道路は一五〇メートルほど先にあった。土砂降りの雨の中、煌々と明かりを灯したヘッドライトがせわしくなく行き来している。ジョーは大きく息を吸った。ここが思案のしどころだ。ここで降りるか、それとも乗車したまま英国内に入り込むか。

ジョーの決断は早かった。砂利を満載した貨車に隠れたまま移動するのは危険すぎる。いつどこで積荷を降ろすかわからないからだ。その現場に居合わせるのは御免こうむりたかった。それに英国に入ってしまえば、こっちのものだ。どこで降りようが関係ない。

ジョーは側壁を乗り越えると、濡れた梯子の横木をつかんだ。ゆっくり慎重に梯子を降りる。まだ全身が震えていたし、金属製の横木をしっかり握りしめるだけの力が残っているかどうかも自信がなかった。

しかし問題なかった。三〇秒後、ジョーは地面を踏みしめていた。その直後、貨物列車がふいに汽笛を鳴らし、待避線から出るべく後方へ移動を始めた。

ジョーは遠ざかってゆく列車を見送ると、自分自身に目を向けた。ずぶ濡れの衣服は泥まみれだった。ジーンズはあちこち裂けている。スニーカーは一方の靴底が取れていた。メガネを外して、シャツの袖で濡れた顔を拭おうとしたら痛みが走った。布地にへばりついた砂利の破片が肌をこすったのだ。

メガネをかけなおしたとたん、心臓が止まりそうになった。目の前に自分の影がいくつも見えたからだ。影は線路に沿って扇形に広がっている。つまり、複数の光源が背後から彼を照らしていることになる。その光が近づいてきた。

「おい！　おい、おまえ！　そこで何してる？　線路から離れろ！」

くるりと振り向いたジョーは、思わず顔をしかめた。二〇メートルほど離れたところに懐中電灯のライトが三つ見えた。いずれも、ひどくまばゆかった。その懐中電灯を手にしている人影までは見えない。

「いますぐ線路から離れろ！　こちらは武装している。くりかえす、こちらは武装している」

ジョーは線路から離れ、その横へ移動した。同時に、両腕を高々と上げた。

事態は急転した。何が何だかわからないうちに、懐中電灯を手にした三人組が飛び掛かってきた。迷彩服がチラッと見えたので兵士だということはわかった。三人のうち二人が一方に立ち、頭の位置に構えた懐中電灯でジョーと三人目の兵士を照らした。三人目の兵士はジョーを地面に押し倒した。うつ伏せに倒れたジョーは地面に顔をこすりつける格好になった。「何者だ？」兵士はうなるように言った。「難民野郎の一人か？　お泊りは高級ホテルかな？　それとも無料宿泊所？」

ジョーはメガネのフレームがひしゃげるのを感じた。ここでパニックを起こしてはならない。ジョーは首をねじまげると、自分を押さえ込んでいる兵士の目を覗きこんだ。

「いますぐ政治亡命を申請したい」そう告げた。

12月21日

第7章　処刑

バーバがダフール・ファカールの拠点にやって来て二か月が過ぎた。人生最悪の二か月であった。

そのあいだに陽光を拝んだのは三回。最初は到着して三日経《た》ってからだ。ダフール・ファカールの妻――マリンカという名であることを知った――にごしごし全身をこすられたお陰で、皮膚がすりむけて赤くなった。そこに匂いのきつい香水を振りかけられたので肌がひりひりした。今後はその香水を自分でつけろと命じられた。それから透き通った薄物のガウンを身にまとうことになった。その布地はシルクを思わせ、一見柔らかそうだが、肌に触れるとチクチクした。マリンカに連れられてダフール・ファカールの部屋に引き返したとき、バーバの最大の悩みは、ちょっと触れても痛みが走るこの肌荒れであった。しかし、すぐにそれどころではなくなった。

ちゃんと振る舞わなかったら、きびしい罰が待っているからね。マリンカはバーバにそう耳打ちすると、部屋を後にした。

最初ダフール・ファカールは柄にもなくおずおずした感じで、そっと寄ってくるとガウンを脱がせようとした。そのあいだバーバは目をそむけ、肌に触れられるたびに身を固くした。するとダフール・ファカールの態度が一変した。大声で妻を呼んだのだ。ドアのすぐ外に待機していたらしく、マリンカはすぐさまやって来た。そしてバーバの髪をつかむと外へ引きずり出した。陽射しがまぶしくて、バーバは思わず瞬きした。マリンカはその場にいた民兵二人に鞭打《むちう》ちを命じた。この二人はニタニタ笑いながらバーバに鞭を振るった。その数、二〇回。そのたびに蛇のようにうねる鞭の跡が裸の背中に赤く残った。その生傷が癒えるのに三週間を要したが、完治してからはダフール・ファカールが近寄ってきても、おびえの色を見せなくなった。

二度目に日の光を拝んだのは、その一か月後である。ダフール・ファカールに呼ばれたので、マリンカに連れられて部屋まで行った。もはや無用な抵抗はやめていた——彼女なりに自制心を身につけたのである。もちろん事が始まると泣き声を上げたが、ダフール・ファカールは不快になるどころか、むしろそれを喜んだ。もっとも泣き顔を見せるたびに、マリンカから悪態を浴びせられたが。今回はいつもよりかなり早く終わった。バーバの顔にホッとした表情が出たのだろう、ダフール・ファカールがいきなり怒り出した。早漏に終わったのは彼女のせいだと言わんばかりに。またしてもマリンカに外へ引きずり出された。鞭打ちこそ免れたが、殴る蹴るの暴行を受けて腹部や乳房があざだらけになった。

三度目は、脱走を試みたときである。

あらかじめ計画していたわけではない。バーバはぐったりして、物を考えられるような状態ではなかった。その日までダフール・ファカールは貪《むさぼ》るようにバーバの身体を求めた。その結果、出血がひどく、まともに歩けない有様だった。部屋のドアに施錠するのをマリンカがうっかり忘れたのだ。ダフール・ファカールを満足させられないと、その部屋から外へ引きずり出された。バーバは急いで逃げ出した。驚いたことに、見張りはいなかった。バーバは一目散に駆け出した。悪夢の日々から解放されたと思い、歓喜を覚えた。

そのとき、背後から笑い声が聞こえた。振り返ると、二人の民兵が——バーバを鞭打ちにした連中である——二〇メートルほど離れたところから、こちらをじっと見つめていた。それぞれ、獰猛そうな黒犬を連れている。うなりながらリードを力任せに引っ張り、いまにもバーバに飛び掛かってきそうだ。「逃げられるものなら」民兵の一人が大声で言った。「逃げてみろよ。こいつらに餌をやる手間がはぶけるから」

バーバは恐怖のあまりその場にへたり込んだ。

マリンカの怒りは凄まじいものだった。今回はみずから罰を下した。バーバは両目のまわりに黒あざを作り、唇は切れて出血、全身あざだらけになった。そしてマリンカの鋭く研ぎ澄まされた爪のお陰で、頬にいくつも切り傷をこしらえた。いまも頸部《けいぶ》に薄っすらと傷痕が残っているが、それはこのときナイフの刃先を突きつけられてできたものだ。また逃げようとしたら、喉を掻き切ると脅されながら。

　バーバは一か月半を過ごした独房が嫌で嫌でたまらなかった。そこは、がらんとした空間で、トイレに使う陶器の壺《つぼ》が置いてあるだけだ。臭くて、冷え冷えとして、居心地は最低だった。しかし脱走騒ぎの後、そこへ戻されることはなかった。代わりに、ダフール・ファカールが一日の大半を過ごす部屋に置かれた。獣《けもの》のように鎖で柱につながれて。その鎖の先には金属製の分厚い首輪がついており、バーバはこの首輪をはめさせられた。首輪の下は肌が汗ばみ、こすれてひりひりした。これでダフール・ファカールの方は手間がはぶけることになった。事に及びたくなったとき、わざわざ呼び寄せる必要がないからだ。人払いすれば、犬のようにつないだ女がいつでもそばにいるのだから、これほど便利なことはない。

　かくしてバーバはこの世でいちばん憎んでいる男と終日を過ごすことになったが、相手の目を直視しないよう細心の注意を払っていた。バーバはダフール・ファカールの仕事ぶりを観察した。死人のような目をした民兵が入れ替わり立ち代わり面談にやって来た。その中には見覚えのある顔もあった。ダフール・ファカールがいないと、民兵たちは淫らな目を向けてきた。しかし、ダフール・ファカールが姿を現わすと、彼らの態度は一変した。明らかにダフール・ファカールを恐れていた。用を足したくなったり、身体を洗う必要が出てくると、マリンカが首輪を外してくれた。そして用が済むまでぴったり寄り添い、おとなしくしていないとひどい目に遭わせるからね、と脅しつけるのだった。

バーバはもともと元気溌剌《はつらつ》とした少女だった。しかし、その元気はいまや影もかたちもない。ダフール・ファカールは、バーバが重要な話し合いや極秘の談合の場にいても平然としていた。これは自分の解放がないことを意味する。つまり、用済みになったら始末される運命にあった。

バーバはすべての会話を耳にしていた。もっともいくら話を聞いても、原油取引や仲介業者のことはちんぷんかんぷんだったが。民兵の給料や、一般住民から取り立てる税金のことも話していた。部下の指揮官たちに――彼らも誰一人、ダフール・ファカールの目を見ようとしなかった――こう話したときには、さすがに口の中に苦いものがこみあげてきた。若い女を拉致すれば、忠誠の褒美として民兵たちに与えられるだけでなく、住民を恐怖で縛ることができるから、一石二鳥だと。

そして、今日は、遠い国に住む仲間の素性について話を聞かされていた。

「男の名はジェーコブ・ハキムという」ダフール・ファカールは向かいに腰掛けて目をそらしている民兵に言った。その民兵はバーバを鞭打ちにした一人で、いまも彼女のことを盗み見していた。民兵とダフール・ファカールは低いテーブルを挟んで座り、茶碗《カップ》のミントティーをすすった。「この男はロンドンに住んでいる。英国の治安機関は男の正体を知らない。来るべき戦いに大いに役立つことだろう。どうしてこんな話をするかというと、その時が来て、この男が英国を離れ、ここへ戻ることになったら、兄弟として出迎えてほしいからだ。しかし、いまは誰にも話してはならん。わかったな？　この件を知っているのは、おまえとわたしだけだ」

民兵はうなずいた。「承知しました、ダフール・ファカール様」そう言うと、ミントティーを一口すすった。

ダフール・ファカールがふいに立ち上がった。面談終了の合図と知って、民兵もあわてて立ち上がった。そして、ぎこちなく一礼すると、銃器をガチャガチャいわせながら、そそくさと部屋を後にした。

ダフール・ファカールは満足げな表情を浮かべた。そして、民兵が飲み残したミントティーのカップを手に、これまた目をそらしているバーバのところに歩み寄った。カップを手渡されたバーバは、ひどく喉が渇いていたので、ミントティーを一気に飲み干した。その様子をダフール・ファカールは小首を傾げながら眺めていた。

バーバがカップを返しているとドアが開き、マリンカが現われた。二番目の民兵を連れてきたのだ。マリンカはカップを手にしたバーバに疑わしげな目を向けた。そのとたん、バーバは奇妙な思いに捉われた。ダフール・ファカールの妻は進んで手を貸しているように見えるが、じつは性奴隷に嫉妬《しっと》しているのかもしれない。いままで考えもしなかった見方だが、案外当たっているのではないか。おそらく嫉妬しているから、バーバを手ひどく扱うのだろう。あるいは、バーバを支配下に置くことで優越感に浸っているのかもしれない。いずれにせよ、マリンカの目つきは不穏なものだった。カップを受け取ったダフール・ファカールは、二番目の相手に向き直った。

「そこに座れ」ダフール・ファカールは男にそう言うと、妻に軽くうなずいてみせた。マリンカもうなずき返すと部屋を後にしたが、その直前、バーバを睨みつけてきた。あの女と二人だけになる時が怖かった。

二人目の民兵には見覚えがなかった。黒ずくめの服装は他の連中と同じだ。眉が顔の真ん中で一本につながり、鼻の骨を一度折った形跡があった。かなり離れていても、鼻を突くような体臭が匂ってきた。男は最初の面談者と同じ席に腰掛けると、一礼した。ダフール・ファカールは茶を注いでやった。そのカップを受け取る男の手が震えていることにバーバは気づいた。

「おまえとこうして話せることが嬉しいぞ」ダフール・ファカールは告げた。

「恐れ入ります、ダフール・ファカール様」男はつぶやくような声で答えた。

「じつは、おまえに教えておきたいことがある。他言は無用だ」

「もちろんでございます」

「ロンドンに男がおる。われらの仲間だ。名はアスラン・フセイン。英国の治安機関はこの男の正体に気づいておらん。この男は来るべき戦いで重要な役割を果たす。どうしてこんな話をするかというと、この男は近いうちに異教徒の土地を離れ、ここへやって来るからだ。その時には、兄弟として出迎えてやってくれ。ただ、しばらくは、おまえとわたしだけの秘密だ。わかったな？」

「はい、ダフール・ファカール様」男の声はしゃがれていた。おどおどしながら茶をすすり、カップをテーブルに置くと――そのとき、中のミントティーが少しこぼれた――同時に、ダフール・ファカールが立ち上がった。「お茶をご馳走《ちそう》になりました、ダフール・ファカール様」男はぼそぼそと礼を述べると、軽く頭を下げてから背を向け、そそくさと部屋を後にした。

ダフール・ファカールはまたしてもカップを手にしてバーバに歩み寄ってきた。そして彼女の乾いた唇にカップを押し当てると、飲み干すまで待った。目をそらしながらバーバが飲み終えると、ダフール・ファカールは顔を近づけて耳打ちした。「ここで聞いたことを誰かに漏らしたら」ささやくような声で脅しつける。「おまえの腹を切り裂いて、はらわたを残らず地面にぶちまけてやる。わかったか？」

バーバがうなずいていると、ふたたびドアが開き、マリンカが姿を現わした。三番目の民兵を連れてきたのだ。その民兵はバーバを鞭打った、もう一人の男であった。男を部屋に通して立ち去ろうとしたマリンカをダフール・ファカールが呼び止めた。

「おまえも残れ」彼女の口元がほころんだのをバーバは見逃さなかった。マリンカは部屋の奥まで行き、ノートパソコンが置いてあるいつもの席に腰をおろした。ダフール・ファカールは先の二人が座った席に三番目の民兵を差し招くと、同じように茶を注いだ。

じろじろ見るような度胸はなく、バーバはうつむいて床に座り込んでいた。じっと聞き耳を立てながら。ダフール・ファカールは何をしているのだろう？　この男にも同じ話をくりかえすのだろうか？　名前だけ変えて。

おそらくそうなる……。

「おまえに話しておきたいことがある。ただ、極秘の話だから、口外してはならぬ。わかったな？」

返事はなく。うなずく気配。

「英国のロンドンに男がおる。われらにとって重要な人物だ。名はカイラス・マキャフリー」

「異国風の名で、ムスリムらしくないですね」

「しかし正真正銘のムスリムなのだ」ダフール・ファカールは話を続けた。「この男が英国の心臓部に一撃を加えることになっておる。それが済んだら、ここへやって来て、ともに戦うことになろう。おまえは兄弟のように彼を出迎え、われらの戦い方を教えてやれ。よいな？」

「はい、ダフール・ファカール様」

先の二回と同じように、面談はふいに終了した。民兵は退室したが——バーバの見るところ——もっと早く部屋を出るべきだった。これで、ダフール・ファカールとバーバとマリンカの三人だけが残った。マリンカはするすると夫に歩み寄った。「お疲れになったでしょう、あなた」ささやくように言った。この性悪女はその気になればいつでも猫撫で声を出すことができるのだ。「少しお休みになったら」座り込んでいるバーバにチラッと目をやる。「あの子に用意をさせましょうか？」

ダフール・ファカールはバーバに視線を向けた。「いや、よい」物憂い声で答える。「いささか飽きがきた」

「始末しましょうか？」

バーバの心臓が恐怖に凍りついた。「始末する」の意味は明らかだった。しかもマリンカは冷ややかな笑みを浮かべながらそう言ってのけたのだ。バーバは思わず身震いした。

「まだよい。気が変わるかもしれんからな」

バーバは胸を撫で下ろした。泣きたくなったが、それは許されない。感情を面に出すと罰せられるのだ。このまま床にうずくまって、じっとしていることだ。自分の存在を忘れてくれることを祈りながら。

しかしバーバの頭脳は動きを止めなかった。いまのあれは、なに？　三人の部下に少しずつ異なる話をした理由は？　異国に暮らす三人の男は本当に残虐な作戦を計画しているのだろうか？　それとも出まかせにすぎないのか？　ダフール・ファカールはおそろしく頭が切れる。ひょっとしたら罠《わな》を仕掛けたのかもしれない。彼女の村の狩人のように。いくつか罠を仕掛けておけば、そのどれかに獲物が掛かる可能性が……。


そんな物思いにふけっているうちに空腹を覚えた。朝に残飯を少しばかり口にしただけで、それから何も食べていない。バーバは自分に言い聞かせた。ダフール・ファカールのたくらみのことなんか忘れるのよ。それより、自分の身の安全に気を配るべきだ。不平を口にせず、従順に振る舞うのだ。トラブルを起こしてはならない。

それしか生き延びる術《すべ》はないのだから。


地中海にどんよりした夜明けがやって来た。マルタ島の非居住地区にある正体不明のコンクリート建築物も薄明かりに包まれていた。その中から人影が三つ現われた。疲れきっているのか、いずれも背を丸めている。長い夜であった。

このブラック・キャンプの外で三人を降ろしたワイルドキャットは、すでにどこかへ飛び去っていた。着陸時間は五分にも満たなかったのではないか。ダニーはそう思った。その着陸エリアもいまはただの空地にすぎない。雨は止んでいたが、霧が立ち込め、兵士と建物をすっぽり包み込んでいた。

ペンフォールドが建物の中から現われた。「最後まで見届けるんだろ？」

ダニーはうなずいた。スパッドとケイトリンを振り返る。「ヘリに連絡しろ」そう言うと、ペンフォールドの後を追って建物の中に引き返した。階段を下りて尋問室へ向かう。他に誰もいなかった。ここにいるのは、ダニーとペンフォールドとテロ容疑者の三人だけである。

ルドルフは裸のまま水責め台に縛り付けられていた。大声が出せないよう口にぼろ切れを押し込まれ、しきりに身をよじっている。すぐそばのカートにスチールケースが載せてあった。中身は透明の液体が詰まった皮下注射器である。ルドルフはおびえた眼差しをチラチラと注射器に向けた。用途を知っているのは明らかだった。

ペンフォールドは唇をなめた。そっと注射器を持ち上げて明かりにかざすと、針の先から微量の液体を飛ばした。ルドルフは急におとなしくなったが、今度はくぐもった泣き声を漏らしはじめた。

ペンフォールドはダニーにチラッと目をやると、ルドルフに近づいた。

そして、縛りつけられた右の上腕に注射針を刺した。馴れた手つきである。透明の液体を注入するのに数秒かかったが、たちまち効果が現われた。拘束から逃れようとする動きが止まり、全身が痙攣を始めたのだ。くぐもった泣き声がしだいにかん高く、せわしないものに変わった。ペンフォールドは空《から》になった注射器を元の場所に戻すと、一歩下がって、断末魔のテロ容疑者を眺めた。

即死ではなかった。ルドルフはもだえ苦しみながら死んだ。痙攣と苦痛のうめき声が止むまでにまる二分を要し、最後は白目を剥いて絶命した。

ダニーは遺体に歩み寄り、脈を調べた。心臓は完全に止まっていた。手首を放し、ペンフォールドに目をやる。二人は無言のまま、睨み合った。ダニーはふいに背を向けると、ペンフォールドと遺体を残して、その場を後にした。

ヘリコプターのローター音が早朝の空気を震わせていた。すでにワイルドキャットが着陸しており、ローターの下降気流にあおられて、霧が渦を巻いている。スパッドとケイトリンがヘリに向かった。ダニーもその後を追った。誰も振り返らなかった。ヘリの側面扉が開き、迷彩服姿の乗員が手招きした。三人とも無言で駆け寄り、そのまま搭乗した。そして数秒後には離陸した。

ダニーは窓の外へ目をやった。建物の外にペンフォールドが立っているのが見えた。こちらを見上げている。ヘリは機体を傾けると、雲の隙間を抜けて上昇した。ダニーは目をつむり、たぬき寝入りを決め込んだ。ケイトリンとスパッドの視線から逃れたかったのだ。チームはまだギクシャクしている。トニーの解任で問題がすべて解決したわけではなかった。

トニーか。あの馬鹿はいまごろどこにいるのやら。ヘリフォードからシゴネラ基地へ戻って指示を待つよう連絡があった。つまり、任務はまだ終わっていない。トニーがいなくなったのは幸いだった。時折、敵と味方の区別が難しくなることがある。チームメイトがそんな状態では、とても戦えたものではない。

ヘリはふたたび機体を傾けると、北へ向かった。

第8章　新たな任務

アリタリア航空七四七便のビジネスクラスでスーツ姿でもなければアラブ伝統のディシュダーシュ姿でもない乗客は、トニー・ワイズマンただ一人であった。まだ午前一〇時半だというのに、酔っ払っている唯一の乗客でもあった。

夜明け前にシゴネラ基地で降ろされ、なんとかずぶ濡れの迷彩服を脱ぎ捨てることはできた。しかし身体の汚れを落とす時間はなかった――彼をパレルモ空港へ運ぶ軍用ヘリがすでに待機していたからだ。ヘリフォードの事務屋が手配したのは明らかだった。トニーの野郎をできるだけ早くドバイへ移動させろと指示されたのだろう。仕事熱心なのは結構だが、少しくらい余裕を持たせてもバチは当たるまい。

しかし怒り心頭に達していたトニーは迎えのイタリア兵と言い争う気にもなれなかった。前日の朝にトニーからぞんざいに扱われたこのイタリア兵は、またしても貧乏くじを引くはめになった。トニーの武器類を預かり――アリタリア便に持ち込ませないためだ――なだめながらパレルモ行きのヘリに乗せるという難儀な役目を仰せつかったからだ。だからトニーの衣服は清潔だが、身体の方はそうではなかった。潮と火薬と汗が強く匂った。それからアルコール臭。ドバイに向けて離陸してから、朝食メニューにあったシャンペンを飲み続けていた。取り澄ましたエアホステスが険しい表情で小鼻にしわを寄せる回数が増えれば増えるほど、トニーの酒は進んだ。

トニーは窓の外を眺めた。高度三万フィート。アリタリア便は地中海を後にして、現在シリア南端の上空を飛行中だった。一時の憤激状態を脱したトニーはすでに落ち着きを取り戻していた。しかし、どうしても忘れられない顔が二つあった。彼の妻を寝取ったスパッド・グローヴァー――こいつにはきっちり落とし前をつけさせる必要があった――昨夜はうまく逃げられたが、いつもツキが味方するとは限らない。そしていまや暗殺《ヒット》リストのトップに躍り出たダニー・ブラック。

「お客様、ゴミを片付けてもよろしいですか？」エアホステスの一人――上向きの鼻と形のいい乳房を持った可愛らしい客室乗務員で、英語の発音も悪くない――がトニーに声をかけると、空になったハーフボトル三本とまだシャンペンが半分残っているグラスを意味ありげに見つめた。

トニーはグラスを守るようにつかむと、うなずいた。「もう一本持ってきてくれ」

エアホステスは唇をすぼめた。「これ以上お召し上がりになるのはいかがかと」やんわり断りながら空き瓶を持ち上げた。

トニーはその手首をつかんだ。「もう一本持ってくるんだ」低い声で注文をくりかえす。不穏な口調だが、いささかろれつが怪しかった。

エアホステスは身をこわばらせた。手を引き抜こうとしたが、無駄な努力に終わった。「承知いたしました」押し殺した声で答える。

トニーは手を放した。エアホステスは通路を前に進むと、他の客室乗務員に相談を持ちかけた――つるつるの肌にブリルクリーム（英国製の伝統的なヘアクリーム）をたっぷり塗りつけた髪の毛を額に一筋垂らしたキザな若造だ。その若者はトニーを振り返ると眉をひそめた。ほら、そのままやって来て、このおれに注文をつけてみろ。トニーは一瞬期待したが、若者にその度胸がないことがわかると「つまらねえ野郎だ」と小声で罵《ののし》った。香水の匂いをぷんぷんさせたオカマ野郎なんか二秒で片付けてやる。エアホステスはシャンペンのハーフボトルを手にして引き返してくると、無言のままテーブルに置いた。

「そんなに難しいことじゃねえだろ、ダーリン」トニーは遠ざかってゆくエアホステスに声をかけた。その声が大きすぎたので、近くに腰掛けていた中東系の客から苛立《いらだ》たしげに睨みつけられた。エアホステスの左右に揺れるヒップを鑑賞していたトニーはすごんだ。「文句あんのか、アブドゥル？」男は頬をぴくつかせながらトニーのアルコール飲料に非難の眼差しを向けたが、一言も発することなく、ふたたび手元の書類に目を通しはじめた。

トニーはグラスに残っていたシャンペンを飲み干すと、もう一度窓の外に目をやった。油井の残留ガスを燃やすやぐらが眼下にいくつも見えた。ふとダニー・ブラックのことを思い出した。そのとたん脈拍が一気に速まった。トニーの異動は本部の判断だとブラックは主張したが、それとなく進言するやつがいなければ俎上《そじょう》に載るはずもない。また怒りがこみ上げてきた。イエロー・セブンの子守に左遷されたトニー・ワイズマンは、ヘリフォード中の笑いものになるだろう。レジメントの同僚たちがニヤニヤ笑いながら陰口を叩くのが目に見えるようだ。それもダニー・ブラックのお陰なのだ。あいつは最低の兵士《バッド・ソルジャー》——クズ野郎だ——そして許しがたい密告者でもある。そのうち思い知らせてやる。油断している時を狙って……射撃訓練場で事故が起きたり……手榴弾《しゅりゅうだん》が誤爆したり……銃弾と爆発物に囲まれた兵士を痛めつける方法はいくらでもある。そんなに手間はかからない。

ケイトリンのことを思い出して顔をしかめる。どうしようもない馬鹿女だが、セックスの相手としては申し分なかった。おれの目は節穴じゃない。こっちが気づいてないと思って、ダニー・ブラックを見つめていたあの女の目つき。あの女はブラックに当てつけるために、おれと寝たのかもしれない。間違っても愛や敬意に基づく関係ではなかった。それでもブラックと作戦行動を伴にしているかと思うと我慢ならなかった。トニーは、自分の女が他の男のものになることが、どうしても許せないタイプだった。

シャンペンをがぶ飲みしたせいか、小用に立つ必要が出てきた。トニーはシートから立ち上がると、ふらつく足取りで通路を進みトイレまで行った。ちっぽけな便器に勢いよく放尿する。自分の顔が鏡に映っていた。あちこちに泥がこびりつき、塩が吹いている。顔の汚れはそのままにしておいた。

トイレを出ると、アラブ服姿の男が待っていた。その男を睨みつけて、押しのけるように側を通り抜ける。通路へ出ると、あのエアホステスがトニーの席の五つ手前の客に応対していた。前かがみになって注文を聞きながら、トニーをチラッと横目で睨んだ。カチンと来たトニーは、笑いながら、エアホステスの尻をポンと叩いた。「おい、元気出せよ」

エアホステスはくるりと振り向いた。怒りの色をあらわにしている。それがさらにトニーの笑いを誘った。「お客様、そのようなマネはおやめください」

トニーは鼻で笑った。もう一度エアホステスの尻に手を伸ばしたとたん、注文を伝えていた男性客が立ち上がった。六十代くらいの初老の紳士で、髪の生え際は後退しているものの、仕立てのいいスーツに身を包んでいた。「無礼にも――」イタリアなまりの英語で切り出した。

しかし、その抗議の声が聞き届けられることはなかった。カッとなったトニーは拳を使う手間すら惜しみ、相手の顔面に頭突きをぶちかました。鼻が押しつぶされて骨の砕ける音が聞こえた。くずおれるように座り込んだイタリア人紳士の鼻から血がほとばしった。エアホステスは大きく息を飲んだが、周辺の乗客は一斉に黙り込んだ――当然ながら、誰も関わりになりたくないのだ。トニーは初老の紳士の足元に唾を吐き捨てると、額の血を拭った。千鳥足のまま自分の座席に向かったが、その手前で足を止めた。四人の男性客室乗務員が――通路の前後から二人ずつ――近づいてきたからだ。トニーはまた笑い声を上げそうになった。このめかしこんだ若造どもは、本気で彼を押さえ込めると思っているのだろうか？　このおれを誰だと思ってるんだ？

「ぼんくらどもが」トニーは小声で悪態をついた。顔を上げて、客室乗務員たちを睨みつける。「いいか、それ以上近づくんじゃねえぞ……」

トニーは自分の座席に戻った。そのすぐ側に男性客室乗務員が二名立った。二人とも不安げに視線を交わしている。これまで経験したことのない事態であり、どう対処すべきか判断しかねているのだろう。

グラスをつかんだトニーは、二人に向けて乾杯の仕草を見せると、一息に飲み干した。大きなげっぷを漏らす。「着いたら起こしてくれ」そう言うと、リクライニングシートを倒して目を閉じた。おそらくこの二人は着陸まで側を離れないだろう。

勝手にすればいい。酔っ払ったトニーはそのまま気分よく寝入った。

「どうして帰国便に乗れないいんだ？」スパッドが疑問を口にした。

正午。シゴネラ基地イタリア軍管轄区では大型のポータキャビン（工事現場の事務所などによく用いられるプレハブ小屋）を用意してくれたが、当然ながら室内は簡素きわまりない——テーブルはなく、あるのは椅子四脚とテレビ一台のみ。隅に置かれたそのテレビはイタリアのプロサッカーの試合を中継していたが、音量は下げてあった。

「その理由なら、おまえだって知ってるだろ」ダニーは答えた。「これから東へ向かうからだ。もうじきハモンドがやって来る。じきじきに詳しく説明してくれるだろうさ」平静を装っていたが、ダニーもスパッドと同じくらい苛立っていた。現場待機にこだわるハモンドの指示も不可解だった。任務は終了したのだから、さっさと帰国したかった。早く子どもに会って、クリスマスのプレゼントを買ってやりたい。もっとも、ＳＡＳの同僚には口が裂けてもそんなことは言えないが。

少なくとも汚れた身体を洗って、イタリア軍支給の清潔な迷彩服に着替えることはできた。それ以後は、ポータキャビンに缶詰になった。人目につくため外へ出ることは許されず、ずぶ濡れの装備から携帯糧食を取り出して食べた。固い椅子に腰掛けたまま、可能なかぎり睡眠も取った。そして、あとはひたすら待った。

軍用機の離着陸音がひっきりなしに聞こえてきた。その音をＢＧＭにしながらダニーはテレビのサッカー中継をとりたてて見るつもりもなく眺めていた。しかし、一二三〇時ちょうどに、聞き覚えのある飛行音がダニーの眠気を吹き飛ばした。着陸態勢に入ったハーキュリーズのエンジン音は耳にタコができるほど聞かされていたので、すぐにそれとわかった。窓辺に歩み寄り、金属製シャッターを引き上げて、外を覗き見る。その視線の先に滑走路があった。紛れもなくC－130Kが機体を揺らしながら降下してきた。昨夜、この基地にダニーたちを運んでくれたハーキュリーズと同一機かもしれない。どちらにせよ、特殊部隊を運ぶ輸送機を操縦するのは第四七飛行中隊の面々であった。

ダニーはシャッターを下げると、仲間を振り返った。「少佐が着いた」

その一〇分後、ポータキャビンのドアが開き、レイ・ハモンド少佐が姿を現わした。レジメントの隊員たちは冗談まじりにいつも口にしていた。ストレスがたまればたまるほど、レイ・ハモンドの目の下の隈《くま》は濃くなると。目の前の少佐は何日も眠っていないように見えた。レイ・ハモンドは二度の湾岸戦争に参戦した歴戦の勇士だった。その笑顔を目にしたことは一度もない。見るからにいかめしい面構えは、喜びも悲しみもふくめて感情そのものを封印しているかのようだ。しかし、今日はいつになく顔をしかめていた。目の下の隈に合わせるかのように。あいさつは省略して、そっけなく一言。「こっちだ」ダニー、スパッド、ケイトリンの三人はベルゲンを手に取った。「床に落としたパイみたいな顔つきね」ハモンドに続いて外へ出るとき、ケイトリンがつぶやくように言った。

雨はやんでいたが、地面はまだ濡れており、上空には雲が渦巻いていた。エトナ山の頂上も雲に包まれたままだ。ハーキュリーズは誘導路上に停止して、尾部扉を下ろしていた。ハモンドを先頭にして小走りに近づき、そのまま機内に駆け込んだ。金属製の尾部扉を踏みつける音がこだました。機械油と航空燃料のお馴染《なじ》みの臭いが鼻孔をくすぐる。照明の鈍い光が奥の方を照らしていた。作業中の英空軍《RAF》の乗員たちは、ダニーたちの存在に気づいても、そのそぶりすら見せなかった。すでに女が一人乗っていた——黒髪をショートボブにカットした三十代の女である。オフィス用の服装をしているので、ひどく場違いに見えた。一目で情報部員《スプーク》だとわかった。

「出発時刻までこの中で待機する」レイ・ハモンドは機体の奥に向かいながら肩越しに伝えた。

「あとどれくらい？」ダニーは尋ねた。

「トルコ当局から飛行許可が下りるまでだ。アルメニアへ向かうさいにトルコ領空を横切るからな」

「行く先はアルメニアですか？」ケイトリンが尋ねた。

ボブヘアの女は相手をひるませるような強い視線を向けてきた。「違うわ。アルメニアへ行くのはわたしたち。あなたたちの行き先は別よ。途中で降ろしてあげるけどね」鼻を鳴らす。「文字どおりに」

ケイトリンも相手を睨みつけた。「この変な女《ウォンバット》は何者？」

「ＭＩ６のアリス・クラックネル」レイ・ハモンドが鼻息の荒い情報部員をそっけなく紹介した。「こっちはダニー・ブラックとスパッド・グローヴァー、そしてケイトリン・ウォレスだ」ケイトリンはわざとらしく笑顔を作ってみせた。鞘当《さやあ》ては女二人に任せて、ダニーは右側に目をやった。すり傷だらけの大型フライトケースがいくつも置いてあった。そのうちの一つはすでに開いており、中身が見えた。それが何であるか一目でわかった。自由降下用の落下傘である。それにＨＡＬＯ（高高度降下低開傘）用ヘルメットと光沢のある黒のバイザー。この装備の意味するところは明らかである。目的地がどこであれ、空からの潜入が求められているのだ。ダニーはケイトリンを振り返った。「落下傘降下《ジャンピング》はオーケーか？」女兵士は答えなかったが、その顔にチラッと不安の影がよぎったように思えた。ケイトリンは有能な兵士だが、しょせんオーストラリア陸軍の情報将校であり、レジメントの標準的な訓練を受けているわけではない。

「よし、みんな聞いてくれ」レイ・ハモンドが声をかけた。ダニーたちは、床にボルトで固定された一列だけの座席のまわりに集まった。その前には、これまたボルトで固定された長テーブルがあり、通信機器やノートパソコンが載せてあった。その接続コードが何本も床を這っている。中東を表示した軍用地図と複数の書類ファイルも置いてあった。ハモンドにとって、ここは動く作戦室なのだ。「おまえたちが地中海で確保したテロ容疑者の証言によって、数週間前からファームが探知していたクリスマス当日のウェストミンスター寺院襲撃計画が裏付けられた。あらためて言うまでもないが、このテロが成功すれば、イスラム過激派にとって九・一一以来の大宣伝になる。こちらとしては総動員態勢で、可能なかぎりの手を打つしかない。しかし、実行犯の正体はいまだ不明だ。そこで、おまえたちに一働きしてもらうことになった」

ダニーは突然目が覚めたようになった。先ほどまで感じていた気だるさはどこかへ吹き飛び、文字どおり、ハモンドの一語一語に耳をそばだてた。

「このさい、嘘やハッタリは抜きで正直に話すと、この作戦はわたしが関わった中でいちばん難しいものだと言える。したがって、もっとも危険でもある。不調に終わった場合のダメージは想像を絶するものになるだろう」ハモンドは一息入れた。「容疑者のルドルフが口にしたダフール・ファカールなるIS司令官が、シリアないしイラク北部でこのテロを計画したものと思われる。つまり、こいつが黒幕だ。そこで、直接身柄を確保することにした。現在、モスル北西部の拠点に身を隠しているものと思われる。そこでトルコ人の石油ブローカー四名の到着を待っているはずだ。その到着予定日は二二日深夜から二三日明け方にかけてと思われる。つまり、明日の夜中だ。この連中はIS支配下の油田から原油を買い取り、自由市場に流す仲介業者なのだ。まず第一の目的は、ダフール・ファカールの身柄確保と実行犯の身元特定。第二の目的は仲介業者四名の抹殺だ」

「そんな連中は米軍が空爆してあの世に送ることになっているのでは？」スパッドが口を挟んだ。

「このわたしに政治の話はするな」ハモンドは答えた。「米軍が特定の標的を空爆目標から除外していることは確かだ。ＧＣＨＱが米国の暗号情報をハッキングして判明した事実だが、ファームはこの暗号解析の件が米側に露見することをひどく恐れている」

「恐れているわけではありません」アリス・クラックネルがすかさず言い返した。「セキュリティに万全を期しているだけです」

「ものは言いようだな」ハモンドは歯に衣着せなかった。「つまり、われわれは全体像がつかめぬ中、極秘任務を遂行せねばならず、政府は関与を追及されてもノーコメントの一点張りだろう。米軍にこちらの動きを気取られてはならんぞ。スパッド、どうかしたか？」

「どちらにしようか迷っているんです」スパッドはぼそぼそと答えた。「作戦遂行のためにイラク北部へ乗り込むべきか、キンタマを濡らしたまま高圧電流の通ったフェンスを乗り越えるべきか」

「デスクワークに戻りたいのなら、そう言え」

スパッドの表情が暗くなると同時に、ハモンドはテーブルに広げた地図に向き直った。トルコ国境を指差す。西側がシリア、南側がイラクに接している。「シリアとイラクの領空を飛ぶことはできない――米軍とロシア軍が目を皿のようにして見張っているからな。数分もしないうちにわれわれを発見して質問を浴びせてくるだろう。そこでトルコ当局の許可を取り、領空を通過させてもらうことにしたのだ。イラク北部の国境地帯で、おまえたちを降下させる。おまえたちが潜入したあとも、われわれはそのまま北へ向かって飛行を続ける。いかにもアルメニアに用があるふりをしてな」

「イラクにはどうやって潜り込むんですか？」スパッドが尋ねた。「国境周辺はＩＳの連中がうじゃうじゃいるところでしょう」

「そのとおりだが」ハモンドは答えた。「クルド独立派の戦士も数多く居着いている――いわゆるペシュメルガ（クルド語で「死に立ち向かう者」という意味。イラク領クルディスタン自治政府の軍事組織）だ――彼らの趣味はＩＳの民兵をできるだけ多く殺すことだ」

「結構なご趣味ね」ケイトリンは言った。

「彼らの戦い方は気に食わないかもしれない」ハモンドは説明を続けた。「ＩＳと同じくらい残忍な連中だからな。斬首《ざんしゅ》や磔刑《たっけい》なども平気で実行する。ＭＩ６がずっと交信を続けているが、どこの味方なのかいまだに判然としない」

「自分たちしか信じていないんだろ」ダニーはつぶやくように言った。

「二時間ほど前、そのクルド人グループの一つと話がついたの」アリス・クラッククネルが説明を引き継いだ。「向こうは今日の夜中に来ることを求めている。国境線の抜け道に精通した連中よ。国境を越えてイラク北部へ案内してくれるだけでなく、ダフール・ファカールの拠点まで車で運んでくれるわ」

ダニーは眉をひそめた。「われわれの合流が本日深夜で、石油ブローカーの到着が明日深夜。国境から目標地点までの距離は？」

「およそ一二〇キロ」クラッククネルが答えた。

「それでは監視所《OP》の設置が時間的に難しい。ターゲットの監視に支障を来たす恐れがある」ダニーはハモンドを振り返った。「監視に最低二四時間は必要です」

「ないものねだりをしても始まらん」ハモンドは断言した。「二四時間延ばしたら、クリスマスイブまでにダフール・ファカールを確保できなくなる。それだと手遅れなのだ――せっかく情報を入手しても、それに基づいて対応策を練り上げる時間がないからな。いまはとにかく、そのクルド人たちを頼みにするしかない」

「まさか相手の善意にすがって警戒厳重な国境を越える手助けをしてもらうとか――」

「心配するな」ハモンドはスパッドの発言をさえぎると、フライトケースが積み上げてある場所まで行き、円筒形の金属ケースの上部をポンと叩いた。「クルド人もクリスマスを祝うといいが。これが連中へのプレゼントだ」

SAS隊員たちはハモンドのところへ歩み寄った。ダニーは円筒形ケースの蓋をひねって外し、中を覗きこんだ。細長い兵器が五本詰まっていた。一目で地対空ミサイル発射筒だとわかった。「スティンガーですか？」

「それと最新型の無線機も用意したわ」アリス・クラックネルが答えた。「ISの攻勢が始まってから、西欧諸国はクルド人に小火器を提供しようと努力してきたんだけど、所在が不明でね。いるはずのところにいなくて、バグダッドに無断で逃げ込んだりしているの。彼らの方もこうした物理的な支援を望んでいたから、きっと喜ぶでしょう」

こいつは、戦う男どもが欲しがるオモチャだ――それを、資金力に乏しいクルド独立運動の一分派が命がけで受け取りに来るのだ。こいつがあれば破壊力のレベルが格段にアップする。だが、取引がまとまったからといって、そのクルド人たちが信用できるとはかぎらない。ダニーは円筒形ケースの側面を手で叩いた。「なるほど、こいつがクルド人の協力を保証してくれると。ですが、引き渡した後も力を貸してくれますかね？」

「相手の心をとらえるんだ、ブラック」ハモンドは皮肉まじりに答えた。相手を魅了しろと言われても、そんなテクニックはSASの標準装備にはない。

「撤退は？」ダニーは尋ねた。「この任務が終了したら、どうやってあの国から脱出するんですか？」

「ダフール・ファカールから情報を聞き出したらただちに無線送信しろ。可能ならダフール・ファカール本人を連行してもかまわんが、情報入手が最優先だ。クルド人がおまえたちを待っている。今度はトルコ領内まで連れ戻してくれるから、あらかじめ設定したピックアップ・ポイントで待て。ヘリが迎えに行くまで身を隠しているんだ。ピックアップに数日かかるかもしれん。だから、情報を入手したらすぐさま無線で送る必要があるのだ。衛星携帯電話を支給するが、使用は最小限に抑えろ。米軍が絶えず通信回線をモニターしているからな。ロシア軍も同様だ」

乗員がハモンドに歩み寄った。「国防省から連絡がありました。トルコ当局が領空通過を許可しました。指示があればいつでも飛び立てます」

レイ・ハモンドはうなずくとＳＡＳ隊員に向き直った。「クルド側との合流《RV》は深夜だ。少なくともその二時間前には現場で待機しておく必要がある。さらにその前に、夜陰に乗じてＨＡＬＯを実行しなくてはならない。潜入ポイントまでの飛行時間はおよそ三時間。したがって出発は一八〇〇時だ。異論ないな？」

ＳＡＳチームの全員がうなずいた。

「本作戦のコールサインはデルタ・スリー・タンゴだ」ハモンドは言った。「離陸までこのままブリーフィングを続ける。クルド人グループからダフール・ファカールの本拠地周辺の情報が届いている——それを夜までに頭に叩き込んでおけ。聞くところによると、このダフール・ファカールはとんでもない悪党だ。自分の目を直視する相手に病的な嫌悪感を抱き、実際目を合わせた者は吊るし首にしてしまう。サイコ野郎だな。現地情報によれば、手下に女を拉致させている。大半の女は手下が好きなようにレイプするが、とびっきりの上玉はこいつに進呈されるらしい。本拠地に乗り込んださい、そうした性奴隷の美女に出くわすかもしれんが、間違っても騎士道精神なんか発揮するんじゃないぞ。ダフール・ファカールを生け捕りにして情報を聞き出す。これが最優先事項だからな」ハモンドはアリス・クラックネルを振り返った。女情報部員は忙しげにブリーフィング用の書類を選《よ》り分けていた。「ロンドンでのテロを阻止するためには、その首謀者の首根っこを押さえるしかない。すべては、おまえたちの肩にかかっている」

ハモンドはテーブルに向き直った。ダニー、スパッド、ケイトリンの三人は意味ありげに視線を交わしてから、ブリーフィングの続きに聞き入った。

アリタリア航空機がドバイ国際空港に着陸したとき、トニーはシャンペンの飲み過ぎがたたり、頭が割れるように痛んだ。

着陸の三〇分前に目を覚ますと、若造の客室乗務員が依然通路に張りついており、不愉快そうに睨みつけてきた。トニーも馬鹿するように鼻を鳴らしてやったが、すでに酔いがさめていたので、これ以上の挑発行為はまずいと思い、自制した。いまさら騒ぎを起こす意味がなかった。窓の外へ目をやると、灼熱《しゃくねつ》の砂漠はすでに消え失せて、きらびやかな高層ビルが林立する近代都市が広がっていた。アラブ首長国連邦の主要都市ドバイである。

旅客機は滑走路の端まで達すると、左折して誘導路に進入し、ターミナルビルへと向かった。ビルの手前で警告灯を点滅させている警察車両が見えた。額に手をやる。乾いた血がこびりついていた。初老のイタリア人に頭突きを食らわしたときに付着したものだ。ちゃんと拭い取ることすらしていなかった。あの騒ぎは客室中の乗客が目撃している。したがって、否定したところで無意味だ。

旅客機が停止すると、ドバイの警察官が三人乗り込んできた。カーキ色の半袖シャツ姿で、パイロット用のサングラスをかけている。二人はひげをきれいに剃りあげていたが、三人目は短く刈り込んだ顎ひげをたくわえていた。客室乗務員はトニーの席まで警察官を案内すると、トラブルメーカーはこいつだとばかりに指差した。アラブ首長国連邦の警察官に言葉は必要なかった。ホルスターに入れた銃が、見る者を威嚇するからだ。ふざけたマネをしたらタダではすまないことは明らかだった。トニーは両手を上げて、トラブルを起こす意思がないことを表明すると、立ち上がって、警察官に誘導されるまま機外へ出た。

まばゆい陽光に目を細める。気温は高く、たちまち汗をかきだした。

舗装路に降りるまで口をきかなかったが、パトカーに乗せられそうになって初めて声をかけた。「英語、話せるかい？」穏やかな口調で尋ねる。

「黙ってろ」顎ひげの警察官が言った。

「あんたたちは無実の人間を飛行機から引きずり下ろしたんだぜ」

「黙れと言ったはずだ」

「あのオッサンを攻撃したところはみんなが見ているが、その理由を知りたくないか？」

返事はなかったが、警察官たちは顔を見合わせた。興味がわいてきたらしい。トニーが立ち止まると、警察官たちも足を止めた。「あのオカマ野郎がおれのチンポコに触りやがったのさ」トニーは口からでまかせを並べた。「おさわりってやつだ。だから、しょっぴくべきは、このおれじゃなくて、あのオッサンだぜ」

トニーは警察官の表情を注意深く観察した。すでに嫌悪の色が浮かんでいる。イスラム諸国で同性愛行為は厳罰の対象なのだ。

「パトカーのところへ行け」トニーと口をきいた警察官が命じたが、さっきほど攻撃的な口調ではない。

トニーはうなずくと、また歩き出した。「正直なところ」トニーは話を続けた。「あんな変態オヤジにドバイの街中をうろうろされたくないだろ?」

「あいつの名前を知っているのか?」警察官は尋ねた。

「おいおい、おれに聞くなよ。そばに寄りたくないのはわかるけど」そのとき、視界の片隅に猛スピードで近づいてくる黒色のメルセデスベンツを捉えた。

やれやれ、やっと騎兵隊のお出ましだぜ。トニーは胸の内でつぶやいた。

トニーたちがパトカーにたどり着く直前、黒のベンツが急ブレーキをかけて横並びに停車した。そのベンツから、チャコールグレイのビジネススーツを着た五十代後半の西欧人の男が飛び出してきた。そして、ありありと困惑の色を浮かべながら三名の警察官に歩み寄ると、身分証を提示した。「わたしは英国大使館のドミニク・コープランドだ」ゼイゼイ言いながら自己紹介する。「この紳士の身柄はこちらで預かる。許可は取ってある」

警察官たちは油断なく相手を見据えた。そのうちの一人がパトカーに乗り込んだ。すぐさま警察無線で話しはじめるのが、トニーのところから見えた。外に取り残された二人は居心地悪そうに突っ立っている。突然の命令変更に警察官たちは苛立っている様子だが、その敵意の矛先はトニーではなくスーツ姿の男に向けられていた。一分後、無線で話していた警察官がパトカーから出てきた。同僚にアラビア語で二言三言話しかける。警察官たちはそろってうなずくと、トニーを振り返った。「おまえは自由の身だ」顎ひげの警察官が告げた。

そしてすぐにアリタリア航空機に目を向けた。トニーは前かがみになって顔を近づけた。「あのオッサンを捕まえて、尋問しろよ。昔ながらのやり方で……」右手で張り飛ばすようなしぐさを見せる。警察官の険しい表情から見て、そのつもりでいることは明らかだった。

「早いとこ車に乗ってくれないか」大使館の男は当たり障りのない口調で言った。トニーは笑顔を向けると、後部座席に乗り込んだ。その横に大使館の男が腰掛けた。空港の敷地を横切っていると、航空機へ引き返してゆく警察官三人の姿が見えた。鼻をつぶされた初老のイタリア男に、さらなる災難が降りかかるのは間違いなかった。余計な口出しをした報いだ。

大使館の男は、靴底にへばりついたクソのかけらでも見るような眼差しをトニーに向けた。鼻にしわを寄せている。トニーがひどく臭うのだ。「どんな悪ふざけをやったのか知らんが」大使館の男は言った。「ふつうなら留置場へ直行だぞ」

トニーは窓の外を眺めていた。「ああ、そうかもな」

「その窮地からきみを救い出してくれた大使館に感謝すべきだろう」男はぴしゃりと

言った。「当地とロンドンを結ぶ電話が鳴りやむことはめったにない。それくらい多忙をきわめているのに、こんなつまらぬことで――」

「すまねえが、ちょっと黙ってくれないか。長い二四時間を過ごした後なんでな」

大使館の男から怒気が伝わってきたが、少なくともしばらくは口を閉じてくれた。そのあいだに、外交特権が認められた大使館車両は入国審査のゲートを停止することなく通り抜けた。やがて高架の高速道路に入るといちだんと加速し、首都ドバイの中心部へ向かった。ふと前回の任務を思い出した。あのときも中東に足を踏み入れたのだ。ダニー・ブラックと一緒に、カタールの首都ドーハに潜入したのである。この二つの都市は驚くほどよく似ている――ありあまる富をこれ見よがしにひけらかす、という点において。おそらく気の合う仲間がいて、ポケットに大金がうなっていれば、楽しめる場所だろう。

しかし、ダニー・ブラックのことを思い出したとたん不機嫌になり、強烈な嫌悪感が腹の底からこみ上げてきた。両手に目をやると、ぶるぶる震えていた。

「まず、身体の汚れを落とす必要があるな」大使館の男がふいに声をかけてきた。

物思いにふけっていたトニーは、我に返って振り返った。「なんだって?」

「身体の汚れを落とす必要があると言ったんだよ。見るからにひどい格好だし、まるで浮浪者みたいに臭うぞ。そんな状態で泊めてくれるホテルがあったら、それこそ驚きだ」

「高級ホテルなんだろ？」

「きみ用に部屋を確保しておいた。そこで着替えたまえ。だが、その前に身体をよく洗うこと。ドバイの住人は身だしなみにことのほか気を遣う。いやしくも英国政府を代表する立場なのだから、その評判を落とすようなマネだけはしてもらいたくない」

大使館の男はいまにも震え出しそうに見えた。「それから、きみは王室の付き人だ。言うまでもないが、それらしく振る舞うこと」ほとんど聞き取れない声で付け加える。「仕える相手がたとえ厄介者であっても」

トニーの口元にかすかに笑みが浮かんだ。黒のベンツは高架道のカーブをまがって、きらびやかな一角に向かった。ひときわ高くそびえ立つ超高層ホテルが目の前に見えてきた。そのミラーガラスが陽光を浴びて燦然《さんぜん》と輝いていた。

第9章　イエロー・セブン

ジョーは数日ぶりに温もりを実感した。

線路で彼を見つけた兵士三人組からは手荒で不快な扱いを受けた。そのうちの一人は彼をウォッグ（アラブ人に対する蔑称）呼ばわりした。線路でつまずいて足首を捻挫すると笑い声があがった。それから力づくで引き立てられて、軍用トラックの荷台に放り込まれた。ジョーはそこでうずくまっていた。冷え切った身体の節々が痛み、砂利でこすれた肌がひりひりした。それでも、抑えがたい高揚感を味わっていた。とうとう英国までやって来たのだ。これで最初の難関を突破したことになる。

それから今朝までのあいだは記憶が曖昧《あいまい》だ。疲労困憊《こんぱい》していたので、ただ流れに身を任せた。係官から矢継ぎ早に質問を浴びせられたが、いちいち答えられるだけの余裕はなかった。シャワーを浴びて着替えのできる部屋に連れて行かれた――そこで、いま着ているジーンズとフード付きの赤いセーターを支給された。写真を撮られ、指紋を採取された。生温かいミルクティーをもらうと、がぶがぶと飲み干した。この世でいちばん美味な飲料を味わうかのように。

そしていま、照明がやたらに明るい殺風景な部屋に腰掛けていた。三方がガラス張りになっており、せわしなく人が動き回るオフィスを見渡すことができた。米国の警察ドラマで目にした署内の光景によく似ている。ジョーの子ども時代には、シリアでもごくふつうにテレビドラマを楽しむことができたのだ。そんな日々がひどく遠い昔のように思える。

もらった衣服は若干大きめだったが、全然気にならなかった。腰掛けているのはプラスチック製の椅子だ。おそろしく座り心地が悪いが、知らないうちにうとうとしていた。その夢の中で、蛍光灯のブーンという音がドローンの記憶を呼び覚ました。貨車に隠れていた彼を見つけようとしていたあのドローンである。砂利に埋もれて身じろぎもできなかった場面が鮮明によみがえり、息が詰まりそうになったとたん、ふいに目が覚めた。

女が部屋に入ってきた。長身だが痩せており、ジョーの目には、首が異様に長く見えた。まるでとがめるかのように唇をすぼめている。別の椅子を持ってきて、ジョーの向かいに腰掛けると、クリップボードを手に取った。女は口を開いたが、その声はとりたてて冷たくはなかった。

「あなたは英語が話せるのよね?」

ジョーはうなずいた。

「フルネームを聞かせてちょうだい」

昨夜から今朝にかけて、同じように姓名をくりかえし尋ねられた。途中で数えるのをやめたので何度答えたか覚えていない。ジョーは同じ答えを復唱した。女が書類に書き込む音が聞こえた。

「それで、政治亡命を申請する理由は?」女は質問した。

「ぼくはシリアから来たんです」ジョーは答えた。「それもアレッポから」

「つまり」女は尋ねた。「母国にいると安全に暮らせないってことかしら?」

ジョーは目をぱちくりさせた。こんな馬鹿げた質問には答えようがなかった。

「いいこと、英国に政治亡命を求めているシリア難民はあなただけじゃないの。本気で亡命を認めてもらいたいのなら、しかるべき根拠を提示してもらわないとね」

ジョーはうなずいた。「母国へ戻ったら、命が危ないんです」

「だから、その理由は?」

どこから話すべきか判断がつきかねた。二年前、両親と一緒に暮らしていたアパートが爆破されたことから話そうか? それとも、その二週間後に、武装集団が彼の学校を襲撃したことから話すべきか。その日、ジョーはいつものようにコンピューターの前に座っていた。同級生が一三人も殺された。その死に様を教えてやろうか。ジョー自身、銃弾が二センチそれたお陰で命拾いしたのだ。モニター画面は吹き飛んでしまったが。親友のジャマルを救おうと、本で読んだとおりに心臓マッサージをくりかえしたものの、喉の傷口からの出血がかえってひどくなり、結果的に死なせてしまったような気がしていた。

それとも、その後の話から始めようか？

「ぼくはイスラミック・ステートに拉致された」

女は目を見開いた。「続けて」

「ぼくはアレッポ郊外の難民キャンプで両親と暮らしていた。ある日の夕方、連中がやって来たんだ――全部で五人。ぼくたちを捜してね。やつらを制止できる者なんていない」ジョーは目を閉じて、大きく息を吸い込んだ。あの悲劇が起きて以来、頭の中で凄惨な場面を毎日思い返していたが、それを言葉で表現するのはひどく難しかった。「ぼくたちはラッカの町へ連れて行かれた。長いこと車に乗せられて――一晩かかったよ。翌朝、ラッカに着くと、ぼくと母が見ている前で、父を車から引きずり下ろした。そして衣服を剝ぎ取って素っ裸にすると、頭にフードをかぶせて吊るし首にした。そのあいだ、やつらは笑っていた」

ジョーは中空を睨んで、必死に涙をこらえた。

「ぼくと母は監房に入れられた。連中は銃を手にして時折やって来て、ぼくたちをひざまずかせた。そして頭に銃を突きつけ、笑いながら去って行く。それを何時間もくりかえした。やがて日も暮れる頃……」胃の底から吐き気がこみ上げてきた。「やつらはまたやって来た。四人で。そして、ぼくの目の前で母をレイプし、殺した」

ジョーは女の顔を直視しながら話をしていた。その顔に恐怖の色が浮かんでいる。しかし、何もかも話したわけではない。その四人組のリーダーがムジャヒードという名の男で、喉元にスマイルマークのような傷痕があることは伏せておいた。それだけは打ち明けるわけにはいかなかった。

「かわいそうに」女はささやくように言った。「どうしてそんなひどいことを？」

「ぼくのせいだよ」ジョーは答えた。

「どういう意味？」

「連中の言うとおりにしなかったら、どんな目に遭うかを見せつけたかったのさ」

「でも、どうしてあなたなの？」

ジョーは作り笑いを浮かべた。「ぼくが優秀だと聞きつけたからさ」

「たしかに英語は達者だけど……」

「連中が目を付けたのは英語の能力じゃないよ。コンピューターとか……電子工学とか……コーディングとか……そういった知識」

「よくわからないんだけど」女は言った。

「水をもらえませんか？」ジョーは頼んだ。

女はうなずくと、一分ほど部屋を留守にした。ジョーはガラス張りの大きな窓越しに女の動きを追った。女はオフィスを横切って冷水器まで歩いた。女がこちらに背を向けているあいだに、数人がオフィスを歩きながらジョーに目を向けた。例外なく敵意のこもった眼差しである。全然気にならなかった。慣れっこになっていたからだ。

ジョーは深呼吸して頭の中を整理した。同情を得るために事実をありのままに伝える必要があるが、英国までやって来た本当の理由を悟られてはならない。女が水を入れたプラスチックカップを手にして引き返してくると、ジョーは礼を述べて水を飲み干した。そしてカップの縁を指先でいじりながら、話を続けた。

「イスラミック・ステートは自己宣伝が好きなんだ」的確な表現はないかと頭をひねる。「世間の注目を集めれば、それだけ勢力の拡大につながるから……人質の斬首や路上での無差別銃撃なんかを西洋人に好んで見せつける。そうすれば、西洋は空爆せざるを得なくなる――これこそ連中の大義にとって格好の宣伝材料なんだよ。わかる？」

女は無言でうなずいた。

「そうした宣伝にもっとも適した場所はインターネットさ。フェイスブック、ツイッター、闇サイト。あらゆるネットワークを駆使する。そこで必要になるのがコンピューター技術に精通した人材。だから、このぼくに目を付けたのさ」

女がメモを取るあいだに、ジョーは一息入れた。女がふたたび顔を上げて質問しようとしたとき、ジョーが口を挟んだ。「もちろん、通信手段も不可欠」

「どんな通信手段？」

「連中は見かけほど遅れちゃいない」ジョーは答えた。「世界中に工作員がいるからね、その連中と連絡を取り合う必要があるんだ。自分たちの通信が傍受されていることと——たとえばメール・アカウントがハッキングされたり、携帯電話がモニターされていることは百も承知さ。だから、ぼくみたいなセキュリティ要員が必要になる——通信端末のエンド・トゥー・エンドの暗号化、ＯＴＲプロトコル（通信内容の秘匿化）の導入、マルウェアの侵入阻止といった分野で。要するに、足跡を消して追跡を防ぐ役割。それをずっとやらされてきたのさ。毎日、頭に銃を突きつけられて、ヘマをしたら母親と父親の後を追うことになるぞ、と脅かされながらね。そこまで追いつめられたら、やるしかないだろ？」

ジョーはうなだれてカップの縁をいじり続けた。そのため裂け目ができはじめた。

「そんなあなたをどうして自由にしたの？」女は尋ねた。

ジョーは驚きを隠せなかった。「自由にした？」馬鹿げた質問をするなとばかりに鼻を鳴らす。「自由になんかするわけないだろ。そんな必要がどこにある？　逃げ出したんだよ」

女は仰天してジョーの顔を見つめた。すぐにメモを書き足す。「どうやって逃げ出したの？」女は質問した。しかしジョーが答える間もなく、指を立てた。「ちょっと待って」女はあらためて尋ねた。「つまり、あなたはシリアのイスラミック・ステートの通信部門で働いていたわけね？」

ジョーは相手の顔を穏やかに見つめると、おもむろにうなずいた。

女は椅子ごと後ろに下がると、いきなり立ち上がった。「ちょっと失礼。ここで待っててちょうだい」

女が部屋を後にしても、ジョーは腰掛けたままだった。ふと手を見ると震えていた。ジョーはその震えを抑えるためにカップを握りつぶした。ガラス窓越しに、同僚に近づいてゆく女の姿が見えた。デスクの縁に腰掛けて書類を読んでいた年配の男で、よれよれのスーツを着ている。その男は女の話に耳を傾けながら、こちらを見た。女の説明が終わると、しばらく考え込んでいた。やがてうなずくとデスクの電話を手に取った。

女が足早に部屋へ戻ってきた。少し息を切らしている。

「問題ない？」ジョーは尋ねた。

「大丈夫」女は答えた。「問題ないわ。ただ、話をしてもらいたいの……」ちょっと口ごもった。「わたしの同僚とね。それだけ。彼らはすぐにやって来るわ。お水、もう一杯持ってきましょうか？」

ジョーはかぶりを振った。女の態度が急変したことに気づいた。警察を呼んだのかもしれない。

「それじゃ」女は言った。「もう少し、ここにいてちょうだいね」じりじりと後ずさってドアのところまで行くと、微妙な笑みを浮かべながら部屋を出た。気のせいか、こちらの動きを警戒しているような目つきに見えた。その直後、ドアのキーが回る音が聞こえた。

ジョーは閉じ込められたのだ。当然想定された事態である。ドッと疲れを覚えた。プラスチック製の椅子から立ち上がり、部屋の隅へ移動する。そして床に寝転がると、身体を丸くした。床は固かったが、平気だった。もっと居心地の悪い場所で寝たことだってある。閉じ込められても平気だった——もっと恐ろしい場所に監禁されていたことだってあるのだ。

いまのところ、ここは暖かくて安全な場所である。ジョーはたちまち寝入ってしまった。

ハーキュリーズの尾部扉が閉じようとしていた。ダニー・ブラックは機内から夜の地中海を眺めた。これから取り掛かる作戦のことで頭が一杯だった。目的地の位置と地形はすでに記憶していた。ダフール・ファカールの拠点は衛星画像で確認することができる。それによれば、モスルの市街から八〇キロほど離れた大規模な貯水池のすぐそばにあった。南北を結ぶ幹線道路がその東側を通っている。北は山岳地帯だ。しかし衛星画像でわかるのはそこまでだ。あとは現地に乗り込んで、この目で確かめてから襲撃プランを立てるしかない。いま確実に言えることはただ一つ。一個中隊がブラックホークで乗り込めば楽勝だろう。しかし、そんな派手な手は使えない。人目につかぬようこっそり忍び込むしかないのだ。頭に叩き込んだのは地図だけではない。身元確認用の合言葉とクルド語もいくつか暗記しておいた。いまのところクルド人グループと信頼関係にあるとは言いがたい。相手の言葉を使えば、よそよそしい雰囲気をいくらか和らげられるだろう。

エンジンが起動すると機体が震えだした。レイ・ハモンドがそばに寄ってきた。

「わかっていると思うが」穏やかに伝える。「イラク北部には、おまえたち以外にも特殊部隊《SF》が展開している」

「当然でしょうね」ダニーは答えた。

「ロシア軍や米軍と遭遇する可能性がある。あらためて言うまでもないが、この作戦の成否にすべてがかかっている」

ダニーは肩越しにチラッと目をやった。スパッドとケイトリンは、アリス・クラックネルがテーブルに広げた地図にじっと見入っていた。

「このダフール・ファカールなる悪党を捕まえそこなうと、ロンドンは大混乱におちいる」

「トニーがいなくなったので戦力不足です」ダニーは言った。「おわかりだと思いますが」

ハモンドはうなずいた。「ブラック、わたしはおまえの手腕を買っている。おまえならやれる。厄介者扱いする連中もいるがな。そいつらに豪腕ぶりを見せつけてやったらどうだ?」

これほど親しみのこもった賛辞を口にするのは、ハモンドにしてはめずらしいことだ。ダニーはありがたく思った。少なくとも上官に評価されるのは悪いことではない。

「石油ブローカーたちは、本拠地到着前に片付ける必要があります。最少人数で成功させるには、この手しかありません。だから国境越えでもたつくと、作戦自体がだいなしになります」

ハモンドはダニーをじっと見つめた——間違ってもそんなドジは踏むなよと言わんばかりに。「スパッドは大丈夫か?」

ダニーにはその意味がよくわかった。

「スパッドは問題ありません。ケイトリンにＨＡＬＯの心得があると助かるんですが」

「タンデムジャンプ（一つのパラシュートで二人一緒に降下するスカイダイビングのテクニック）にしろ。それなら問題あるまい」

「彼女は有能な戦闘員ですからね」ダニーは言った。「クルドの男どもに煙たがられなければいいんですが」

「彼女は貴重な戦力だぞ。それにクルドのペシュメルガには前線で戦っている女兵士がたくさんいる。ところで、話は変わるが……」

「なんでしょう？」

「ダンカン・バーカーを知ってるな？」

ヘリフォード在住のバーカーはレジメント仲間である。ダニーはうなずいた。

「あいつに頼んで、おまえのカミさんのところへ行かせた。任務期間が延長になり、帰国が数日遅れることを伝えるために」

ダニーは上官を睨みつけた。

「任務に集中してもらおうと思ってな」ハモンドは弁解するように言った。「家庭に問題があるからではない」

「問題があるなんて誰から聞いたんです？」

「ただの噂だ」ハモンドはいつになく歯切れが悪かった。「ブラック、わたしにも子どもがいるから、おまえの気持ちはよくわかる。男は子どもができると、仕事に対する考え方が変わるものだ」

しかしダニーがハモンドの真意をただす前に輸送機が動き出した。乗員から席に着くよう指示された。ダニーとハモンドは一列しかないシートまで引き返して腰を下ろし、シートベルトを締めた。二分後、輸送機は滑走を始め、離陸した。

ダニーは乗員の合図を待つことなく、水平飛行になるとすぐにシートベルトを外して、装備のところに向かった。銃器とＨＡＬＯ用のパラシュートを点検しておく必要があった。潜入地点の最新の気象情報も確認しておかなくてはならない。そして目標地点と合言葉の最終確認。

トルコ国境までの三時間はあっという間に過ぎてしまうだろう。ダニーはさっそく作業に着手した。

ダンカン・バーカーはダニー・ブラックの親友だと自認していた。だから雨の中、ヘリフォードのダニー宅へ向かうべくオートバイを走らせているあいだも、悪態をつくようなマネはしなかった。ＲＡＦクレデンヒル基地は無人同然だった。レジメントの四分の三は海外に派兵されていた。国内待機組も近々、本務地を離れてロンドンへ出向くことになっている。バーカー自身は今夜、出立する。何かよからぬことが起ころうとしていた。そんな非常時に、ダニー宅にわざわざ出向いて、あいつの女房にじかにメッセージを伝える必要性があるのだろうか。電話じゃダメなのか？

バーカーは雨だれをしたたらせながらアパート一階にあるダニー宅のベルを鳴らした。立ったまま応答を待っていると、ドアの向こうからかすかに赤ん坊の泣き声が聞こえた。ガラス張りの玄関越しに近づく人影が見えた。玄関扉が開いて現われた女は、四八時間眠っていないような顔をしていた。

「クララさん？」バーカーは確かめた。

「どちら様でしょう？」

「おれの名はバーカー。ダニーのダチだよ。そのダニーだけど……任務中だってことは知ってるよね」

クララはバーカーの顔をじっと見つめた。

「じつは……ここへ来るよう本部から指示されてね。ダニーの帰国が数日遅れるから知らせておけって」

クララは眉一つ動かさなかった。しかし、辞去すべくバーカーが口を開きかけたとたん、声をかけられた。「中へお入りになりません？」

「いや、用も済んだし、おれは……」しかしクララの落胆ぶりが目に余るので、誘いに乗ることにした。「じゃあ、ちょっとだけ」

バーカーは大男である。だから玄関ホールを半ばふさいでいる乳母車のわきをすり抜けるのに苦労した。そのためハンドルにぶら下がっていた縫いぐるみをはたき落とす結果になった。クララがすぐに拾い上げて、ハンドルに結び直した。「これはダニーが買ってくれたものなの」クララは笑顔で弁解がましく言った。「マザーケア（乳幼児の衣類や玩具を扱う英国のチェーン店）で。彼のあんな姿、見たことないでしょうね……」

バーカーは返事のしようがなかった。玄関から居間まで濡れたブーツの足跡が点々と残ったが、クララは気にも留めなかった。赤ん坊はそこにいた。やなぎ細工のかご型ベッドに寝かされて、わんわん泣きながら。しかし、母親に抱き上げられると、ぴたっと泣きやんだ。バーカーはとりたてて赤ん坊好きではないが、この娘の愛くるしさは認めざるを得なかった。艶《つや》やかな黒髪――ダニー・ブラックそっくりではないか。

「遅れる理由は？」クララは尋ねた。

バーカーは詫びるような表情を浮かべた。「申し訳ないが、それは――」

「――話せない。そうよね」クララは小声でハミングしながら赤ん坊をあやしはじめた。

三〇秒経過。バーカーはだんだん居づらくなってきた。「それじゃ、これで……」

「彼は無事なの？」クララは尋ねた。

バーカーは笑みを浮かべた。「ダニー？　彼なら心配いらない。わが身のことくらい自分で何とかするさ」一息入れて続ける。「彼はレジメントの誰からも尊敬されている」目を細める。「おれもふくめてね。せめてダニー・ブラックの半分くらいのスキルは持ちたいね。彼はきわめて有能な兵士さ。生まれながらの兵士と言っていい。ダニーなら大丈夫」バーカーは鼻を鳴らした。「心配しなきゃならないのは、おれたちの方だよ」

「どういう意味？」クララはすかさず尋ねた。

「ロンドンに行く予定はないよね？」

「ええ」

「そいつはよかった。しばらく自宅から出ないことだ。ここがいちばん安全な場所だからね」

クララは目をぱちくりさせると、赤ん坊をかご型ベッドにそっと戻した。

「おっと……もう行かないと」バーカーは言った。それは本当だった。バーカーはクララにうなずくと、背を向けて玄関に向かった。外へ出たバーカーはオートバイのエンジンをかけながら、居間の窓を振り返った。薄いカーテンにクララのシルエットが見えた。また赤ん坊を抱きかかえて部屋の中を行ったり来たりしているみたいだ。

バーカーはオートバイを走らせながら、ふと思った。彼女はダニーが帰ってくるまで、ずっとああやって待っているんじゃないか。いつでも出迎えられるように。

トニーにあてがわれたホテルの部屋はちょっとしたフラットよりずっと広々してお

り、信じられないくらい豪勢だった。座り心地のよさそうなアームチェアがあちこちに置かれ、刺繍をほどこした豪華なカーテンやマットが室内を飾り立てていた。ペルシャ湾を見渡せる眺望も素晴らしく、夜になるとヨットの明かりが無数の宝石のようにきらめいた。バスルームは大理石張りで、金メッキされた蛇口に二つの洗面台、ジャクージまで据え付けてあった。四五分かけてシャワーを浴びた。汗と汚れを洗い落として用意された衣服に着替えると、ルームサービス・メニューの中からいちばん値の張る食事を注文、別室となっているダイニングルームでガツガツと平らげた。食事のあいだは、さすがにブラックや馬鹿女のケイトリン、キンタマを吹き飛ばしそこねたスパッドのクズ野郎のことは忘れた。あのクソッたれどもはいまもごみ溜めで汗を流していることだろう。ここと比べたら、まさに天国と地獄。

ドアをノックする音が聞こえた。皿をわきへどけたトニーは、大きなげっぷを漏らしてから、ドアまでゆっくり歩いた。ドアを開けると、痩せて顔色の悪い黒スーツ姿の男が立っていた。「トニー・ワイズマン様ですか?」男は尋ねた。

トニーは肩越しに振り返った。「だと思うぜ。他に誰もいなければ」

男は手を差し出した。「それなら、よろしく。わたしの名はヒューズ。公爵閣下がお呼びです」

「一分待て」

ヒューズと名乗った使用人は仰天して目をぱちくりさせた。「公爵閣下から呼び出しがかかっているのに、そんな……」

トニーは最後まで聞かずにドアをバタンと閉めると、バスルームまで行った。床に脱ぎ捨てた衣類をまたいで、大理石張りの床を横切る。そして時間をかけてゆっくり放尿を済ませ、ドアのところに引き返した。ふたたびドアを開けると、ヒューズ――そう名乗ったよな？――は同じ場所に立っていた。「よし、行こう」トニーは使用人に言った。

返答に窮したヒューズはありありと戸惑いの色を浮かべた。それでも踵《きびす》を返すと、ふかふかのカーペットを敷き詰めた廊下を歩き出した。「ご主人様はペントハウスのスイートにおられます」気を取り直したヒューズはおもむろに口を開いた。「初対面のときは、〝公爵閣下〟とお呼びすること。次回以降は、〝サー〟だけで充分です。よろしいですね？」

トニーは返事をしなかった。

「軽く一礼するだけで充分ですが、握手でもかまいません。とにかく先に一礼するか、手を差し出すこと」

トニーはまたしても返事をしなかった。

二人は鏡張りの大きなエレベーターに乗った。ヒューズがペントハウスに直行できるキーカードを持っていた。エレベーターが上昇を続けるあいだ、二人は無言だった。ようやくエレベーターの扉が開くと、豪華なロビーに出た。トニーの部屋と同じように、ガラス窓越しにペルシャ湾の眺望が楽しめる。若い男が二人いたが、すぐにイエロー・セブンの護衛《CP》だとわかった。おそらく王室警護専門のSO14（ロンドン警視庁の一部門で、王室だけでなく首相や閣僚、大使、外国元首の護衛も担当）の連中だろう。カジュアルな服装だが、上着の腋《わき》の下がふくらんでいるので銃器を所持していることがすぐにわかる。二人そろって敵意をむき出しにして睨みつけてきた。人気スターなんかをガードしているおまわりによくいるタイプだ。この連中は喜び勇んでヘリフォードにやって来て、射撃訓練場でSAS隊員と銃の腕前を競うことを好むのだが、たちまちレベルの差を思い知らされると、ぷりぷりしながら帰ってゆく。

　警官の一人が歩み寄ってきた。「ボディチェックをさせてもらうぞ」イーストエンドなまり丸出しの傲慢野郎である。

　トニーは笑顔で答えた。「その必要はないよ」

　その警官は相棒を振り返った。「おい、トラブルメーカーがやって来たぜ」

　使用人がおどおどしながらわきへどいた。「みなさん、どうか場所柄をわきまえて――」

　その発言をさえぎり、トニーがまくし立てた。「おい、いいか、よく聞け。こっちだって、こんなところに来たくはねえんだ。しかしロンドンのお偉いさんが、おまえたちじゃここの脅威レベルに対処できないと判断したのさ。なんなら電話して、確認してみろよ。だがな、おれに指一本でも触れたら、ドバイの医療水準を身をもって知ることになるぜ」

警官は少しひるんだ。

「こんなところで角突き合わせても始まらねえだろ？　仲良くしようぜ」トニーは使用人を見やって、うなずいた。それから警官たちにチラッと目をやると、聞こえないようにつぶやいた。「うすのろが」

ヒューズはあきらかにこの場から逃げ出したがっていた。すぐさま奥の部屋のドアをノックする。くぐもった声が返ってきた。「入れ！」ヒューズは部屋に入った。トニーは黙って立っていた。警官たちの突き刺すような視線は無視した。三〇秒後、ヒューズがふたたび姿を現わした。「お待ちです」ドアを開けたままそう言って、トニーを招き入れた。

イエロー・セブンのスイートを目の当たりにすると、自分のスイートルームがみすぼらしく思えてしまう。ソファをいくつも配した豪奢《ごうしゃ》なリビングには、新鮮な切り花が飾られていた。カクテル用の高級酒をずらりと取りそろえた壁際のバー、映画館の小ぶりなスクリーンを思わせるテレビ。しかしイエロー・セブン本人の姿はなかった。

奥のドアが開けっぱなしになっている。あそこから出て行ってしまったのか。トニーは指示をあおごうと肩越しにヒューズを振り返ったが、こちらも姿を消していた。ドアを閉めて。

トニーはバーカウンターに歩み寄った。鏡張りの棚に百本近いボトルが整然と並んでいる。バーカウンター自体は艶出ししたオーク材だ。すぐに白い粉がこぼれていることに気づいた。指先につけて、舌先で味見してみる。たちまち舌先から痺《しび》れが広がった。お馴染みの感覚である。トニーは頰をゆるめた。どうやら公爵閣下は評判に違《たが》わぬ人物らしい。

足音が聞こえたので、くるりと振り向いた。開けっ放しになった戸口から男が現われた。イエロー・セブンは白のタオル地のローブを身につけていた。黒髪はボザボサで、目の下にたるみができている。どうやら起き抜けらしい。イエロー・セブンはトニーの姿に気づき、眉をひそめた。「きみは何者だ?」しゃがれ声で問いかける。

「トニー・ワイズマン。ヘリフォードから派遣されました。第22連隊所属です」

イエロー・セブンは目をぱちくりさせた。「わたしのお守りだな」つぶやくように言うと、室内を見回した。「ヒューズのアホはどこだ?」

トニーは思わず笑みをこぼした。「外です」

「あいつにふさわしい場所だな」イエロー・セブンはミニバーを指差した。「一杯やるといい。わたしはちょっと失礼する」イエロー・セブンはふたたび開けっ放しの戸口の奥に消えた。おそらく寝室だろう。

トニーはバーカウンターまで引き返し、最高級とおぼしきウィスキーのボトルを選んだ。グラスに五センチほど注ぎ、一気に飲み干すと、もう一杯注いでから、バーストゥールに腰掛けた。あらためて開けっ放しの戸口に目をやる。裸の女が横切るのがチラッと見えた。トニーはふたたび笑みを漏らした。この大金持ちの不良がだんだん好きになってきた。少なくとも人生の楽しみ方を知っている。窓越しにペルシャ湾に目を向けると、またしてもダニー・ブラックのことが頭に浮かんだが、もうどうでもよかった。あいつらは、このおれをレジメント中の笑い者にしたつもりかもしれない。それならそれで結構。こっちは王室のろくでなしをお手本にするまでだ。トニーは人生を楽しむことにした。

イエロー・セブンは一〇分後に現われた。シャワーを浴びて身だしなみを整えると、なかなかいい男である。その後ろに隠れるようにして出てきた中東系の女も悪くなかった。濃いメイクをして、ぴちぴちのドレスからオッパイがいまにも飛び出しそうだ。品定めするようなトニーの視線に気づいていたが、平然としている。

イエロー・セブンはトニーが選んだボトルに目を留めると、「いいね」と言って、自分にも一杯注いだ。肩越しに女を振り返る。「きみはもう行きたまえ。あとはヒューズがうまくやってくれるから」

女は不満そうに口をとがらせたが、何も言わなかった。ヒップを左右に揺らしながら出入り口のドアに向かう。トニーもイエロー・セブンもその後ろ姿から目を離すことができなかった。「ダイナマイト級のボディだが」イエロー・セブンはドアが閉まると言った。「料金だってハンパじゃない」ウィスキーを一口すすってから話題を変える。「さて、きみがここに呼ばれたのは、わたしをサンドリンガム（イングランド北東部ノーフォーク州にある村落で王室別邸の所在地）まで無事送り届けるためだ。クリスマス前にね。ところで、サンドリンガムへ行ったことがあるかい？」

「ありません」

「世界一退屈な場所だ」イエロー・セブンはグラスの残りを一気に飲み干すと、自分とトニーにお代わりを注いだ。「わたしはアフガニスタンへ行ったことがある」

「そう聞いています」

「あそこで戦いたかったから帰還を拒否した」イエロー・セブンは熱のこもった口調で言った。間違っても誤解するなとばかりに。「わたしは仲間の兵士に危険を及ぼす存在だと言われた。敵にとって格好の標的になるから」

「いつかアフガンへご一緒したいものです」トニーは言った。

イエロー・セブンは初めて目にするかのように室内を見回した。「最初は新鮮に思えたことも、やがては色あせる」

トニーは白い粉の残りに指先を押しつけた。「戦場でこいつを見かけることはめったにありませんけどね」

イエロー・セブンは目を細めた。

「くれぐれも用心してください」トニーは話を続けた。「このあたりはクスリの取締りがきびしいですから」

イエロー・セブンは馬鹿にしたように鼻を鳴らした。「このわたしが捕まるわけがない」粉の味見をしているトニーをじっと見つめる。「きみもやるのかい？」

「やったことはあります」

イエロー・セブンの目が輝きだした。「表のドアをロックしてくれ。あのＣＰの連中はトンチキで、話にならん……」

トニーは相手の顔をじっと見つめたが、すぐに肩をすくめた。こうなったら、なるようになれ。出入り口のドアまで歩き、内側から施錠する。そしてバーカウンターまで引き返すと、公爵閣下はすでに白い粉末をカウンターに気前よく広げていた。「よろしく頼む」イエロー・セブンは言った。「わたしはクレジットカードを持ってないんだ」

トニーは財布から軍のＩＤカードを取り出し、コカインをカットすべくカウンターに歩み寄った。

第10章　タンデムジャンプ

二一四七時

「現在、トルコ領空を飛行中。シリア北部から一六キロ、イラク北部から三二〇キロの地点だ。したがって、あと三〇分ほどで到着する。くりかえす、あと三〇分で到着。機内の酸素ボンベに接続しろ。あと五分で減圧を開始する」エンジンの轟音に負けないよう声を張りあげていたため乗員の声はかすれていた。

ダニーはわかったとばかりに両手の親指を立ててみせた。彼とスパッドはパラシュートを装着していた。各自、左腕には発光式の高度計、右腕にはＧＰＳ装置を取り付けている。そして胸元には小型酸素ボンベと酸素マスク。マスクはまだ顔に装着していない。艶消し処理した黒のＨＡＬＯ用ヘルメットはかぶっていたが、バイザーは上げたままだ。

ケイトリンも小型酸素ボンベとマスク、それにヘルメットを装着していたが、パラシュートは持っていない。その代わり、フルハーネスを身につけていた。このハーネスでダニーと一体になり、二人一緒に降下するのである。スカイダイビング未経験者にパラシュート降下を初歩から教えている暇はなかった。不確定要素があまりに多く、事故になる可能性がきわめて高いからだ。ケイトリンは不安をそぶりにも見せなかった。その自制心には敬意を覚えた。

「これから機内の酸素ボンベに接続する」ダニーは騒音に負けないよう大声で伝えた。「降下する前に酸素をたっぷり吸っておく必要がある。低酸素症を防ぐためだ。パラシュートを開く前に意識を失ったらまずいだろ」

ケイトリンは憂鬱《ゆううつ》そうな表情を見せた。「よくあることなの？」

「実際に見たことがあるが、たいていは、降下中に酸素マスクが取れた場合そうなる」

「それで？」

「意識を失ってもまず心配はない。自動的にパラシュートを開く装置が作動するからね」

「ほかに知っておくべきことは？」

「安定した状態で降下することが重要だ。装備が動いたりしないよう細心の注意を払う必要がある。スピンしたら、厄介なことになる。目の毛細血管が切れて血を流しながら着地したやつを何人も見たことがある。ぞっとしないね。パッキングに問題があってパラシュートが開かない場合は、すぐさま予備のパラシュートに切り替える」ダニーはケイトリンにウインクしてみせた。「心配するな。めったに起きないよ」

全員、側壁に設けられたベンチに移動した。酸素マスクが上から垂れ下がり、ベルゲンと銃器類は床に置いてあった。視野の片隅にハモンドの姿を捉えた。四五ガロン缶によく似たものをいじっている。それは投下用コンテナで、頑丈な圧縮ダンボール製だ。クルド人への贈り物である武器類と無線機が収納されており、専用パラシュートが取り付けてあった。ベンチに腰掛けたダニーたちは、ベルゲンと銃器類を脚の裏にくくりつけた。

「外はものすごく寒い」ダニーは説明を続けた。「だが、あっという間に落下するから、一分もしないうちに快適な高度に達する。スパッドや投下用コンテナとフォーメーションを組んで降下するつもりだが、風が猛烈に吹きまくっているから、バフェッティング(乱気流が身体に当たって生じる震動)に備えておく必要がある。身体が揺れないよう最善を尽くせ。機外へ飛び出したら、ただちに小型のドローン・パラシュートを開く――こいつがおれたちの降下速度をいくらか遅らせてくれるし、姿勢を安定させてくれるはずだ」手首にはめた高度計をタップする。「現在、高度三万二千フィート――民間航空機の巡航高度とほぼ同じだ。高度四千フィートでパラシュートを開く。そのときは、肩を叩いて知らせるよ――風の音で声は聞こえないから。なんらかのトラブルが生じた場合、たとえば、おれが意識を失ったりしたら、自動開傘装置が高度三千五百フィートで作動する。以上だ」

「了解」ケイトリンは答えた。

「パラシュートが開いたら、GPSを使って位置を調整する。運がよければ、投下用コンテナの後を追いかけて降下できる」

「減圧まであと一分」乗員が大声で告げた。「酸素マスクをつけろ」

ダニー、スパッド、ケイトリンの三人は上から垂れ下がっているマスクをつかんで顔に装着した。レイ・ハモンドは乗員とともに向かいのベンチに腰掛けていた。減圧が始まるとハモンドたちもマスクをつけた。ダニーは頭を側壁にあずけて呼吸に集中した。落下傘降下を前にしていささか緊張していた。ケイトリンがきわめて有能なのは承知しているし、ダニー自身は第二の天性と呼べるくらいHALOには習熟していた。しかし、HALOを使う利点の一つは地上の敵に発見されかねない時間をできるだけ短くすることにあった。これは裏を返せば、いったん見つかると反撃の手立てが限定され、一方的に攻撃される危険性が高いということだ。それがわかっているので、HALOを使った潜入の前はつねに五感を研ぎ澄ませておくことにしていた。全神経を張りつめて無事地上へたどり着くことだけを念じる。これに勝る秘策はなかった。

二五分はあっという間に過ぎ去った。乱気流がひどくて機体がかなり揺れた。側壁にもたせかけている頭がその震動に合わせて小刻みに動く。突然、耳をつんざくような音が聞こえた。すかさず振り返ると、尾部扉が開きはじめていた。扉の開き方が大きくなるにつれて、騒音もひどくなった。もはや会話は不可能だったが、問題ない。全員やるべきことをわきまえていた。それぞれ機内ボンベに接続されているマスクを外すと、各自の小型ボンベにつながった酸素マスクに切り替えた。すぐさま三〇秒ほど呼吸して、小型酸素ボンベとマスクが正常に機能するかどうか確認したのち、全員立ち上がった。ダニーは背後からケイトリンに近づいた。金属製の頑丈なクリップでケイトリンのハーネスと自分の腹部の留め具を固定する。文字どおり身体を密着させることになるので、ケイトリンの深くて規則正しい息遣いが感じ取れる。外見とは裏腹に、かなり緊張していることがわかった。乗員が二人近づいてきた。両名とも側壁に命綱《ラニヤード》で固定された転落防止用の頑丈な安全ベルトを装着している。二手に分かれてダニーとケイトリンの両側に立つ――一体化して歩行が困難になったSAS隊員二名を尾部の開口部までエスコートするのが、この乗員たちの役目である。スパッドもすぐそばに立った。投下用コンテナは近くに置いてあった。乱気流で機体が上下する中、チラッと三日月が見えた。

尾部の開口部の上端に赤ランプが点灯していた――このランプは降下のタイミングを告げるものだ。SAS隊員たちはゆっくり開口部に近づいた。また月が見えた。夜空に輝く星もしだいに視界に入ってきた。続けて地上に目をやったが、真っ暗だった。明かりは皆無で、地形的特徴も確認できない。つまり、一面雲に覆われているわけで、ダニーたちはその雲海を突き抜けなくてはならない。

一分経過。突然、緑のランプが点灯した。乗員が大声で指示した。「グリーン・オン！　行け《ゴー》！」躊躇している暇はなかった。数秒遅れただけで、着地地点を大きくそれてしまうからだ。スパッドは投下用コンテナを落とすと、すぐその後に続いた。ダニーとケイトリンもほぼ同時に飛び出した。

いきなり顔面に強烈な風が吹きつけてきた。おそろしく冷たくて、息が詰まりそうになった。ボンベの酸素を吸い込み、できるだけ規則正しい呼吸を心がける。同時に、二本の曳索《リップコード》の一方を引っ張った。ドローン・パラシュートが開傘するところは見えなかったが、やや上向きの力が加わり、降下速度が落ちたことは実感できた。バフェッティングを最小限に抑えるために身体を弓なりに反らす。ケイトリンも同じようにした。ダニーは思わず舌を巻いた。この女兵士は天性の勘にめぐまれている。

落下速度が増すにつれて、うなるような風音が大きくなった。スパッドの姿が見えた。相棒はおよそ六メートル下にいた。その姿勢から見て、スパッドもまた身体を反らせて落下速度をゆるめようとしている。ダニーとの距離をできるだけ縮めるつもりだ。そのすぐ下に、輪郭がかろうじて見て取れるのが、投下用コンテナである。

ふいに視界が真っ暗になった。雲海に突入したのだ。降下スピードがこれ以上速まることはない——ターミナル・ヴェロシティー、すなわち最高速度に達したからだ。凍りつくような気温もいくらかやわらいだ。しかし今度は水気をたっぷり含んだ雲に全身を包まれる格好になり、衣服がびしょ濡れになった。まるで水中で呼吸をしているような気分だ。左腕の発光式の高度計がぼんやりかすんで見える。

雲海を突き抜けると、一気に視界が開けた。降下して初めて、眼下の地形を見渡すことができた。

降下地点《LZ》が市街地からかなり離れていることは知っていたが、それを肉眼で確認できた。十数キロ四方にわたって、灯火はほとんど見当たらない。北の方角、地平線沿いにトルコの都市シロピの街明かりが見て取れた。それ以外は、幹線道路を行き交う車のヘッドライトが時折目に留まる程度だ。LZ付近は文字どおり闇に沈んでいた。

かなり暖かくなってきた。高度計をチェックする。六千フィート。

五千フィート。

ふたたび眼下に目をやると、投下用コンテナの長方形のパラシュートがいきなり開いた。高度三千五百フィートに達したのだ。同時に高度計をチェックすると、四千フィートに近づいていた。事前の打ち合わせどおりにケイトリンの肩をポンと叩く。女兵士はやや身をこわばらせた。ダニーはメイン・パラシュートのリップコードを引っ張った。たちまち上方へ引っ張り上げられ、降下スピードが劇的に低下した。この瞬間はいつも興奮を覚える。うなるような風音も消えた。ブレーキ用コードをにぎり、スパッドの位置を確認する。相棒は近くにいた――二〇メートルほど西寄りで、高度はほぼ同じ。スパッドは位置を調整しながら、投下用コンテナの後を追いかけていた。ダニーもそれにならった。

四五秒経過。投下用コンテナが着地――パラシュートがしぼむのが見えた。「荷物を落とせ」ダニーはケイトリンに大声で指示した。同時に、脚にくりつけた自分のベルゲンも外した。二個のベルゲンがふわりと宙に浮き、そのまま落下した。数秒後、今度は一体化したダニーとケイトリンが、地上に舞い降りた。

パラシュートがしぼむと、ダニーはケイトリンのハーネスに固定されていたクリップを外した。すぐさま振り向き、パラシュートを手元に引き寄せる。スパッドも、九時の方角、二〇メートルほど離れた場所で同じ作業に取り掛かっていた。HALOはもともとリスクの高い潜入方法だが、この瞬間がもっとも危険だった。敵に見つからないよう、できるだけすみやかにパラシュートを回収する必要があった。そして脅威の有無の確認。視界の隅にケイトリンの姿を捉えた。女兵士はすでに身を伏せて射撃体勢を取っている。

三〇秒のあいだ、ダニーとスパッドはまったく同じ動きをしていた。パラシュートを丸めて脇に置き、マスクとバイザーを取り外す。それぞれ、別の方角に銃を振り向け、三角形の頂点をすべてカバーする。あたりは静まり返っていた。地面に伏せたとき、心臓の鼓動がいやに大きく聞こえた。

そこは岩だらけの荒地だった。砂漠っぽい感じだが、最近雨が降ったらしく地面に湿り気が残っていた。気温は低い——摂氏五度くらいか。風が吹くと、それより寒く感じた。起伏に富んだ地形なので、四方を見回しても、二〇メートル先は見通せない。これは日中でも変わりないだろう。ダニーはまる一分、身じろぎもせず周囲に目を凝らし、聞き耳を立てた。何の動きもなく、音もしなかった。

「コンテナはどこだ？」スパッドの押し殺した声が聞こえた。

ダニーも周囲を見回した。スパッドの言うとおり、投下用コンテナは影もかたちもなかった。「じっとしてろ」ダニーは言った。「おれが捜す」ゆっくり立ち上がって、自分の位置を見定める。一二時間かけて頭に叩き込んだ地形図を思い出しながら。三時の方角に、未舗装の道があった。あの道を進めば、RV地点にたどり着けるはずだ。一分かけて、記憶にある地図と照合する。だが、いま問題なのは投下用コンテナの行方である。ざっと見渡したところ、それらしいものはどこにもなかった。

しかし、数秒もしないうちに何が起きたかわかった。七時の方向へ三〇歩進んだところで——手首のコンパスにチラッと目をやり、南西の方角であることを確認——地面が途切れ、崖のようになっていた。ダニーはすかさず駆け寄り、腹ばいになって、崖のふちから下を覗いた。投下用コンテナは五メートル下に落ちて、パラシュートにすっぽり覆われていた。ただちに脅威の有無を確認。何の動きもないことを確かめてから、スパッドとケイトリンのところに駆け戻った。「こっちだ」押し殺した声で伝える。

二人はダニーの後を追って崖のふちまで引き返した。それぞれベルゲンを背負い、ダニーとスパッドは回収したパラシュートを腕一杯に抱えていた。崖は垂直に切り立っているわけではなく、すぐに歩いて降りられそうな斜面を見つけた。まず崖からベルゲンを落とし、それから斜面を駆け下った。投下用コンテナのところへ急ぐ。

「運がよかったわね」ケイトリンがささやくような声でそう言いながら、崖の下を指差した。洞穴があった——出入り口は狭く、幅二メートルほどだ。内部は冷え冷えとしており、何かが腐ったような、凄まじい悪臭が立ちこめていた。「ここにパラシュートを隠せばいい」

ダニーは懐中電灯で内部を照らした。奥行きは、少なくとも一〇メートル。さらにその奥が暗がりになっており、よく見えない個所があった。しかし不審者がいる気配はない。

「コンテナもここに隠そう」ダニーは言った。洞穴の外に出て、GPSをチェックする。「おれたちはRV地点から東へ二キロのところにいる。あのコンテナを抱えて、人目につかないよう移動するのは無理だ」腕時計に目をやった。二二〇三時。RVは夜中の一二時。その前に現場で待機しておきたかった。すでに予定より遅れている。急いで動く必要があった。

ダニーはケイトリンを振り返った。「ここでコンテナと一緒に待て。RVを済ませたら、車でここへ戻り、荷物を回収する」

ケイトリンの顔に暗い影がよぎった。コンテナのお守りが気に食わないみたいだが、不満を口にすることはなかった。ケイトリンはすぐさま作業に取り掛かった。自分が装着していたフルハーネスを洞穴の奥へ運ぶ――隠した品が見つかる頃には、SAS隊員たちはここを離れているだろう。ダニーとスパッドもHALOで使用したパラシュートや装備類を残らず運び込み、最後に投下用コンテナを押し込んだ。

出入り口のすぐ内側がケイトリンの持ち場だ。上体からスリングで吊るしたライフルをしっかり握り、決然とした表情を浮かべている。ふとクララのことを思い出したダニーは、すぐさま雑念を振り払った。「RVは午前零時。とくに遅れがなければ、帰還は〇〇三〇時頃だろう。誰か来たら、できるだけ身を隠せ。ドンパチはごめんだ」

ケイトリンは怖い顔で睨みつけてきた。「誰かを殺したくなっても、銃は使うなってこと？」

ダニーはこの発言を無視した。「無線交信は三〇分ごと。〇〇〇時と〇三〇時におこなう。それ以外の通信はできるだけ控えろ」スパッドを振り返った。「さあ行こう」

二人はベルゲンを背負った。いつでも撃てる状態のライフルに安全装置をかけ、無線機も起動した。スパッドはLAW66歩兵携行型ロケットランチャーをチェックした。二人ともケブラー製ヘルメットをかぶった。暗視ゴーグルは押し上げたままだ。戻ってきたとき、ケイトリンの居場所がすぐわかるように、あらかじめGPS装置に位置データを入力しておく。ダニーとスパッドは洞穴の出入り口から音もなく動きだした。分厚い雲が月と星を覆い隠しているので、外はとても暗かった。かえって好都合である――誰にも見られることなく、この岩だらけの荒地を横断できるからだ。頭に叩き込んでおいた地図とGPSの表示を照合して進路を決めてゆく。ここから三〇度の方角へ五〇〇メートルばかり進めば、小さな道路に突き当たる。その道路を二キロほどたどるとT字路になっている。RV地点はそのT字路から北へ五〇〇メートルほど行ったところで――偶然通りかかる者などまずいない場所であった。

それでも用心して、T字路まで路上を進むようなマネはしない。クルド人が道路に目を光らせていれば、ダニーとスパッドはたちまち見つかってしまう。アリス・クラックネルはクルド人グループを信用しているらしいが、それは重大な判断ミスである。ISの敵だからといって、SASの友人とはかぎらない。

　二人は道路から西へ三五〇メートル離れた地点を進んだ。横並びになって、一〇メートルの間隔を取る。狙撃手がいた場合、二人まとめて狙い撃ちされないための予防措置である。ライフルを胸元に押し当てて小走りに進み、周囲の動きに目を配る。そして数分ごとに立ち止まり、地面に身を伏せて聞き耳を立てた。いまのところ人影は皆無だ。

　二〇分ほど進むと、ダニーはふたたびGPSをチェックした。T字路から七五メートルのところまで来ていた。二人は地面に伏せると、数分かけて周囲の様子を覗った。人影もなければ、物音もしない。二人はそのままT字路へ向かった。

　ダニーは路面を調べた。ひび割れが目立つ古びた舗装路。標識もない。舗装路に接した湿った地面にタイヤ痕の一部。ごく最近、車が通っている。急いで路上から離れる必要があった。ダニーが北の方角を指差すと、スパッドはうなずいた。

　RV地点はありふれた空き地だった。しかし起伏に富んだ地形に囲まれているため、道路から見通すことはできない。ダニーとスパッドはRV地点に直接乗り込むことをやめて、OPにふさわしい場所を探しはじめた。二人そろって同じ場所に身を潜めるわけにはいかない。クルド人グループが到着したさいの対応は明確である。問題がなさそうなら、ダニーが単身で近づく。そのあいだスパッドは掩護にまわり、クルド人と車に目を光らせる。この戦術を成功させるためには、RV地点を挟んで対角線上に向き合う格好でOPを設ける必要があった。

すぐに最適な場所が見つかった。小さな丘である——といっても、周囲よりやや小高くなった個所にすぎないが——その一つはRV地点の北西五〇メートルにあり、もう一つは南西六〇メートルのところに位置していた。ダニーは北西のOP地点に向かい、スパッドは南西へ向かった。小丘のふもとにたどり着くと、ダニーはしゃがみ込んでベルゲンを開いた。

荷物のいちばん上に、迷彩模様の毛布を思わせる品が詰め込んであった。ヘリフォードで〝コンバット・ブルカ〟と呼んでいる装備である。これは電子監視装置を無力化する機能を備えており、砂漠地帯に潜む人間の生体反応を探知するレーダー波や赤外線を妨害する。クルド人グループがそのような高性能探知機器を有していると は思えないが、注意すべき相手はクルド人だけではなかった。言うまでもなく、ここはトルコ領である。領空侵犯を許してくれたからといって、地上への兵員派遣まで大目に見てくれるかどうか。それにロシア軍と米軍の特殊部隊にも気をつけろとハモンドから注意されている。もちろん、いちばん警戒すべき相手はISだった。

ダニーはコンバット・ブルカをまとった。南西のOPでもスパッドが同じようにしているはずだ。無線機のイヤホンがガリガリと音を立てた。ケイトリンの声が聞こえた。発せられたのは一語だけ。「異常なし《クリアー》」

　スパッドがすかさず応答した。「クリアー」

　ダニーも続いた。「クリアー」

　そして、用心しながら荷物と銃器を小丘のてっぺんまで運び上げた。うつ伏せになって身を隠し、銃器をすぐわきに置くと、小型の暗視スコープを手に取った。RV地点に焦点を合わせる。そこは風の吹きすさぶ寒々とした空き地に過ぎなかった。

　時間をチェックする。二二三二時。RVまで一時間二八分あった。時間は重要だ。合流したらただちにダフール・ファカールの拠点へ向かう。そこで監視活動——地形の特徴や戦闘員の行動パターンの把握——に割ける時間が多ければ多いほど、作戦成功の確率は高まる。

　身じろぎもせず横たわったダニーは、全神経を張りつめながら、相手の到着を待った。


「明日、サンドリンガムへ発《た》つ」イエロー・セブンは言った。「今夜はパーティーだ」

　それが二時間前のことだ。トニーはチラッと思った。さすがにしらふでいるべきだろう。まがりなりにも任務中なんだから。しかしイエロー・セブンは一緒に飲もうと言ってきかなかった。王室の一員からそう命じられて断れるだろうか？　それにイエロー・セブンはパーティーに付き合ってくれる相手が見つかり、ことのほか上機嫌で、盛大に騒ごうと意気込んでいた。

さらに一時間ばかりペントハウスで過ごした。イエロー・セブンが隠し持っていたコカインを見境なしに吸いまくり、シングルモルトの杯を重ねた。やがて肉体から解き放たれるような感覚を覚えはじめた。振り返るたびに、部屋の明かりが彗星《すいせい》のように尾を引いた。イエロー・セブンが使用人を呼びつけてドバイの繁華街にあるマホカというクラブに行きたいと告げると、ヒューズは刺すような眼差しをトニーに向けてきた。公爵が常軌を逸した振る舞いをするようになった責任はおまえにあると言わんばかりに。トニーは歯牙にもかけなかった。ようやく出かけられるので嬉しかった。これから行く店はアルコール類を出さないので、飲みたくなったらここのバーを使うことになると公爵から告げられると、トニーは喜んで承諾した。

そしていま、黒のベンツの後部座席に腰掛けていた。車のウインドーはスモークがかけてあり、スーツ姿のお抱え運転手がハンドルを握った。護衛担当の警官二人組は後ろの車に乗っている。ペントハウスから公爵を連れ出し、ホテルのロビーを通って、待っていた車に乗せるまでのあいだ、トニーはこの二人にずっと睨みつけられていた。スマートフォンを手にした通行人に写真を撮られたとき、彼だけでなくイエロー・セブンも瞳孔が開いてやしないかと少し気になった。

「あの店ならきっと気に入るぞ」イエロー・セブンは言った。黒のベンツはホテルとドバイ本土を結ぶ高架道を疾走した。公爵は早口になり、声もややかん高くなっていた。「なにせ美女ぞろいの店だからな」笑みを浮かべる。「ちょっとコンテストをやってみるのも悪くない。王室とSAS──どちらが女たらしナンバーワンになれるか」「そいつはフェアじゃないでしょ」トニーは異議を唱えた。「レジメントの隊員はSASであることを公言できませんからね」

イエロー・セブンの笑みが大きくなった。「お気の毒に」

トニーは眉を吊り上げた。「それにおれの場合、女をたらし込むのに肩書きなんて必要ありませんよ」

公爵は身体を二つ折りにして大笑いした。これほど面白い冗談を耳にしたのは初めてだと言わんばかりに。「きみは本当に愉快な男だな」大声で言う。「これから護衛が必要になったら、必ずきみを指名するようヒューズに命じておこう。別の車に乗っている凸凹コンビとは比べ物にならん」後方の警護車両を肩越しに親指で指し示す。

トニーは鼻をすすった。コカインを吸いすぎて嗅覚が麻痺《まひ》しているのに、もっとやりたい気分だった。問題ないだろう。くすくす笑いを続けているイエロー・セブンをチラッと見て、そう思った。いくらでも手に入るはずだ。ルームミラーに自分の顔が映っていた。それも笑顔が。地中海でいきなり解任されて以来腐っていたが、どうやら完全に立ち直ったようだ。

ドバイ中心部の繁華街の明かりが流れ星のようにピカピカと光って見える。コカインによって異常を来たしているのは空間知覚だけではなかった。時間の感覚もおかしくなっているみたいだ。それを確認する暇もなく、公爵とともに目を疑うほど派手なクラブのVIP専用エントランスに足を踏み入れていた。スタッフが媚《こ》びるように一礼しながらドアを開けてくれる。護衛二人組はたえず数メートル後方に控えていた。ネオンに照らされた店内は暖かく、ビートのきいたダンス音楽が響いている。左側にボックス席が並ぶ。店内の装飾は熱帯雨林をイメージしたものだが、緑したたる植物をそこら中に配置して、光り輝きながら流れ落ちる滝まで設計したデザイナーは、むせ返るような熱気が立ち込める本物のジャングルに行ったことが一度もないのだろう。

トニーと公爵はネオンで照らされた長いバーカウンターに歩み寄った。店の奥に行くにつれて音楽の響きが大きくなった。ふと視線を感じた。トニーの五感の機能はかなり低下していたが、それでもその視線の主が若い女であることを認識できないほどひどくはなかった。どの娘もホテルで目にした高級娼婦《しょうふ》がスーザン・ボイルに見えてしまうほどの上玉である。バーカウンターにたどり着くと、すでに飲み物が用意されていた——フルーツカクテルの一種だろうか。トニーはそのグラスを手に取ると、高々と掲げて、護衛コンビに見せつけた。エントランス付近を所在なくうろつくこの二人は、ただの役立たずにしか見えない。護衛コンビは睨み返してきたが、トニーはすでに背を向けていた。そしてイエロー・セブンと同じようにカウンターを背にして店内を見回し、指名待ちの女たちを露骨に品定めしだした。ダンス音楽のビートがズンズンと下腹に響く。たちまち数人に目星をつけた。いずれも笑みを返してきた女たちで、アプローチをかけても、すげなくされる恐れはなさそうだ。

トニーは連れを振り返った。公爵の瞳孔は車の中にいたときよりずっと開き気味になっている。イエロー・セブンは好色な笑みを浮かべた。「それでは女たらしナンバーワンを決めようか」音楽に負けないよう大声でそう言うと、中央のテーブル席に向かった。そのテーブルには、必要以上に肌を露出した娘が四人腰掛けており、いずれも公爵の到来を待ちかねているように見えた。

公爵は洗練されたろくでなしといったところか。あれには負けるな。如才なく自己紹介を始めた公爵の姿をしばらく眺めていたトニーは、自分の獲物に目を向けた。近くのテーブル席に腰掛けている二人の女である——一人はブロンド、もう一人はブルネットで、スパンコールをちりばめた派手なトップスと濃いメイクが、いかにもトニー好みだった。その二人がはにかむような表情を見せたのだ。

トニーはカクテルを一気に飲み干すと、護衛コンビにあざけるような視線を向けた。二人も負けじと睨み返してきたが、トニーはすでに女たちのところへ向かっていた。

第11章　合流《RV》

ダニーの手は寒さでかじかんでいた。コンバット・ブルカがいくらか風をさえぎってくれるものの、地面が容赦なく身体の熱を奪ってゆく。もっと過酷な環境を耐え抜いたことがあるが、あのときは長居しないとわかっていた。今回もそうであることを願った。

ここに着いてから、車が三台通り過ぎた。目視はしていないが、音でわかった。ヘッドライトのかすかな明かりだけは目にした。いずれも不審車両と見なした。街中から遠く離れたこんな辺鄙《へんぴ》な場所にわざわざやって来る物好きがいるだろうか？　しかも民兵に出くわす恐れがあるというのに。

二三三七時。物音が聞こえた。それもはるか遠方から。その音は猛スピードで近づいてきた。数秒後、ソニックブームが轟いた。超音速航空機が雲の上を通過して、瞬く間に遠ざかって行ったのだ。明らかにジェット戦闘機である。内なるコンパスで方角を見定めた。あの軍用機は東から近づいてきた。シリア国内の反政府勢力を爆撃するためにやって来たロシア軍機だろうか？　もしそうなら、危険なゲームをやっていることになる。領空侵犯したロシア軍機を撃墜してもトルコ軍に非はなく、正当な行為だと主張できるからだ。

〇〇〇〇時。

ケイトリン。「異常《クリアー》なし」

スパッド。「クリアー」

ダニー。「クリアー」

しばらく静寂が続いた。やがて無線からスパッドの声が聞こえた。定時連絡以外に話しかけてくるのは、これが初めてである。「野郎、遅れてやがる」スパッドは言った。「最初のRVに遅刻するような連中に越境の手伝いを任せて大丈夫なのか……」

「そのまま持ち場で待機しろ」ダニーは応答した。

時間が経過。〇〇三〇時、定時連絡。続けて〇一〇〇時にも、同じく定時連絡。しかしクルド人グループはいっこうに姿を現わさなかった。気温は下がる一方だ。不快だが、心身ともに限界に達するまで我慢するしかない。次第に不安がつのってきた。一時間も遅れるとは尋常ではない。越境に必要な時間が足りなくなる恐れが出てきた。気を取り直して、RV地点の監視に集中する。何の動きもない。通過車両もなかった。

〇一二五時。およそ一時間半の遅刻だ。ダニーの不安は強くなった。この連中が頼りなのに。彼らがいなければ、スタートラインにすら立てないのだ。もしかして、やむにやまれぬ理由で遅れているとしたら？　たとえば敵に捕まったとしたら？　そしてＲＶの詳細を知られてしまったとしたら？　そうなると、ダニーとスパッドは窮地に立たされることになる。

〇一三〇時。最初に連絡を寄越したのはスパッドだ。「クリアー」

ダニーが続いた。「クリアー」

沈黙。

ダニーは一五秒待って声をかけた。「ケイトリン、応答しろ」

反応なし。

ダニーは石ころでも飲み込んだような気分になった。どうしてケイトリンは応答しないんだ？

取るべき手立てを考える。持ち場を離れた場合、ＲＶが不調に終わる恐れがあった。クルド人グループは決して長居しないだろう。しかし、このまま姿を現わさない可能性も充分にあるし、ケイトリンがトラブルに巻き込まれているとしたら？

「こりゃ見込みねえぞ」無線から聞こえるスパッドの声は緊張していた。「何か起きたんだ。作戦を中止して、ＬＺ（パラシュート降下地点）まで引き返し、迎えのヘリを――」

「静かに」ダニーはスパッドの発言をさえぎった。何か見えたのだ。南の方角から道路伝いに光が近づいてくる。その光は一瞬で見えなくなったが、その理由は明白だ。起伏の激しい地形のせいである。あれがヘッドライトの明かりだとしたら、たまたま上向きになった一瞬を捉えたのだろう。

決断は早かった。まだ姿を見せるわけにはいかない。お客さんがやって来たのだ。

ダニーはヘルメットに装着した暗視ゴーグルを起動させた。一〇秒経過。また明かりがチラッと見えた。ライフルを持つ手に思わず力が入った。目を凝らすと、車両が視界に入ってきた。起伏に富んだオフロードをRV地点に向かってまっすぐ近づいてくる。車種を特定しようと思ったが、ヘッドライトがまぶしすぎて車体の輪郭がつかめない。ダニーはヘッドライトから目をそらした。二〇秒後、車はRV地点に到着した。ヘッドライトが消えた。しばらく静寂が続いた。それから、ヘッドライトが三回点滅した。

「あれ、合図だろ」スパッドが押し殺した声で言った。

「合図の一部だ」ダニーは答えた。「しかし、どうしてこんなに遅れたのか。そこが引っ掛かる」胸の内で自問してみる。ケイトリンが敵に捕まり、おれたちのことを教えたとしたら？　「二分待つ」ダニーは言った。「ほかに仲間がいないかどうか確かめる」

「おい、まさか――」

「それを確認するんだ」

二人は身じろぎもせず待機した。車から降りてくる者はおらず、周辺に不審な動きもなかった。だからといって、安心するのはまだ早い。こうしていつまでもじっとしているわけにはいかないから、いずれ行動を起こす時が来る。そのタイミングを見極めるのが難しかった。ちびりそうになるくらい緊張するのは当然なのだ。まばゆさに眩《くら》んでいた目がようやく回復し、車体の特徴を見分けられるようになった。一見ありふれたピックアップトラックだが、荷台に据え付けられた重火器がいやでも目に飛び込んでくる。おそらく五〇口径の重機関銃だろう。数名の歩兵なら数秒でなぎ倒せる。

「目視できるか？」

「ああ」

「荷台の火器、見えるな？」

「バッチリよ。66（LAW66歩兵携行型ロケットランチャーのこと）で狙いをつけておく。おかしなマネをしやがったら、車ごと吹き飛ばしてやる」

ダニーは一息入れた。いよいよ行動を起こす時が来た。

「これから接近する」ダニーは押し殺した声で無線連絡した。「合図するまで姿を見せるな」

「了解」

ダニーは地面から起き上がった。コンバット・ブルカは身体に巻きつけたままだ。一気に駆け寄りたくなるのをグッとこらえる。何よりもケイトリンの無事を確かめたかった。そのためには、ここで五〇口径の餌食になるわけにはいかない。ドジを踏まないよう抜け目なく振る舞う必要があった。

銃床を肩にしっかり押し当てて、用心しながら前進する。フロントガラスに狙いをつけていた。運転席と助手席に人影が確認できた。坂を下るとき、スコープの視野がぶれ気味になったが、照準の十字線がフロントガラスを外れることはなかった。そのまま二〇メートルの距離まで近づく。

やがて、ピタッと足を止めた。

ダニーは銃を構えたまま彫像のように立ち尽くした。コンバット・ブルカが風にはためいた。今度は相手が行動を起こす番である。

助手席のドアが開いた。人影が降りて、ドアを閉めた。その音が風に乗って、あたりに響き渡った。ダニーは狙いをずらし、相手の顔にスコープを向けた。しかし人相を見定めることはできなかった。黒白のシャマグで頭をすっぽり包み込んでいるからだ。見えるのは、わずかな隙間から覗く目だけだ。AK47ライフルを身体の正面にスリングで吊り下げている。迷彩服の上着にジーンズ。クルド人であることを証明するものは何一つ身につけていない。シャマグの男は車の正面に回った。

「そこで止まれ」ダニーはクルド語で呼びかけた。

男は立ち止まった。

「三」ダニーは大声で告げた。

これはレイ・ハモンドとアリス・クラックネルが考え出した合言葉で、クルド人側にもあらかじめ伝えてあった。ダニーが任意の数字を口にすると、クルド人側は足して一〇になる数字を答えるのである。それ以外は合言葉として成立しない。

返事はなかった。男は黙然と立っていた。

ダニーはふいに鼓動の高まりを覚えた。スコープの向きを調整して、相手の額に狙いをつけ直す。

五秒経過。

一〇秒経過。相手が指折り数えていることに気づいた。数字を間違えるとどうなるかわきまえているらしい。男はゆっくり両手を上げた。一方は五本の指を立て、もう一方は二本。

合計で七。

ダニーはふっと息を吐き出した。

「英語を話せるか?」ダニーは問いかけた。

「もちろん」男は答えた。シャマグで口元を覆っているので、その声はくぐもって聞こえた。「話せるから、ここに来た」

「そのかぶりもの《ヘッドギア》を取れ」男は小首をかしげた。明らかにわかっていない。「シャマグのことだ」ダニーは言い直した。「そいつを取ってくれ。顔を見たいから」

男は少しためらってから、言われたとおり、黒白のシャマグをゆっくり取り外した。一五秒ほどかけてようやく、とがった顎と鉤鼻《かぎばな》があらわになった。そして目が。

正確に言うと、片目が。

左目は閉じられたままだ。まぶたに走る縦一直線の傷を水平に縫った跡が生々しく残っている。暗がりでも、その傷の周辺が腫れているのがわかった。負傷はつい最近の出来事らしい。男は黒髪を短く刈り込んでいた。文句あるかとばかりに顎を突き出し、正面から臆せずダニーを見据える。年齢は二十代半ばくらいだ。

「お友達も呼んでくれ」ダニーは言った。

男は無言のまま振り返り、フロントガラスに向かってうなずいてみせた。二人目が車から降り立った。シャマグは着用していないが、武器はまったく同じものだ。相違点は二つ。顔が無傷で、女だという点。茶色の髪をひっつめにしてヘアピンで留めている。アーモンド形の目に、そばかすだらけの浅黒い肌。すごく若い。せいぜい一四歳くらいか。砂色のバギーパンツに、かなり大きめのカーキ色のジャケット。この娘もまた顎を突き出して、挑むようにダニーを見据えた。

「なんてこった」ダニーはつぶやくように言った。「何時までに来るよう言われた？」今度は大きな声で問いただす。

男はフンと鼻を鳴らすと、物憂げに答えた。「真夜中」

「どうしてこんなに遅れたんだ？」

男はにやにやしながら答えた。「動きが取れなかったのさ。ダーシュがうじゃうじゃいやがったからな。道路封鎖が解けるのを待つしかなかった」

「あんな連中、ぶち殺せばよかったんだ」娘は吐き捨てるように言った。

「妹は」男は言った。「まだダーシュを一人も殺したことがない。今回が初めての任務なんだ」

おいおい。ダニーは胸の内でつぶやいた。子ども連れでピクニックでもしているつもりか。

少なくとも〝ダーシュ〟という呼称を使ったことは評価できる。これはＩＳが忌み嫌う呼び名だ。それでも罠だという可能性はあった。

ダニーはゆっくり銃を下ろした。ここが勝負の分かれ目だ。相手の奇襲を恐れていつまでも銃を突きつけていたら、協力を拒否されるかもしれない。第六感は判断ミスだと告げていたが、こちらにはスパッドという切り札があった。いざとなれば、ドンパチやってカタをつけるだけだ。

ダニーはさらに近づき、相手の五メートル手前で立ち止まった。「名前は？」

「ロージャン」男が答えた。

「そっちは？」ダニーは娘に尋ねた。

「おい、おれに聞け」ロージャンは口を挟んだ。「妹ではなく」

ダニーは首を振った。「とにかく、名前を教えろ」

しばらく間があった。

「あたしはナザと呼ばれてる」娘は答えた。しゃがれた声だった。

「おまえ、一人か？」ロージャンが尋ねた。

ダニーは答えず、すっと片手を上げた。その理由がロージャンとナザにはわからなかった。しかし数秒後には、肩越しに振り返り、暗闇の中から現われたスパッドを目の当たりにすることになった。ロージャンは非難の目をダニーに向けた。これでケイトリンからの連絡が途絶えたことと、この二人は無関係であることがはっきりした。

「おい、おれたちに渡す物があるだろ？」ロージャンはダニーと、近づいてくるスパッドをチラチラ見やりながら尋ねた。

ダニーはうなずいた。

「どこにある？」

「近くだ。その目はどうした？」

ロージャンは顔をしかめた。「ダーシュにやられた」ナザを振り返る。「見せてやれ」

ナザは露骨に嫌な顔をしながら、迷彩服の上着からずんぐりしたスマートフォンを取り出した。そして画面をスワイプすると、ダニーに向けて見せた。動画の再生が始まった。映像は不鮮明で、手ぶれがひどく、無音声だった。群衆が映し出された。それが二手に分かれた。そこへバンの車列が走りこんで来た。バンの荷台には檻《おり》が据え付けてあった。オレンジ色のジャンプスーツ姿の男がその檻に閉じ込められ、鉄格子に手錠でつながれている。檻を外から見張っているのは、ライフルを構えたＩＳの民兵である。全身黒ずくめで、黒の目出し帽で顔を隠し、ＩＳのシンボルを染めぬいた黒い旗をはためかせている。群衆は歓声をあげているようだ。車列がそのあいだを通り過ぎるとき、檻に監禁された男の一人にズームインした。それはロージャンだった。目の傷は新しく、眼窩《がんか》からおびただしく出血し、その血が頬を伝って流れ落ちている。

「なにやってんだ？　映画鑑賞会か？」スパッドがすぐそばまでやって来た。

動画が終了した。ナザはスマートフォンを下ろした。「これは二週間前の映像。兄は逃げ出したの。兄にこんな仕打ちをしたやつらを殺してやる」

「当然だろうな」そう言ったダニーを、スパッドが引き寄せた。

「これは何かの冗談か？」スパッドは言った。「男は片目だし、しかもガキ連れときた。いったいどういう料簡なんだ？」

「越境の手伝いさえしてくれたら誰でもいいだろ」ダニーは答えた。

「寝小便たれのガキなんか信用できるかよ」ぶつぶつ不平を並べるスパッドをよそに、ダニーはクルド人兄妹《きょうだい》に向き直った。

「これから道路へ出る」ダニーは説明した。「同行者がもう一人いるんだ。おまえたちの武器は彼女がお守りをしている」そのケイトリンが危険にさらされている恐れがあったが、そうした懸念を伝える必要はなかった――かえっておびえさせるだけだ。

「彼女？」ナザが鋭く問い返した。

「そう」ダニーは答えた。「女だ。きっと仲良くやって《ゲット・オン・ライク・ア・ハウス・オン・ファイア》いけると思うぜ」ナザの表情は、英語の慣用句が理解できなかったことを物語っていた。「気にするな、そのうちわかる」ダニーはナザに言った。「さあ、行こう」

ダニーとスパッドがコンバット・ブルカを折りたたんでベルゲンにしまっているあいだに、ロージャンとナザは車まで引き返した。その車はトヨタのハイラックス・ピックアップだった。ダブルキャブでシートが二列、最後尾は荷台になっており、そこに五〇口径の重機関銃が据え付けてあった。頑丈な三脚に取り付けられた重機関銃は、銃口を前方に向けていた。車体の色は白だが、おそろしく汚れており、オフロード用の大型タイヤも泥まみれだった。車体の側面にも泥がこびりついているだけでなく、いたるところに錆《さび》が浮いている。ディーゼル油の臭気がツンと鼻をつく。新品の時代もあったに違いないが、いまはこのざまだ。しかし国境越えに使える車はこれしかないのだ。せいぜい頑張ってもらうしかない。

ナザはキーを手にして運転席に乗り込もうとしたが、ダニーに行く手をさえぎられた。ナザは文句を言いたそうだったが、結局思いとどまった。ダニーがハンドルを握った。エンジン音を抑えながらゆっくり車を進め、ケイトリンの居場所近くへ通じる道を引き返した。四分走行したのち停車。ＧＰＳをチェックする。あらかじめ入力しておいたケイトリンの位置は五〇〇メートル西であった。ダニーはエンジンを切った。「車はここに置いてゆく」

ナザがかぶりを振った。「車は貴重品なんだよ。誰かに取られたりしたら――」

「兄貴がここに残る。機関銃で睨みをきかしてもらう」

「二人とも残るよ」ナザが言った。

今度はダニーがかぶりを振る番だった。二人一緒に残すわけにはいかない。土壇場になって怖気《おじけ》づいた場合、煙のように消えてしまう恐れがあった。「おまえは一緒に来るんだ」ナザは抗議の声を上げようとしたが、ダニーにさえぎられた。「武器がほしかったら、一緒に来るしかないぞ」

こうした脅し文句がいつまで効くかわからないが、いまのところ反論を封じることができた。四人そろって車から降り立った。ダニーはもう一度無線連絡を試みたが、ケイトリンから応答はなかった。ロージャンは荷台にのぼって、機関銃の銃口を後方に向けた。ダニーたちがやって来た方角である。「おれはこいつの名手だ」自慢げに言った。

「ああそうだろうとも。頼むぜ、カウボーイ」ダニーはつぶやくように言うと、スコープをケイトリンの方角に向けた。動きはない。ダニーは他のメンバーを振り返った。「歩く順番は、おれ、ナザ、スパッド。音を立てるなよ――わかったな、ナザ。ノー・ノイズだ。出発」

三人は縦一列になって動きだした。それぞれ五メートルの間隔を置き、小走りに進む。岩だらけの地面を一分ほどで踏み越えると、崖の上に達した。この崖下の洞穴にケイトリンを残してきたのだ。崖の一〇メートル手前で、ダニーは手を上げた。肩越しに振り返り、ナザがちゃんと立ち止まったことを確認。ダニーは用心しながら崖のふちに近づくと、片膝をついて銃を構え、崖下を覗き込んだ。

崖の高さはおよそ六メートル。なんの音も聞こえないし、脅威になりそうなものも見当たらない。だからといって、脅威がないとはかぎらない。洞穴の出入り口は真下なので、ここからは見えない。

ダニーは指を一本立てて前方を示し、前進を促した。後続の二人は音もなく近寄ってきた。スパッドも崖のふちに片膝をつき、銃口を下に向けた。ナザはそのすぐ後ろにつけた。ダニーは崖下に降りるときに使った斜面へ移動した。できるだけ音を立てないよう注意しながら、斜面を下る。

途中でスパッドの姿をチェックし、ちゃんと掩護しているか確かめた。胸のあたりから銃身を突き出した相棒のシルエットがはっきり見えた。

ライフルを手にしたまま下りるのは具合が悪かった。そこでライフルはスリングで首から吊り下げ、代わりにホルスターからハンドガンを抜いて、安全装置を外した。五感を研ぎ澄まし、どんな小さな動きや物音にも反応できるよう気を引きしめた。崖上を振り仰ぐ。スパッドはさっきからずっと洞穴の前方に狙いをつけている。ダニーはそのまま斜面を下った。少しずつ確実に。

ようやく崖下にたどり着くと、シグをホルスターにしまい、ふたたびライフルを構えた。洞穴までの距離は七メートル。ダニーは暗視ゴーグルを装着すると、銃を構えながら前進した。

あと五メートル。いったん立ち止まり、耳を澄ます。何も聞こえない。

あと三メートル。

銃口を洞穴に向けたまま、顔を上げてスパッドに手を上げてみせると、すぐまた洞穴に注意を戻した。視界の隅に、動きだしたスパッドの姿を捉えた。数秒後、背後に気配を感じた。スパッドがナザを連れて斜面を下りだしたのだ。

六〇秒経過。ダニーは右に目をやった。ナザは地面に伏せ、スパッドは片膝をついて洞穴に銃口を向けている。

ダニーは前進した。洞穴まで一メートルの地点に達すると、内部が中ほどまで見えた。暗視ゴーグルの緑がかった視界に目を凝らす。動きはない。ただでさえ寒いのに、このあたりは一段と気温が低かった。それにもかかわらず、ダニーは汗をかいていた。あの不快な腐臭がまた鼻をついた。どういうわけか、悪臭はいっそう強まったように思えた。不吉な予感がした。

ダニーは前進を続け、出入り口の真ん前に立った。ケイトリンを最後に見た場所である。いま、その姿はどこにもなかった。

じわじわと洞穴に足を踏み入れる。ダニーは危険な位置にいた。内部で待ち伏せしている者がいたら、これほど狙いやすい標的はない。

さらに二歩踏み込む……。

動きがあった。ダニーはすかさず身体をひねったが、あっという間に冷たい銃口を右頬に突きつけられた。

身をこわばらせて動けないまま、チラッと右に目をやる。

「無線機はどうした?」

銃口がすっと離れ、ケイトリンが視界に入ってきた。「たぶん電池切れ」短く答えた。「このまま外へ出たら、スパッドに撃たれるかしら?」

ようやく緊張状態から解放されたダニーは無線を起動した。「警戒態勢解除《スタンド・ダウン》」そう指示すると、ケイトリンにうなずいた。女兵士はそそくさと洞穴の外へ出た。ダニーは暗視ゴーグルをヘルメットに押し上げると、その後を追った。スパッドはライフルに安全装置をかけてから、胸元に吊るした。その顔にもホッとした表情が浮かんでいる。

「あの女の子は何者？」ケイトリンはクルド人の娘に聞こえないよう小声で尋ねた。

「彼女の名はナザ」

「まだ子どもじゃない。どこの馬鹿が連れてきたの？」

「兄貴だ。大物ぶった」

ケイトリンはダニーの返事を聞き流すと、クルド人の娘に歩み寄った。「いくつ？」

「一八」

「よく言うわ」ケイトリンは仲間を振り返った。「ここから動かないと。外で動きがあったわ。野生動物ね。たぶん山犬かな。車までの距離は？」

「五〇〇メートル」ダニーは洞穴を振り返った。「荷物を出そう」

HALO用の装備はそのまま残してゆく。ダニーとスパッドは投下用コンテナを運び出した。ケイトリンはナザに歩み寄った。「わたしから離れないようにね」

ナザは口答えしなかった。ケイトリンから目を離すことができず、傲慢な物腰もいつの間にか影をひそめていた。

投下用コンテナはおそろしく重たかったが、ダニーとスパッドは力を合わせて起伏に富んだ荒地を乗り越え、ハイラックスまで運んだ。お陰でたどり着く頃には汗だくになっていた。ロージャンは依然として重機関銃に張り付いていた。「ここは安全だ」近づいてくるダニーたちに気づき、大声で呼びかける。「このおれが守っているんだから」ふたたびシャマグを外して縫い合わせた片目をあらわにすると、心底ホッとしたような表情を見せた。しかし荷台から飛び降りたとたんケイトリンに詰め寄られ、よろよろと後ずさった。「あんた、いったい何考えてんのよ？」ケイトリンは猛然と食ってかかった。「子どもを連れてくるなんて。この子、何歳？　一四くらい？」

「おい、女、おれにそんな口をきくんじゃない」ロージャンは強がったが、さほど迫力はなかった。

ケイトリンはなおも責め立てようとしたが、ダニーが割って入った。「よせ。これは命令だ」

ケイトリンは唾を吐き捨てた。ロージャンは妹に駆け寄った。「あいつらがいないと困るだろ」ダニーは女兵士に注意した。

「一四の小娘を仲間に加えてご満悦ってわけ？」

「そんなことはないが、あいつらは必要だ」

ダニーはクルド人兄妹を振り返った。ロージャンがナザの身を気遣うようにして肩を抱き寄せた。しかし妹はその腕を振り払うと、スパッドに向き直った。「あれ開けて」そう言いながら、投下用コンテナを指差す。

スパッドはかすかに笑みを浮かべた。年端もいかない娘から指図されるのを面白がっているように見えた。さっそくコンテナの封を剝ぎ取り、スティンガーの一本を引っ張り出した。手渡されたロージャンは、いかにもチェックするふりをすると、すぐさまスパッドに返した。「他には?」

「無線機がある」スパッドは答えた。「一つ分けてもらうけどな」そう言うと、無線機の一つをケイトリンに放り投げた。とりあえず電池が必要だった。スパッドはあたりを見回した。「イラク国境までどれくらいかかる?」

「二時間くらいだ」ロージャンはこともなげに言った。腕時計をチェックする。「いますぐ出発すれば、夜明け前には着く。国境を越えるにはちょうどいい頃合いだ。見回りが交替するからな。仲間が国境の向こう側で待っている。いまごろ、ダーシュの巡回をかわしながら、国境周辺を走り回っているはずだ。イラクに入ったら、車列を組んで動く方が安全だ」

スパッドとダニーは投下用コンテナをピックアップの荷台に運び上げた。ケイトリンはベルゲンから医療パックを取り出すと、ほかの荷物を残らず荷台に放り上げた。

「おれが運転する」ダニーが告げた。

ナザが進み出た。異議を唱えるつもりらしい。ケイトリンがその肩に手を置いた。

「いいのよ、ハニー。わたしと一緒に後ろのシートに座りましょう」クルド人の娘は鼻を鳴らしたが、言われたとおりにした。ダニーがハンドルを握り、ロージャンが助手席に腰掛けた。スパッドとケイトリンは、ナザを真ん中に挟んで、後部座席の両側に座った。ダニーはエンジンをかけると、三点ターン（前進、後退、前進をくりかえし、狭いスペースで方向転換するテクニック）をしてから、T字路の方角へ引き返した。

「誰かに止められたら」ダニーはロージャンに言った。「おれたちの言うとおりにしろ。わかったな？」

ロージャンは顔をしかめた。他人に指図されるのが嫌いらしい。ダニーは車を停めた。「わかったな？」一呼吸置いて、ロージャンがうなずいた。車はふたたび走り出した。でこぼこ道を進みながら、ダニーはルームミラーにチラッと目をやった。ケイトリンがいまいましげにロージャンの後頭部を睨みつけていた。ナザはそんな女兵士を一心に見つめている。歳の離れた姉を仰ぎ見る妹のように。

ケイトリンがダニーの視線に気づいた。二人の視線がからみ合った瞬間、ケイトリンの口元にうっすらと笑みが浮かんだ。前回の任務のとき、ケイトリンはダニーに関心があることを明言した。ダニーもその気持ちには応えられないときっぱり断ったが、そのままおとなしく引き下がるようなケイトリンではない。女兵士はダニーの目を見つめながら、上着の無線機を取り外した。ダニーは路上に視線を戻した。

「おい、大丈夫か？」ダニーは声をかけた。

ケイトリンは依然ルームミラーを直視していた。「運転に専念しなさいよ、ダニー・ブラック」そう答えると、ようやく手元の無線機に目を落とし、修理に取り掛かった。

12月22日

第12章　乱行

　ドバイの夜が明けた。スカイラインをなす高層ビルのミラーガラスが血の色をした朝日を浴びてキラキラ輝いた。スモークガラスをはめ込んだ黒のベンツがホテル前に停車していた。この車は繁華街の高級クラブのまわりを数え切れないほど周回した末、二時間前にホテルまで引き返してきたのだ。運転手は疲れきっていたが、まだ寝ることはできない。王室に属する主人は自室に戻ったが、それで終わったわけではなかった。

　仕事はまだ残っている。

　ペントハウス・スイートの居間はひどく散らかっていた。バーカウンターに酒の空き瓶が二本、そのうち一本は横倒しになっている。カウンターに目を凝らせば、白い粉の残滓が容易に見つかるはずだ。グラスが部屋のあちこちに置きっぱなしになっていた。空っぽのもあれば、半分残っているものもあった。床に衣類が散乱している。いずれも女物だ。四人分だが、それにしては少なめだった。

　その衣類の持ち主のうち二人は、居間に面した寝室の一つにいた。二人とも東欧系の美女で、なめらかな白い肌と艶のある黒髪が、ドバイを訪れる富裕な客に好まれた。

女たちは全裸で、身につけているのは宝石類だけだ。ベッド上で抱き合ってキスをくりかえす。時折、一方がよがり声を漏らしながら、男に視線を向けた。その男は部屋の奥に置かれたアームチェアにだらしなくもたれかかって、女たちの痴態を眺めていた。トニー・ワイズマンはスコッチを入れたタンブラーを手にして、目の前のライブショーに見入った。よがり声はあきらかに芝居だが、別に気にならなかった。昨夜からのパーティーは全体として、予想以上に楽しめた。最後の仕上げが、この淫らな実演ショーである。ダニー・ブラックやスパッド・グローヴァーなんかと一緒に海の上であくせくしていたことを考えると、夢のような一夜だった。

二人のことを思い出したトニーは反射的にスコッチをあおった。思わず顔をしかめてしまったのだろう。女の一人が――両方とも名前は覚えていない――急に不安げな表情を浮かべた。女はからみ合っていた仲間から離れると、トニーのところに歩み寄ってきた。裸のヒップを色気たっぷりに揺らしながら。「どうかしたの、ハニー？わたしたち、あなたの好みじゃない？」

「そんなことはない」トニーはそう答えながら、女の尻をさわった。女は前かがみになると、トニーのシャツのボタンを外しはじめた。

「一緒に楽しみましょうよ」女はささやくように言った。

そうだな。トニーは胸の内でつぶやいた。悪くない。残りのスコッチを飲み干すと、グラスをカーペットの上に落とした。そして、女にからみつかれたまま立ち上がった。女の尻のカーブを撫で回しながら、乳房に貪欲な眼差しを向ける。

「ベッドに戻れ」トニーは命じた。

女は言われたとおりにしたが、途中で立ち止まった。隣室から声が聞こえたのだ。それも女の悲鳴が。その悲鳴には苦痛と恐怖がいりまじっていた。

二人の女は不安げに視線を交わした。トニーはシャツのボタンをはめながら、大股にドアに向かった。酔いが一気に醒めた。「ここにいろ」トニーは女たちに命じると寝室を出た。

居間に人影はなかった。トニーが寝室に入る前と同じだ。また悲鳴が聞こえた。今度はパニックになっている。その悲鳴はイエロー・セブンの寝室から聞こえた。二〇分前に、女を二人連れ込んだ寝室である。

トニーは一瞬ためらった。結局、寝室には直行せず、急いで表のドアに向かった。そのドアの外には護衛が張り付いているはずだ。明らかに悲鳴には気づいていない――聞きつけていれば、すかさず飛び込んできただろう。護衛どもに知られてはならない。とっさにそう判断したトニーは、表のドアを内側からロックしてから、居間をふたたび横断して、公爵の寝室に突入した。

室内は惨憺《さんたん》たる有様だった。ベッドクロスが床に散らばり、酒瓶が粉々に砕け散っている。イエロー・セブンが寝室に連れ込んだ二人の女のうち、一人は白のシーツを裸体に巻きつけて部屋の隅に立っており、もう一人はベッドとドアのあいだに素っ裸で突っ立っていた。目の周囲が腫れあがり、唇が切れて出血している。取っ組み合いでもしたのか、髪はくしゃくしゃだ。白いバスローブ姿のイエロー・セブンが女の前に立っていた。赤い目をして、うつろな表情だ。女は恐怖に引きつった表情で公爵を見つめていた。女を手荒く扱った張本人は一目瞭然だった。

自己保身はトニー・ワイズマンの第二の天性である。たちまち事態の深刻さを悟った。このままでは窮地に追い込まれる。トニーがそばについていながら、酒とクスリでハイになったイエロー・セブンが女を殴りつけたのだ。世の中の仕組みはよくわかっている。この場合、責任を取らされるのは一人だけ——もちろん白いローブ姿で女の前に立っている男ではない。すぐさま決断を下す必要があった。

トニーはローブ姿の男に歩み寄った。「バスルームに行ってください」イエロー・セブンは口答えしようとした。「いますぐ!」トニーは相手を押しやった。公爵はよろめきながらバスルームに入るとドアをバタンと閉めた。トニーは部屋の隅で縮こまっている女のところへ足早に近寄った。そして腕をつかむと、顔を殴られて出血している女の近くへ引っ張っていった。「いままでの経緯を説明するとこうなる」トニーは押し殺した声で切り出した。「おまえたちは一杯やろうと誘われてここへやって来た。ところが、ここへ着くと友人の寝室に忍び込み盗みを働いた。その現場を押さえられたおまえたちは、ナイフでおれに襲いかかってきたが、撃退された」

女たちは恐れおののきながらトニーを見つめた。「変態プレイを断ったらいきなり怒りだして――」

「そんな話は聞きたくねえな。いいか、この件が明るみに出れば、娼婦二人と英王室の一員が関係者として聴取される。ドバイ当局はどちらの言い分を信用すると思う？　おめえたちはたちまちブタ箱行きだぞ。誰も信じちゃくれねえからな」

顔にあざをこしらえた女が泣き出した。もう一人は状況が理解できず、目をパチクリさせるばかりだ。

「さっさと服を着て」トニーはあざけりを込めて言った。「ここから出て行け！」

二人の女はあわてて寝室から出て行った。トニーがその後に続く。三〇分ほど前、トニーは服を脱ぐ女たちの姿を楽しんだ。しかしいまは服を着る女には目もくれず、自分の寝室に向かった。こちらの女たちはバスローブを着て、ベッドの縁に腰掛けていた。心配そうな顔つきだ。「帰る時間だぜ」トニーは二人に告げた。

女の一人が事情を尋ねようとしたが、その答えを得ることはできなかった。「出ろ！」大声で命じる。「いますぐ」

二人とも急にトニーのことを怖がりだした。よし。二人の後を追って居間に入った。

他の二人はすでに服を着終えていた。しかしメイクが涙で流れ落ち、見るに耐えない面相になっている。その一人が居間から出ようとしてつまずき、ハイヒールを履いた足をひねった。

「ちょっと待て」トニーはその女を呼び止めた。「みんな一緒に出るんだ」

バスローブ姿の女たちが着替えるのに三〇秒とかからなかった。誰も口をきかなかった。唇を切った女はあざだらけのひどい顔だ。人に見られたら質問攻めにされるだろう。トニーは表のドアを開けた。護衛コンビはすぐ外にいた。二人とも疲れて不機嫌そうだが、何か問題が起きたことには気づいていた――内側からロックした音を聞きつけたのだろう。

「ここに裏口はあるか？」トニーは尋ねた。

護衛の一人がうなずいた。

トニーは肩越しに振り返った。「この四人が帰る。誰にも見られないようにしろ。各人を自宅まで送り、玄関扉が閉まるまで見届けろ」

「そうした指示は公爵本人から――」

護衛は最後まで話すことができなかった。トニーに襟首を鷲摑みにされて壁に押し付けられたからだ。「いいから、言われたとおりにしろ」押し殺した声で命じる。「〈サン〉の一面を飾って、クビになりたくなければな。わかったか？」

相手に返事をする暇をあたえず、トニーはおびえた女たちが待つ居間に引き返した。「この件は絶対に口外するな。もし外に漏れたら、おまえたちだけじゃなく、家族もひどい目に遭うぞ」顔があざだらけの女に歩み寄る。「その傷のことはさっさと忘れろ。さもないと、おれがもう一発食らわしてやる。さあ行け」

ぐずぐずする者はいなかった。一〇秒後、トニーは一人になった。急いで考えをまとめて、公爵の寝室に戻った。姿が見当たらないので、バスルームのドアを強くノックした。返事はなかった。ハンドルを回すと、ドアが開いた。

イエロー・セブンはバスタブの縁に腰掛けていた。ローブ姿のままで、コカインを吸引した直後らしく、目が異様に輝き、いささかハイな感じだった。鼻をくんくんさせて、唇をあわててなめ回す。「女たちは帰ったかい?」

「ええ」トニーは答えた。

「ちょっと調子に乗りすぎたよ。彼女たちが黙っててくれるといいんだが――」

「口外はしません。きつく言っておきましたから」

イエロー・セブンは笑みを浮かべた。「そうか」目の焦点が合っていないような感じだ。「きみが……いてくれて助かったよ」ふらふらと立ち上がった。「きみに仕事を見つけてあげよう。王室関係の。その気があるのなら……」

トニーはシャワーに歩み寄り、コックをひねった。「とりあえず汚れを落としてください。午前中にドバイを発ちますから」

イエロー・セブンは目をパチパチさせた。「どうして？　楽しむ時間はまだ——」

「午前中に出発します」トニーはくりかえした。

しばらく間があった。

「わかった」イエロー・セブンは答えた。「そうしよう」

トニーはバスルームを出て、ドアを閉めた。室内を見回して、あちこちに置きっぱなしになっているグラスを拾い集める。グラスの縁には口紅が付着していた。ワードローブをかき回して、ランドリー用の丈夫な袋を見つけ出した。その袋にグラスを詰め込むと、今度はベッドクロスを調べた。枕カバーの一つに血が付着している。これまた袋に詰め込む。

シャワーの音を聞きながら、ふと物思いにふけった。あの馬鹿、なんて言ってた？「きみに仕事を見つけてあげよう。王室関係の」冗談じゃねえ。それこそへリフォード中の笑いものだ。そう思う一方で、悪くないかもしれないと、冷徹な計算も働いた。SASが王室のお気に入り《ルーパート》だということはよく知られている。ときどきレジメント出身者を——たいてい将校だが——御付きの一員に加えたりする。そうなると王室の全行事に参加して、記念写真にも背景の一人としてバッチリ写ることになる。まさに異例の出世であり、人生の成功者になれるのだ。

その点は間違いない。白い粉を鼻につけて娼婦を殴りつけるあのヤク中はトニーに借りができたのだ。それを利用しない手はない。こいつはめったにないチャンスだぞ。

犯罪行為の証拠を詰めた袋に目を向けた。あの馬鹿女はめぐり合わせが悪かっただけだ。しかし、それはトニーの責任ではない。この証拠品をさっさと処分して、公爵閣下をロンドン行きの便に乗せることだ。ハイエナみたいな連中に嗅ぎつかれないうちに。うまく立ち回れば、グンと運が向いてくるぜ。ダニー・ブラックの野郎、馬鹿面下げて好きなだけ笑っているがいい。

ダニーは東に向かって車を走らせた。頭に叩き込んだ地形図によれば、この道路は数キロ南にあるシリア国境に平行して走っている。三〇分ばかりのあいだ、ロージャンが時折方角を指示する以外、誰も口をきかなかった。道路沿いに民家はなく、人影はまったく見かけなかった。ヘリフォードは入念に潜入地点を選んでいた。逆に言えば、こんなところで誰かに出くわしたら間違いなく厄介なことになる。特別な用事がないかぎり、こんな僻地《へきち》をうろつく者はいない。そう、軍事目的以外の理由は考えられないのだ。ダニーは全神経を張りつめていた。

「越境地点を詳しく説明しろ」ダニーは言った。

「川を渡る」ロージャンが答えた。「夏は涸《か》れているが、冬になると流れが戻ってくるんだ。でも浅い。ちゃんと場所を選べば問題ない。おれはその場所を知っている。この車なら楽に渡れる」

その返答に呼応するかのように、大きな雨粒がフロントガラスに落ちてきた。一分もしないうちに土砂降りになった。ハイラックスのヘッドライトが夜道を照らすが、雨のせいで視界が急に悪くなり、一〇メートル先がやっと見える程度だ。ワイパーはキーキーと音を立てるばかりで、さっぱり役に立たない。

「いちばん近い国境検問所からその渡河地点までの距離は?」ダニーはルーフを叩く雨の音に負けないよう声を張りあげた。

「両方とも五〇キロ。言っておくけど、格好の場所だ」

また全員黙り込んだ。後部座席のケイトリンとスパッドから張りつめた空気が伝わってくる。

「イラク側の仲間は何人だ?」ダニーは尋ねた。

「四人か五人」

「車の数は?」

「一台か二台」

「どっちだ?」ダニーは苛立たしげに問い直した。「一台なのか二台なのか」ロージャンは携帯電話を引っ張り出して、ダイヤルしだした。「何してる?」

「電話してる」

「その電話を置け。置けと言ってるんだ」ダニーはロージャンの手から携帯電話を奪い取ると床に放り投げた。

「何しやがる」ロージャンは怒りの声をあげた。「ダーシュは盗聴なんかしてねえよ。嘘じゃない」

「連中だけが心配のタネじゃない」ダニーはぴしゃりと言った。それは本当だった。GCHQが国境沿いの通信を傍受していないとは考えられない。もしGCHQが傍受しているとすれば、賭けてもいいが、米軍も同じことをやっているはずだ。SASチームの方針は明確だ——われわれの存在を米軍に知られるようなマネをしてはならない。つまり、携帯電話はほとんど使うな、ということだ。

そんなことをクルド人にくどくど説明するつもりはなかった。ロージャンの苛立ちは誰の目にも明らかだったが、ダニーは気にも留めず、運転を続けた。

時間をチェックする。〇四一五時。夜明けまで六〇分。雨はやみそうにない。五人も乗っているせいか、その吐息でフロントガラスが曇ってきた。路面もスリップしやすくなっている。運転は難しかったが、ダニーなら何とかこなせた。それに降り続く雨は格好のカムフラージュになる。

「その先の交差点を右へ」ロージャンは指示した。「オフロードに入るんだ」携帯電話の使用をめぐって言い争いをして以来初めて発した言葉だったが、依然不機嫌そうな口ぶりだった。

ダニーはうなずいた。三〇〇メートルほど走ると、無標識のT字路に着いた。右側は湿地みたいな感じだ。ダニーは減速した。ホイールスピンを防ぐためにギアを一速に入れると、ヘッドライトを消した。

「何やってんだ？」ロージャンは言った。「これじゃ何も見えない」

ダニーはヘルメットに押し上げていた暗視ゴーグルを目元に装着した。「これで見えるから安心しろ」緑がかった視界には地面のデコボコがくっきり映し出されている。夜の闇も土砂降りの雨も関係なかった。「越境地点までの距離は？」

「二キロぐらいだ」ロージャンが答えると、ダニーはうなずいた。篠つく雨の中、細心の注意を払いながら、ゆっくりと車を進める。ルームミラーで確認するまでもなく、スパッドとケイトリンも暗視ゴーグルを装着しているはずだ。二人とも緊張していることが感じ取れた。「一五〇〇メートルほど行くと、丘に突き当たる」ロージャンは説明した。「その丘を越えると国境が見える。対岸に鉄条網のフェンスが立ち並んでいるが、それが国境線になっているんだ」

「ワイヤーカッター、持ってきたか？」スパッドが後部座席から尋ねた。

「その必要はない。もう切っておいた」ロージャンが答えた。

少し間を置いて、スパッドが尋ねた。「いつ切った？」

「どうでもいいだろ、そんなこと」ロージャンが答えた。

「いつ切ったんだ？」

「一二時間ほど前」

またしても間があった。車内は気まずい雰囲気に包まれた。SAS隊員の誰もが尋ねたくない疑問を頭に浮かべていた。

「その切った個所だが」ようやくスパッドが口を開いた。「切断したことがわからないように偽装してあるんだろうな？」

沈黙。

ダニーはブレーキをかけた。ロージャンを振り返る。「いまの質問に答えろ」

「いや」ロージャンはむきになって答えた。「もちろんしてないさ。そんな必要あるのか？　ちっちゃな穴だぜ。数メートル四方の」

ダニーは小声で悪態をついた。「なんてこった」とぼやくスパッドの声が聞こえた。クルド人たちは初歩的なミスを犯したのだ。国境フェンスの穴は、それがいかに小さなものであれ、警戒を呼び起こす異状であり、周辺をたえず巡回している者が見逃すはずがなかった。その見回りがイラクもしくはトルコの国境警備隊だろうが、ISのパトロール部隊だろうが、どこかの特殊部隊だろうが、関係ない。その穴は誰かがこっそり通り抜けた跡か、もしくはその予定がある場所なのだから。したがって、待ち伏せされる可能性がきわめて高かった。

「心配ないって」ロージャンは強がったが、その声は少し震えていた。「おれたちは始終国境を越えてるが、何の問題もない」

ＳＡＳ隊員は誰も答えなかった。ダニーはブレーキペダルから足を浮かせると一速のまま車を進めた。国境に近づきながら、頭脳をフル回転させる。これからどうする？　作戦中止《アボート》？　別の越境地点を見つけるか？　何日もかかるぞ。残された時間はわずかだった。

緊迫の五分がゆっくり過ぎていった。雨がやむ気配はない。緑がかった視界に濡れた地面が広がっている。エンジン音が変化した。勾配がやや急になってきたようだ。どうやらロージャンが言っていた丘に差しかかったらしい。ダニーは車を停めると、エンジンを切り、ハンドブレーキをかけた。

「何してる？」ロージャンが言った。「まだ着いてないぞ」

「越境地点をチェックする必要がある。待ち伏せされているかもしれない」

「そんな心配はない」ロージャンは言った。「いままで一度もなかった」

「だからといって、これからもないとはかぎらない」ダニーは言い返した。「フェンスの穴という、はっきりそれとわかる目印を残したんだから、なおさらだ。おまえとナザは車に残れ」スパッドとケイトリンに目を向ける。「降りろ」

三人とも外に出たとたんずぶ濡れになった。SAS隊員たちは車の前で身を寄せ合った。「ケイトリン、おれとスパッドは偵察に行くが、おまえは残ってくれ。文句を聞かされる前に理由を言っておく。あの娘に信頼されているからだ」ダニーは丘を見上げた。「あのてっぺんから越境地点をこの目で確かめる。不審な動きがないかどうか。その後、国境を越えるかどうか決めよう」

ケイトリンは眉をひそめた。明らかに不満そうだが、口に出すことはなかった。言われたとおり車に戻り、ダニーとスパッドは土砂降りの雨の中に残った。ふたたび暗視ゴーグルを装着すると、視界が緑色になった。

二人は無言で斜面を駆け上った。頂上までの距離――二〇メートル。その五メートル手前で地面に伏せた。ダニーは暗視ゴーグルを外した。二人は泥だらけの地面を這いあがった。用心しながらじわじわと頂上に近づき、眺望のきく地点まで来ると、イラク国境を見下ろした。

暗視ゴーグルを再装着するまでもなく、問題が発生していることが見て取れた。

車が停まっていたのだ。もっとも見えたのは赤いテールランプだけだが。つまり、その車はこちらに尻を向けていることになる。ダニーは暗視スコープを取り出し、あたりをざっと見回した。その結果、五〇メートル先に川の流れを確認できた。川幅は一〇〇メートルほどで、両岸に背の高い葦《あし》が生い茂っている。国境のフェンスはその岸から離れた場所に設置してあった。高さ六メートルほどの金網フェンスで、五メートルおきに支柱が立ち、上部に有刺鉄線が蛇腹状に巻きつけられている。ロージャンが金網を切り取った個所は二人の視線の先にあった。車がその穴のそばから離れてゆく。暗視スコープのお陰で、ハイラックスと同じような四輪駆動車であることがわかった。

ダニーとスパッドは車が走り去るのを見届けた。赤いテールランプは一分足らずで闇の中に消えた。二人は頂上から撤退した。「越境は無理だ」スパッドが言った。「あのクルド人の大馬鹿野郎が何もかもぶち壊しやがった」

ダニーは少し考えた。「別の越境地点を見つける必要がある」

「いや、それはあり得ねえ」スパッドはすかさず反論した。「ここは潔くあきらめるべきだ。あの穴を見れば、国境破りの仕業であることは一目瞭然だ。間違いなく待ち構えているぜ」

スパッドの言うとおりである。「車へ戻ろう」ダニーは言った。

二人は斜面を滑り降りた。ハイラックスにたどり着く頃には、全身泥にまみれてベトベトになっていた。しかし、そんなことを気にしている余裕はなかった。車に乗り込むと、目撃してきたことを説明した。ケイトリンが思い切り悪態をついた。

「心配しすぎだって」ロージャンは主張した。「その車は国境の向こう側にいる仲間のものかもしれない。あっちだって待ってるんだから、不思議はないだろ」

「そこまで確信は持てないな」ダニーは言った。「他に越境できる場所はないのか？」

「ない」ロージャンは断言した。「少なくとも数キロ圏内には。たとえあったとしても、見張りがいる。ここが唯一の場所なんだ。おれを信じろよ」

車内は静まり返った。雨だれが激しくルーフを叩く。

「作戦中止だ」ダニーは告げた。「ヘリフォードに連絡して迎えを要請したら、ひとまずどこかに身を隠す。そして夜になるのを待って、ＬＺまで引き返す」

「了解」スパッドがうなるように言った。ケイトリンも黙ってうなずき、異論は出なかった。脅威にさらされた地点をあえて突破することはＳＯＰ（標準作戦手順）に反する。自殺行為と言ってよかった。

ロージャンはいきなりダッシュボードを叩いた。「あいつらが何をやったか見たろ？」閉じられた目を指差しながら言いつのる。「この目がどうなったかを？　ここまでやって来てあきらめるのか。あんたらが勝手に怖がってるだけだろ？」

「あきらめろ」ダニーは言った。「そうするしか手はない」

「わかった」ロージャンは言った。「車から降りてくれ。おれたちだけで川を渡る。ナザと二人でな。おれたちが対岸に着いたら、歩いて渡って来いよ。あれで掩護してやるから」親指を後ろに向けて、荷台に据え付けた五〇口径の重機関銃を指し示す。

ダニーは検討してみた。たしかに現実的な提案である。ロージャン自身は銃火の真っただ中に身を置くことになるが。しかし怖気づくことなくやりぬく根性があれば、うまくいくかもしれない。それに車が川を渡りだしたら、見張りの注意はそちらに引きつけられる。つまり、それ以外の動きは見過ごされる可能性がある……。

ダニーは仲間を振り返った。スパッドはかすかにうなずいた。クルド人が背負うリスクの大きさとダニーの思惑の両方を理解していた。

「ナザはわたしたちと一緒よ」ケイトリンが言った。

「ダメだ」ロージャンは反論した。「あいつはおれの妹だ。一緒に来るのが――」

「それは認められない」ダニーが割って入った。「彼女はまだ子どもだ。銃火にさらすわけにはいかない」

「しかし――」

「あきらめるのね」ケイトリンが引導を渡した。「一人で行かないのなら、この話はなかったことにするわよ」女兵士から怖い顔で睨みつけられたロージャンは、しぶしぶ引き下がった。

もちろんナザが子どもだというのは理由の一部にすぎない。少なくとも一人は生きていてもらう必要があるのだ。イラク側のクルド人グループとの橋渡し役として。

「川の深さはどれくらいだ？」ダニーは尋ねた。

ロージャンはまだ不機嫌そうだったが、右手を胸のあたりまで持ってきた。「もう少し深いかも。この天気だから」

ダニーは鼻を鳴らすと、目元から雨だれを拭った。「よし、おまえは車で行け。おれたちは歩いて川を渡る。おまえの左後方につけているから、トラブルが生じたら掩護してやる」

「トラブルなんか起きるもんか」ロージャンは自信たっぷりに言った。

「どうかな」ダニーはつぶやくように言った。「荷物を下ろさないと」

「武器を詰めたコンテナは車に載せて運ぶ」ロージャンが答えた。

それはダニーにとっても好都合だった。また土砂降りの雨の中に出た。スパッド、ケイトリン、ナザが続いた。荷台に載せておいたベルゲンを回収する。ただ、すぐには背負わず、渡河用の準備に取り掛かった。ベルゲンは防水仕様になっており、ジプロックタイプのシールで封をする。そのシールがちゃんと閉まっていることを確認した。こうしておけば内容物が濡れないだけでなく、空気を封じ込めたベルゲン自体が浮き輪の代わりになる——きわめて沈みにくく、濁流に飲み込まれそうになったときにしがみつけるから、いたって重宝であった。両サイドポケットに水を詰めた水筒を収納していた。この水筒を空にして、それぞれのポケットに戻す。水の代わりに空気が入っているわけだから、浮力を高める効果が期待できる。

スパッドとケイトリンが同じ作業に取り掛かっているあいだに、ダニーは運転席側の窓に回った。すでにロージャンがハンドルを前にして座り、閉じられたまぶたの傷痕を指先で掻いていた。「二〇分待て」ダニーは言った。「それだけあれば岸辺まで移動できる。車を出すときは、ヘッドライトを消せ。そして、ゆっくり進むんだ——エンジン音をできるだけ抑えて。わかったな？」

ロージャンは前を向いたまま、そっけなくうなずいた。他人から指図されるのが本当に嫌いとみえる。

「対岸へ着いたら、機関銃の銃口を南東の方角に向けろ。さっきの車はその方角へ走り去ったからな」

「わかってるよ」ロージャンは答えた。「おれだって馬鹿じゃない。早く行けよ。もうじき夜明けだぞ」ダニーに目を向けることなくウインドーを上げた。

ダニーは小声で悪態をついた。言い争っている時間はなかった。あと二五分もすれば、夜陰に乗じることができなくなるのだ。

国境を越えるつもりなら、いましかなかった。

第13章　戦闘犬

「これから何をするかわかってる？」ケイトリンはナザに尋ねた。

クルド人の娘は不安そうな表情で何も答えなかった。

「あの先に川が流れている」ケイトリンは説明を始めた。「その川の向こう岸に国境のフェンスがある。あんたの兄さんはそこに穴をあけたの。その穴が見つかっていれば、待ち伏せの可能性がある。だから、あなたの兄さんは一人で車に乗って渡ることにしたわけ。そのあいだに、わたしたちは歩いて渡るの。誰にも見られないようにね。安全を確保するには、この方法しかないの」

「ダーシュが兄に向けて撃ってきたら？」ナザが尋ねた。

「わたしたちが撃ち返すわ」

ナザは運転席に座ってまぶたを掻いている兄を見やった。

「兄さんはとても勇敢だわ」

「ええ」ケイトリンはつぶやくように言った。「ネッド・ケリー（オーストラリア開拓時代の有名な無法者）みたいにね」

ダニーは二人に歩み寄った。「彼女から離れるな」ケイトリンを指差しながらナザに命じる。「おれがこんな風に手をあげたら、急いで地面に伏せるんだ。わかったな？」

　ナザはうなずいた。

　ケイトリンはダニーをわきへ引き寄せた。ナザに聞こえないようひそひそ声で話しかける。「越境地点で待ち伏せされていたら、ロージャンは死ぬわ」

「わかってる」ダニーはクルド人の娘にチラッと目をやった。

　ＳＡＳ隊員は三名とも暗視ゴーグルを装着した。

「出発」ダニーは先頭に立って動きだした。すぐ後ろがケイトリンで、ナザを挟んでスパッドが続く。前回と同じく、頂上手前で立ち止まり、ダニーが国境線までのエリアを見回した。何の動きもなく、不審物も見当たらなかった。ロージャンの言うとおり、ここは安全なのかもしれない。

　しかし待ち伏せが想定される以上、細心の注意を払う必要があった。

　前かがみになって頂上を乗り越えると、できるだけ姿勢を低くして反対斜面を下りだした。三〇度の方角へ反時計回りに移動する。こうすれば川岸にたどり着いたとき、ロージャンの車からかなり離れた地点に立てるのだ。用心しながら進み、五分後には岸に達した。ロージャンの渡河地点から東へ一〇〇メートルばかり離れた岸辺だった。足元はぬかるみ、腰元まである葦が歩行をさまたげる。その上、土砂降りの雨だ。スパッドはダニーの四メートル左に立っていた。ケイトリンとナザは右側で、間隔はほぼ同じだ。この位置取りが正解だった。なぜなら、川は右から左へ勢いよく流れているる。ダニーとスパッドがこの程度の流れに足をすくわれることはない。ケイトリンも同様だが、彼女にしがみついているナザは急流に押し流される可能性があった。ダニーとスパッドが下流に位置していれば、いざという時に受け止めることができる。

ダニーは右の肩越しに振り返った。緑がかった視界にハイラックスが見えた。丘の頂上を越えて、ゆっくり川岸へ向かっている。ダニーはベルゲンのストラップをゆるめ、片方の肩だけで担いだ。ライフルはいつでも撃てるように、水平に構える。葦を掻き分けながら、川の流れに向かう。すでに全身ずぶ濡れだったので、服も靴もこれ以上水を吸い込むことはない。しかし流れに足を漬けたとたん、気温より数度低いことがわかった。その流れも思っていた以上に速い。ケイトリンがナザをしっかりつかまえていてくれることを祈った。

横一列になって前進を続けた。川底はかなり柔らかく、ダニーのブーツが一〇センチ近くめり込んだ。八メートルほど進んだところで、ハイラックスの位置を再確認。ちょうど丘のふもとにたどり着いていた。ロージャンはダニーの指示どおり車をゆっくり動かしている。いいぞ。

川がいきなり深くなった。ダニーは胸元まで沈み込み、足を持っていかれそうになった。ベルゲンが背後で浮き上がった。川面に打ち付ける雨音がかなり大きく響いていたが、それでもナザのあえぎ声が聞こえた。ダニーは右へ目をやった。必要なら受け止めるつもりだったが、ケイトリンが腕をしっかり巻きつけてクルド人の娘を流れから守っていた。

三〇メートル地点に到達。対岸まであと七〇メートルだ。水深は変わらない。流れはいくらかやわらぎ、移動が楽になった。ダニーは肩越しに振り返った。ハイラックスは水際に達していた。数秒停車してから、ゆっくり川の中に進んだ。

ダニーたちは前進を続け、ほぼ半ばまで達した。水深が五センチほど浅くなったように感じた。右へ目をやると、ナザが激しく身震いしていた。冷たい水の中からできるだけ早く出してやる必要があった――。

「馬鹿野郎」左からスパッドの声が聞こえた。「何やってんだ、あいつ?」

ダニーも車に目を向けた。今度は彼が悪態をつく番だった。ハイラックスは川の半ばに達していた。ちょうど西へ一〇〇メートル離れた地点である。ハイラックスは加速していた。車輪が派手に水しぶきを巻き上げ、これだけ雨がザーザー降っているにもかかわらず、回転数をあげたエンジンのかん高い音がはっきり聞き取れた。

ダニーたちは反射的に身をかがめ、肩まで水に漬かった。ハイラックスを注視する。対岸まで三〇メートルの位置にいた。あと二〇メートル。一〇メートル。

脅威の有無を確認すべくダニーは懸命になってイラク側を見回した。

不審な動きはない。

ロージャンは無事渡れそうだ。

川から出て岸辺へあがったハイラックスは、穴のあいたフェンスめがけてまっしぐらに向かった――。

ダニーは聴覚より先に視覚で異変を知ることになった。ハイラックスは一瞬のうちに紅蓮《ぐれん》の炎に包まれた。その直後、凄まじい爆発音が耳朶《じだ》を打った。川の半ばにいても、かなり大きく聞こえた。この爆音は少なくとも半径一キロ半の圏内には届くに違いない。焼け焦げた金属片が宙に舞い上がると同時に、新たな爆発音が連続して聞こえた――おそらくコンテナに詰めてあったスティンガーが誘爆したのだろう。

ナザが血も凍るような悲鳴をあげた。「兄さん！」

「水に潜れ！」ダニーは叫んだ。スパッドはすでに水に潜り、ケイトリンは飛来する金属片から身を守るべくナザを引きずり込もうとしているところだった。ダニーはベルゲンを振りほどくと、大きく息を吸ってから、その下に潜り込んだ。

一〇秒。二〇秒。破片が落ちきった頃を見計らって浮き上がる。ハイラックスは炎に包まれたままだ。それより問題は、国境フェンスの向こう側から近づいてくるヘッドライトであった。この状況で正確な距離を測るのは不可能だ。およそ五〇〇メートル前後といったところか。その距離をぐんぐん縮めつつあった。

「トルコ側へ戻れ！」ダニーは大声で命じた。しかしその直後に、無理だと思い知った。ナザはもうケイトリンと一緒ではなかった。二人は離ればなれになっており、クルド人の娘は手足をバタつかせながら流されていた。少なくとも二〇メートルばかり離れてしまい、しかもイラク側に流されつつあった。

なお悪いことに、ケイトリンがその後を追いかけていた。

ヘッドライトが燃え上がるハイラックスに近づいてきた。すでに四〇〇メートルを切ったか。スパッドがダニーの横に来た。「バラバラになったらヤバいぞ！」大声で言った。

そのとおりだ。SASパトロール隊は全員一丸となってこそ力を発揮するのだ。つまり、ケイトリンに続くしかない。「行くぞ！」ダニーは女たちの後を追いかけだした。パニックになりそうなのを必死に抑え込む。あのヘッドライトの向きが少しでもずれたら、たちまちクリスマスツリーみたいに照らし出されてしまうだろう。急いで身を隠す必要があった。そのためには、できるだけすみやかにイラク側の葦原に駆け込むことだ。半ば泳ぎ、半ば走りながら川の中を進む。その水が急にぶあつい壁のように感じられた。前方に目をやると、ケイトリンがナザを捕まえていた。激しく身を震わせるクルド人の娘は明らかにパニック状態にあった。

現在、水深は腰のあたりまであり、対岸までの距離は一五メートル。ダニーは接近してくる車両をチェックした。燃え続けるハイラックスまで一〇〇メートルのところにいた。つまり、ダニーたちとの距離は一七〇メートル。車は穴のあいたフェンスに近づきつつあった。下手をすれば、簡単に見つかってしまうだろう。「進め！」ダニーは仲間に発破をかけた。岸に向かって突進する。一〇秒足らずで一〇メートル距離を縮めた。いまや国境のフェンスは二〇メートル先にあった。葦原にたどり着いた瞬間、身を投げ出すようにして伏せた。ダニーは泥に半ば埋もれた状態になった。スパッドは三メートル左にいた。その距離なら声が届く。一方、ケイトリンとナザは一〇メートル後方にいた。ナザの泣き叫ぶ声が聞こえた。「ケイトリン、静かにさせろ」ダニーは無線で命じた。ベルゲンを身体の前に置き、その上にライフルを載せた。暗視ゴーグルを押し上げて、ライフルのスコープを覗き込む。「全員、動くな」ダニーは小声で命じた。

　葦にいくらか視界をさえぎられているものの、全体を見渡すのに問題はなかった。車はハイラックスのところにたどり着いていた。いまもくすぶり続ける車体からもうもうと煙が立ち昇っている。ハイラックスを吹き飛ばしたのは間に合わせの即製爆発物《IED》ではない。おそらく対戦車地雷だろう。賭けてもいい。問題は、そんな軍用爆発物をセットした連中だ。ダニーは有力候補を頭に浮かべた。ＩＳの民兵かトルコの国境警備隊？　その可能性はない。

　現地入りする前にレイ・ハモンドから聞かされた警告を思い出した。

「イラク北部にいる特殊部隊《SF》チームはおまえたちだけではない……」

　車から男たちが降り立った。少なくとも七名、いや八名か。全員武装して迷彩服を着ているように見える。土砂降りなので、はっきり識別できないのだ。顔つきもよく見えない。しかし銃を構えてハイラックスを取り囲んだ動きから、間違っても素人でないことがわかる。焼け焦げたハイラックスを前にしながら、決して油断することなく、脅威の有無を確認しているからだ。

　一五秒後、男たちは二手に分かれた。このとき、全員で八名であることを確認。そのうちの三名はハイラックスの向こう側に消えた。その先の川岸を探索するのだろう。二人はハイラックスのそばで待機。残りの三人がダニーたちの方へ向かってきた。各人、ライト付きライフルを所持。ゆっくり用心深く、あたりを見回しながら近づいてくる。とりわけ葦原には注意を払っていた。距離——五〇メートル、なおも接近中。

「交戦するか？」スパッドが押し殺した声で尋ねた。

　ダニーはすぐには答えなかった。戦闘は最後の手段だ。発砲すれば、他の連中にも居場所を知られてしまう。生い茂った葦原に身を潜めてやり過ごすのが賢明である。

しかし、その手は許されそうにもない。三名の武装兵は入念に探索を続けている。これ以上距離を縮められたら、選択の余地はなかった。こうなったら、タイミングを見計らって先制攻撃するしかない。

両者の距離が四〇メートルに縮まった。

三〇メートル。

三名はそれぞれ三メートルの間隔をあけ、横一列になって進んでくる。ダニーは右端の男に狙いをつけた。あらためて指示されるまでもなく、ダニーの左にいるスパッドは左端の男を狙った。

「まだ撃つな」ダニーはささやくような声で言った。

突然雨の降り方がひどくなった。三人は空を見上げた。このまま引き上げてくれると助かるのだが。ダニーは一瞬希望を抱いた。しかし、その願いはかなえられなかった。男たちはむしろ足を速めた。さっさと仕事を片付けたいとばかりに。

二〇メートル。

あの連中がクルド人だったらどうする？　ダニーはおのれのうかつさを呪った。もっと早く確認すべきだった。声を殺して無線で呼びかける。「ケイトリン、聞こえるか？」

「ええ」

「あの連中に見覚えがないかナザに確かめろ」

少し間を置いて、ケイトリンが応答してきた。「見覚えなし。仲間ではないと言ってるわ」

それだけ聞けば充分だった。

一五メートル。

ダニーは思わず目を細めた。相手のライトの光が目に入ったのだ。まばゆさに目が暗んだ。数秒後、視界が回復した瞬間、異変を察知した。三人の男たちは立ち止まっており、そのうちの一人がスパッドの方角にライトを向けていた。スパッドの姿は見えていないとしても、葦の倒れ方に不審を抱いたのだろう。

ここまで追いつめられたら攻撃あるのみ。

「撃て」ダニーは命じた。

両端の二人が反応する時間はなかった。ダニーとスパッドは同時に発砲した——その証拠に二つの銃声が重なり一つに聞こえた——銃弾は標的の胸に命中した。二人はたちまちくずおれたが、ダニーはすでに残った標的に注意を向けていた。しかし三人目の男は銃声を耳にしたとたん地面に伏せた。その動きがあまりに素早かったため、狙いをつける時間がなかった。ダニーの頭の中で警報が鳴り響いた——何者か知らないが、反射神経の鋭さと冷静な対応は半端じゃない。こいつらは正真正銘のプロだ。

ＩＳの民兵なんかじゃない。

しかし、いくらプロでも命運が尽きてしまえばそれまでだ。ダニーとスパッドは男が伏せた場所を知っていた。ダニーは銃口の向きをわずかに調整すると、セミオートに切り替えた。標的が潜んでいる場所に立て続けに銃弾を撃ち込む。スパッドもそれにならった。銃声が轟いたのは数秒にすぎないが、なにせ凄まじい音である。かなり離れていても聞こえただろう。一五〇メートルほど離れたハイラックスのそばに車を停めて散開していた連中にも気づかれたはずだ。

銃声が静まると、撃たれた男の悲鳴が聞こえた。それは長続きせず、ゴロゴロと喉を鳴らす音に変わって途絶えた。ダニーはすでに次なる標的を意識していた。まだ五人残っているのだ。よく訓練されて武装した連中が。ライフルのスコープの視界に、車に駆け戻る三人のシルエットを捉えた。そのうちの一人でも仕留めようかと一瞬考えたが、リスクが大きすぎた。こちらの居場所に気づいていない場合、わざわざ教えることになるからだ。

迷っているうちに狙撃のチャンスは消えた。敵はすでに車を盾《たて》にしていた。

「あいつら、訓練された兵隊だぜ」スパッドがダニーの直感を裏付けた。その声は緊張していた。「白い肌をしている。イラク人やトルコ人じゃねえ。いったい何者だ？」

ダニーには答えようがなかった。逆に疑問が口をついて出た。「なんであんなところに地雷を仕掛けたんだ？」しかし、そんなことを詮索している時間はなかった。戦闘の真っ最中なのだから。「この場を離れるわけにはいかない」ダニーは言った。「こっちから姿を見せたとたん――」

最後まで話すことはできなかった。いきなり敵がフルオートで撃ってきたからだ。それも一挺や二挺ではない。銃弾がダニーたちの頭上をかすめて川岸に雨あられと降り注ぐ。地面に張り付くようにして身を守っていると、こちらに向かってくる二つの人影が見えた。援護射撃に守られながら、こちらを挟撃する構えだ。

車のそばでもう一つ動きがあった。

武装兵の一人が車のリアパネルを引き開けたのだ。人間より小ぶりだが、ずっと足の速い生き物が飛び出してきた。

「戦闘犬だ！」ダニーが叫んだ。

その犬は信じられないほど駿足《しゅんそく》だった。瞬く間に一五〇メートルを駆け抜けそうな勢いである。葦原に突進すると姿がほとんど見えなくなった。あまりに敏捷《びんしょう》なのでダニーも狙いのつけようがなかった。それでも、こちらへ接近してくる二名の武装兵のあいだをすり抜けるところまでは肉眼で確認できた。援護射撃が途切れた瞬間、二度吠《ほ》える声が聞こえた。

ダニーは犬に詳しい。その吠え声には威嚇の響きがあった。

あっという間に犬の姿を見失ったが、すでに五〇メートルを切っているはずだ。ダニーは装備ベストのホルスターに入れたハンドガンを握りながら無線連絡した。「犬を見つけ次第始末しろ……」

ふたたび援護射撃が始まった。二名の武装兵は挟撃の構えを崩すことなく近づいてくる。

「あの犬ころはどこだ！」スパッドが声を荒げた。

また吠える声が聞こえた。犬はいつの間にか左側に回りこんでいた。「ケイトリン！」ダニーは叫んだ。「犬はそっちへ向かった！　いますぐ殺せ！　殺すんだ！」

数秒後、ダニーの警告もむなしく悲鳴が聞こえた。ナザの声だ。

ダニーは寝返りを打って、背後に顔を振り向けた。ケイトリンとナザは一〇メートル後方でうつ伏せになっていた。振り返った瞬間、葦原の中を疾駆《しっく》する犬が見えた。二人めがけて突進するその犬は、ベルジアンマリノアであった。シェパードをスマートにしたような犬で、細身の引き締まった身体は骨と筋肉だけでできているように見える。犬はナザを狙ってジャンプし、完璧な放物線を描いた。

ケイトリンの動きは素早かった。反射的にナザに飛びつくと、その身体に覆いかぶさったのだ。間髪入れずに飛びかかってきた犬は、ケイトリンの背中を直撃する格好になった。

ナザが悲鳴をあげた。ケイトリンは身をよじって犬を振り払おうとしたが、たちまち上腕に嚙みつかれた。女兵士の腕をくわえ込んだ犬は頭を左右に振った。

その痛みは言語に絶するに違いない。続けて聞こえた悲鳴はナザではなく、ケイトリンのものだった。女兵士は犬ともつれ合ったまま地面を転がった。犬の攻撃的なうなり声があたりにこだました。ダニーはハンドガンで犬に狙いをつけようとしたが、無理だった。あまりにも動きが激しすぎる。間違ってケイトリンを撃ってしまう恐れがあった。

突然くぐもった銃声が三回聞こえた。戦闘犬は弱々しい鳴き声を漏らすと、そのまま動かなくなった。ベルジアンマリノアの腹に何とか銃弾を撃ち込んだのはケイトリンだった。どうにか難敵は始末したものの、女兵士の激しい息遣いと苦痛に満ちたうめき声がダニーのところまで聞こえてきた。そしてナザのすすり泣く声も。クルド人の娘はすくみ上がっていたが、無傷だった。ケイトリンはそうはいかなかった。この手の戦闘犬は男でもやすやすと殺してしまう。ケイトリンは重傷を負った可能性があった——。

「ダニー！」スパッドの声は緊迫していた。ダニーはふたたび寝返りを打ってうつ伏せになった。戦闘犬は死んだが、こちらの位置を明示するという役割を果たした。これで敵に居場所を知られてしまった。ダニーはあたりを見回した。こちらへ向かっていた二名の武装兵は葦原の中に身を隠していた。連中がダニーたちの居場所に狙いをつけているのは間違いない。つまり、動こうとしたとたん、ダニーたちは死ぬことになる。

葦原の中から銃声が聞こえた。アサルトライフルの七・六二ミリ弾の音である。あの二人が撃っているのだ。残りの三人の前進を掩護するために。クソッたれ。おれたちを本気で狩り立てるつもりだ。ダニーはパニックを抑え込んだ。これでは身動きできない。相手はずば抜けた戦闘スキルを持ったプロなのだ。特殊部隊の兵士だとしても不思議はない。ロージャンの提案にうかうかと乗ってしまったおのれが呪わしかった。しかし、すぐにそうした雑念を振り払った。いまは眼前の状況に集中しなくてはならない。

見通しは暗かった。

あたりは静まり返っている。

時間がゆっくり過ぎてゆく。スパッドの押し殺した声が聞こえた。「手榴弾《フラッグ》？」ダニーはその効力について考えてみた——一人くらいなら負傷させられるかもしれないが、投擲《とうてき》した瞬間にこちらの正確な場所を教えることになる。そんなことを思っていると、ふたたび銃撃が始まった。咳き込むような銃声を耳にしただけで、敵がいちだんと接近してきたことがわかった。

残された選択肢を検討してみる。川まで引き返し、流れに身を任せて逃れる。不可。ケイトリンが負傷しているのだ。葦原から出たとたん死ぬことになる。ここに身を潜めているしかない。つまり、迫り来る敵と交戦するしかないわけだ。しかし敵は五人、こちらは三人。銃弾から身を守ってくれる盾もない……。

銃撃がふいに止んだ。敵五名との距離はおよそ二五メートル。ダニーはそう踏んだ。何とかしなくては。装備ベストに手を伸ばし手榴弾を握った。もはや打つ手はこれしかなかった。「スリーで投げろ」小声でスパッドに指示する。「いいか？」

「ああ」

「ワン……ツー……」

敵の銃撃がふたたび始まった。耳を聾さんばかりに銃声が轟く。少なくとも二挺以上のライフルが使われており、着弾点もぐんと近くなってきた……。

手榴弾のピンに指をかけながら「スリー」と言いかけたダニーは、ふいに思いとどまった。新たな銃撃音が加わったからだ。あれは五〇口径の重機関銃の音だ。それが一〇〇メートルほど離れたところから聞こえた。いまや敵のライフルの声は完全に掻き消されていた。重機関銃は容赦なく掃射を続けた――一〇秒、一五秒――そして始まったときと同じように、ふいに止んだ。

あたりが静まると、今度は苦悶《くもん》のうめき声が聞こえた。三人ないし四人か。紛れもなく断末魔の声である。

ダニーは鼓動の高まりを覚えながら、大きく息を吐き出した。用心しながらライフルのスコープを覗き込むと、一〇〇メートルほど離れた一一時の方角、穴のあいたフェンスのすぐ向こうに、燃え尽きて残骸と化したハイラックスによく似たピックアップトラックが見えた。このピックアップもハイラックスと同じように荷台に五〇口径の重機関銃を据え付けており、その銃口はこちらに向けられていた。

ピックアップがゆっくり動き出し、こちらに向かってきた。うめき声は止んでいた。だからといって敵が全員死んだとはかぎらない。ただ、ひどく弱っていることは間違いなかった。「全員そのまま伏せていろ」ダニーは無線で命じた。五〇口径には射手が一人張り付いている。あの連中はいったい何者だろう。誤解を招くような動きを見せて攻撃される事態だけは避けたかった。

二〇秒経過。ずっと土砂降りだった雨が、このとき初めて小降りになった。ピックアップの低くうなるようなエンジン音がはっきり聞こえた。ダニーは固唾を飲んで、近づいてくる車を見守った。ピックアップは三〇メートルほど離れたところで停まった。大きな声で何事か呼びかけてきた。男の声で、きびしい口調だ。ダニーにはまったく理解できなかった。

少し間を置いて、ケイトリンの声がイヤホンから聞こえた。振り絞るような声。激痛に苦しめられているのだろう。しかし聞き取れた。「あれはクルド語だとナザが言ってる。両手を上げて出てこないと、機銃掃射を浴びせると警告しているわ」

ダニーはためらった。それは生存本能に反する行為である。ろくに知らない連中の言いなりになるのは。たとえその相手が火力で優っていようとも。

かといって交戦もできない。相手が合流する予定のクルド人グループなら、味方を撃ってしまうことになるからだ。

「ナザに答えさせろ。連れが三人、男二人と女一人がいると。ナザの友人には何もしないが、脅威を見つけた場合すぐさま攻撃すると」

少し間があってから、ナザのおびえた声が聞こえた。ピックアップの男がすぐに反応し、大声が返ってきた。

「了解したと言ってるわ」ケイトリンが伝えた。「ナザの声を確認したと」

ダニーは抜きやすいようハンドガンの位置を調節した。「スリーで動くぞ。ワン、ツー、スリー……」

ダニーは勢いよく立ち上がった。片手は頭の上にあげていたが、もう一方の手はハンドガンの近くに置き――あたりを注意深く見回した。

一五メートル離れた葦原で動きがあった。ダニーはすぐさまハンドガンに手を伸ばしたが、三メートル左にいたスパッドの反応はもっと素早く、たちまち生き残りの敵に三発撃ち込んだ。動きはピタッと止まった。

クルド人が何事か叫んだ。

ケイトリンの声。「スパッド、銃を捨てて！」

スパッドはすでに銃を手放していた。

ダニーたちは身じろぎもせず、その場に立ち尽くした。重機関銃の射手がふたたび声をあげた。ナザがすぐさま答えた。しばらく会話が続いた。ピックアップから男が二人降り立った。これで合計三名。一人は携帯電話を耳に当ててしゃべっている。この男は若く――二十代前半――これだけ暗いのに、飛行士用サングラスを額の上に載せていた。もう一人は年配だ。五十代前半くらいか。アサルトライフルを携帯し、大股に歩み寄ってきた。もじゃもじゃの顎ひげに白いものがまじっている。迷彩服の上下。白黒のシャマグを首に巻きつけ、頑丈で泥だらけのブーツを履いている。風雨にさらされてざらざらになった浅黒い肌。まさに歴戦のふるつわものといった風貌であった。「ロージャンはどこだ？」男は尋ねた。英語の発音は正確だった。

ダニーは焼け焦げたハイラックスの方へ顎をしゃくった。

「おまえが殺したのか？」男は敵意のこもった声で尋ねた。

「地雷を踏んだんだ」ダニーは答えた。「川を渡ると言ってきかなかったので、おれたちは掩護に回った」地面に倒れている武装兵に顎先を向ける。「こいつらが地雷を仕掛けてやがった。理由は聞くなよ」

男は疑わしげな表情を浮かべた。

「ナザ、おまえから言ってやれ」ダニーは命じた。「兄さんがどれほど勇敢だったかを」

目を赤く泣き腫らしたナザは打ちのめされた状態にあったが、クルド語で早口にしゃべりだした。男は表情を変えずにじっと聞いていた。子どものおしゃべりに付き合う大人のように。ダニーは固唾を飲んで、目の前のクルド人三人組の動きに目を光らせた。事態の急変にそなえて。

ナザが話を終えると、つかの間の静寂が広がった。男は銃をおろし、ダニーたちにも手を下ろすよう、うなずいてみせた。いまや男の関心は死体に向けられていた。うつ伏せに倒れた死体を転がして仰向きにさせる。ダニーが歩み寄った。近づいてみると、まるで鏡像を見ているような気分になった。死体はブームマイク付のケブラー製ヘルメットをかぶっていた。暗視ゴーグルは装着していないが、迷彩服の上に装備ベストを着用している。「特殊部隊だ」ダニーはつぶやいた。

「そうだな」横に並んだスパッドが言った。「でも、どこの？」

年配のクルド人が何かを見つけた。前かがみになって死体の右袖をまくり上げる。前腕にタトゥーが彫りこまれていた。双頭の鷲と、それを囲むように赤い点が七つ描かれている。

「それはロシアの双頭の鷲」ケイトリンが言った。右腕をつかむ指のあいだから血が滴り落ちている。

「その赤い点は？」ダニーが尋ねた。

「血のしずくを表している。ロシアの犯罪者は自分が殺した相手の数をその点で表現するのよ」

「こいつらは犯罪者じゃないぞ」ダニーが言った。

そのとおりとばかりにケイトリンがうなずいた。「犯罪者の伝統がロシア軍にも広がったわけ。このロシア兵は七人殺したことを誇っている」

「スペツナズか？」スパッドが推測した。

「たぶん」ダニーが答えた。

「クソッたれ」スパッドは緊張の面持ちであたりを見回した。ロシア軍特殊部隊の増援を半ば待ち構えるかのように。

ダニーは焼け焦げたハイラックスのそばに停車しているロシア軍車両に目を向けた。

「こんなところで何してるんだ？」

「ロシア軍機がトルコ軍に撃墜されて以来、このあたりをパトロールしている」年配のクルド人は説明した。「トルコ軍が越境してイラクとシリアに侵入すると見越してな。トルコ人をできるだけ多く殺すことが目的だ。報復さ」鼻を鳴らす。「武器は持ってきたか？」

ダニーはうなずいてから、焼け焦げたハイラックスを指差した。「あんたの仲間と同じ運命をたどったよ」

クルド人の顔に影が差した。「そいつは残念だったな」男は言った。「ＩＳのテリトリーに入り込むのは危険だ。見返りもなしに、そんな危険は冒せない。取引は中止だ」男はナザを振り返り、クルド語で話しかけた。おそらく帰るときが来たとでも言っているのだろう。

「ちょっと待った」ダニーは言った。

歴戦の勇士らしい男は振り向いた。「なんだ？」

「ダーシュを憎んでいるんだろ？」

「もちろん」

「おれたちは連中の拠点を叩くつもりだ。そして司令官の一人を捕まえる。徹底的にやっつけてやる。信じてくれ」

クルド人は目を細めた。ダニーの話に興味を覚えた様子だが、結局かぶりを振った。「われわれは自分たちのやり方で戦う」そう言うと、背を向けようとした。「おまえたちは川を渡って戻った方がいい」

「武器はいまでも欲しいんだろ？」

クルド人は向き直って、うなずいた。

「ＩＳの拠点を制圧したら、そこにある武器を残らず進呈するよ。おれたちを無事そこまで連れて行ってくれたらな」

今度はクルド人も背を向けようとしなかった。

「おまえたちが信用に足るという証拠は？」

ダニーはケイトリンに目をやった。女兵士の顔は蒼白《そうはく》で脂汗を浮かべている。傷口からは依然血がしたたり落ちていた。「その傷は、ナザを守ろうとして負ったものだ」

年配のクルド人はしばらく考え込んだ。そしてナザに歩み寄った。クルド語で話しかける。会話は三〇秒ほど続き、そのあいだクルド人の娘は何度もうなずいた。

年配のクルド人は最後に鼻を鳴らすと、ダニーのところへ引き返してきた。さきほどまでの攻撃的な態度が急に影をひそめていた。「すべての武器だな？」

「弾まで残らず」

クルド人はうなずいた。「おまえたちが行きたがっている場所まではまる一日かかる。とても危険だ」

「あんたの名は？」ダニーは尋ねた。

「パラヴ」年配のつわものは答えた。ダニーは相手の全身をしげしげと見つめた。

「仲間も英語を話せるのか？」ダニーは他のクルド人たちを指差した。

パラヴはかぶりを振った。「わしとナザだけだ」また鼻を鳴らしてから付け加える。「それとロージャン」あたりを見回す。「じきに明るくなる。夜しか動けない。昼間はどこかに身を隠す必要がある」

ダニーは首を振った。「ダメだ。いますぐ動く」

「おい、こいつらの言うとおりだぜ」スパッドが口を挟んだ。「昼間の移動は無理だ」

「選択の余地はない」ダニーはロシア兵の死体に歩み寄り、その身体を足でつついた。「ロシア軍がどんな連中か知ってるだろ。仲間が殺《や》られたと知ったら、わんさか押し寄せてくるぞ。おれたちは一時間もしないうちに、偵察衛星やドローンなんかに追いかけ回されることになる。その前に、このエリアから抜け出すんだ。それに石油ブローカーは真夜中に到着する。拠点に入り込む前に片付けた方がいい」ダニーはクルド人たちを振り返った。「おれたちの行き先を知っているだろ。幹線道路を使わずに連れて行ってくれないか」

クルド人たちは不安げに視線を交わした。

「武器が欲しいのなら」ダニーは言った。「おれの指示に従うしかないぞ」

「オフロードを行くと時間がかかる」パラヴは答えた。「集落を避けねばならんし、川を渡る必要があるかもしれん」負傷したケイトリンにチラッと目を向ける。「それに彼女の――」

「あいつのことなら心配ない。可能なんだな？」

パラヴはうなずいた。「ダーシュの旗を持っている。それを車につけよう。遠目には旗しか見えないから、味方だと思って見逃してくれるだろう」

「ダメだ」ダニーは説明した。「ロシア軍が監視していたら、ＩＳだと思って追いかけてくるぞ。旗を出すのは最後の最後だ。その前にＩＳに停められたら、それなりに対処する」

クルド人は目を細めた。「あのロシア人の車も使おう。二台になれば標的にされにくい」

ダニーはその戦略が気に入った。パラヴにも好感を抱いた。ちゃんと兵士らしい考え方をするからだ。スパッドを振り返る。「ロシア人の車をチェックしろ。こっちで調達した車だと思うが、エンジンとかシャーシに追跡装置がついていないか確認しておきたい。あいつらの荷物はすべて放り出せ」

スパッドはうなずくと、ロシア人の車――こちらもハイラックスで、色はグレイ――に向かって駆け出した。ダニーはクルド人たちを振り返った。「ロシア兵の銃と弾、衣類、糧食は好きにしろ。それ以外はダメだ」

「無線機器は？」パラヴが尋ねた。

「絶対にダメだ。追跡装置が仕込んであるかもしれない。とにかく電子機器には手を触れるな。それから携帯電話のスイッチを切り、電池を外すよう仲間に言っておけ。ただちに準備しろ。出発は一〇分後だ。さっきの銃声を聞かれたかもしれない。誰かが様子を見に来る前に立ち去るんだ」

「了解」パラヴはダニーに背を向けると、若い仲間にクルド語で指示を伝えはじめた。

ダニーはケイトリンに向き直った。「傷を見せてみろ」

女兵士は一瞬言い返しそうに見えたが、すぐに迷彩服の襟をずらして肩脱ぎになった。顔をしかめながら、上腕の素肌をあらわにする。

戦闘犬の歯型がくっきり残っていた。V字形の歯型が上腕の上方に三個所、下方に二個所。そのまわりの皮膚は腫れあがり、血まみれだ。傷口からも出血が続いている。見るからにひどい傷だった。

ケイトリンは、ダニーが口を開く前に、襟を引き寄せて傷を覆い隠した。「車の中で包帯を巻くつもり」顎を突き出すようにして言いつのる。「あとは抗生物質の注射を一本打てば、問題ないわ」

ダニーは川の流れを振り返った。腹を決めなくてはならない。ケイトリンを連れて行くのはいいが、傷の状態が悪化したり化膿したりしたら、助けになるどころかかえって足手まといになる。それなら、どこかに潜伏させて傷の養生をさせた方がマシだ。あとで迎えに行き、一緒に脱出すればいい。

「わたしを外すことはできないわ。もともと一人少ないんだから」ケイトリンはそう言うと、戦闘犬の死体の横に転がっているベルゲンを取りに行った。そのとき、ナザの方にチラッと目をやったことにダニーは気づいた。

「ケイトリン」ダニーは後ろから声をかけた。

女兵士は振り返った。

「傷が悪化したらすぐに教えろ。強がりは無用だ。任務を続行したいのなら、それだけは約束しろ」

両者の視線がからみ合った。「わかったわ」ケイトリンは穏やかに答えた。

二人はそろって、ずぶ濡れのベルゲンと銃器を拾い上げた。一〇秒後、小走りに車へと向かった。


（下巻へ続く）

Mystery & Adventure

〈シグマフォース〉シリーズ⓪
ウバールの悪魔 上下
ジェームズ・ロリンズ／桑田 健［訳］

神の怒りで砂にまみれて消えた都市〈ウバール〉。そこには、世界を崩壊させる大いなる力が眠る……。シリーズ原点の物語！

〈シグマフォース〉シリーズ①
マギの聖骨 上下
ジェームズ・ロリンズ／桑田 健［訳］

マギの聖骨――それは〝生命の根源〟を解き明かす唯一の鍵。全米200万部突破の大ヒットシリーズ第一弾。

〈シグマフォース〉シリーズ②
ナチの亡霊 上下
ジェームズ・ロリンズ／桑田 健［訳］

ナチの残党が研究を続ける〈釣鐘〉とは何か？　ダーウィンの聖書に記された〈鍵〉を巡って、闇の勢力が動き出す！

〈シグマフォース〉シリーズ③
ユダの覚醒 上下
ジェームズ・ロリンズ／桑田 健［訳］

マルコ・ポーロが死ぬまで語らなかった謎とは……。〈ユダの菌株〉というウィルスが起こす奇病が、人類を滅ぼす⁉

〈シグマフォース〉シリーズ④
ロマの血脈 上下
ジェームズ・ロリンズ／桑田 健［訳］

「世界は燃えてしまう――」〝最後の神託〟は、破滅か救済か？　人類救済の鍵を握る〈デルポイの巫女たちの末裔〉とは？

〈シグマフォース〉シリーズ⑤
ケルトの封印 上下
ジェームズ・ロリンズ／桑田 健［訳］

癒しか、呪いか？ その封印が解かれし時——人類は未来への扉を開くのか？ それとも破滅へ一歩を踏み出すのか……。

〈シグマフォース〉シリーズ⑥
ジェファーソンの密約 上下
ジェームズ・ロリンズ／桑田 健［訳］

光と闇のアメリカ建国史——。その歴史の裏に隠された大いなる謎……人類を滅亡させるのは〈呪い〉か、それとも〈科学〉か？

〈シグマフォース〉シリーズ⑦
ギルドの系譜 上下
ジェームズ・ロリンズ／桑田 健［訳］

最大の秘密とされている〈真の血筋〉に、ついに辿り着く〈シグマフォース〉！ 組織の黒幕は果たして誰か？

〈シグマフォース〉シリーズ⑧
チンギスの陵墓 上下
ジェームズ・ロリンズ／桑田 健［訳］

〈神の目〉が映し出した人類の未来、そこには崩壊するアメリカの姿が……「真実」とは何か？「現実」とは何か？

〈シグマフォース〉シリーズⓍ
Σ FILES 〈シグマフォース〉機密ファイル
ジェームズ・ロリンズ／桑田 健［訳］

セイチャン、タッカー＆ケイン、コワルスキのこれまで明かされなかった物語＋Σをより理解できる〈分析ファイル〉を収録！

〈シグマフォース〉外伝
タッカー&ケイン 黙示録の種子 上下
ジェームズ・ロリンズ／桑田 健［訳］

“人”と“犬”の種を超えた深い絆で結ばれた元米軍大尉と軍用犬――タッカー&ケイン。〈Σフォース〉の秘密兵器、遂に始動！

THE HUNTERS
ルーマニアの財宝列車を奪還せよ 上下
クリス・カズネスキ／桑田 健［訳］

ハンターズ――各分野のエキスパートたち。彼らに下されたミッションは、歴史の闇に消えた財宝列車を手に入れること。

タイラー・ロックの冒険①
THE ARK 失われたノアの方舟 上下
ボイド・モリソン／阿部清美［訳］

旧約聖書の偉大なミステリー〈ノアの方舟〉伝説に隠された謎を、大胆かつ戦慄する解釈で描く謎と冒険とスリル！

タイラー・ロックの冒険②
THE MIDAS CODE 呪われた黄金の手 上下
ボイド・モリソン／阿部清美［訳］

触ったもの全てを黄金に変える能力を持つとされていた〈ミダス王〉。果たして、それは事実か、単なる伝説か？

タイラー・ロックの冒険③
THE ROSWELL 封印された異星人の遺言 上下
ボイド・モリソン／阿部清美［訳］

人類の未来を脅かすUFO墜落事件！ 全米を襲うテロの危機！ その背後にあったのは、1947年のUFO墜落事件――。